スパイ少女ドーン・バックル

DAWN UNDERCOVER　Anna Dale

アンナ・デイル／岡本さゆり＝訳

ハリネズミの本箱

早川書房

スパイ少女ドーン・バックル

DAWN UNDERCOVER
by
Anna Dale

Translated by
Sayuri Okamoto
First published 2007 in Japan by
Hayakawa Publishing, Inc.
This book is published in Japan by
arrangement with
Bloomsbury Publishing Plc
through Japan Uni Agency, Inc., Tokyo.
さし絵：ミギー

この本を、　マリアンヌとメイフィールド・ロードのみんなに捧《ささ》げる

もくじ

登場人物紹介

ベヴァリー
お母さん

ジェファーソン
お父さん

アイヴァー
おじいちゃん

ドーンの家族

ドーン・バックル
主人公。11歳の少女

クロップ
ロバのぬいぐるみ。
ドーンのゆいいつ
の友だち

フェリックス
乱入してきた少年

ホルトウィッスル
フェリックスの飼い犬

ソクラテス
新人教育担当

レッド
部長

エマ
新人採用担当

ジャグディッシュ
文書偽造担当

トゥルーディ
秘書

イジー
衣装担当

ピーブルズ
メッセンジャー?

ネイザン
見習い

エディス
セキュリティ担当

スパイ追跡部の人々

マード・ミーク
謎に包まれた敵のスパイ

フィリッパ・キリンバック
ＳＨＨ長官

第一章　まえぶれ

ドーン・バックルは道をわたりたくて、さっきからずっと待っていた。じりじりまえに進んだので、つま先が歩道の縁石《えんせき》からはみ出している。ドーンはみじめな気持ちで、道の反対《はんたい》側《がわ》にいる緑のおばさんを見つめた。車がびゅんびゅん通りすぎるあいまに、また口にキャラメルを放《ほう》りこむのが見えた。旗《はた》を街灯《がいとう》に立てかけたまま。

「十三個《こ》目のキャラメル……」ドーンはつぶやいた。十一歳《さい》の小学生が十五分も道をわたれなくて困《こま》っているのに、おばさんはまったく気づかずに、口をくちゃくちゃ真剣《しんけん》に動かしている。

さらに五分たち、トラック六台とバス一台、それに三十二台の車が通りすぎた。でもあいかわらずドーンは、同じところにつっ立っていた。いらいらしながら自分のバッグの肩《かた》ひもを引っぱる。今学期、もう何回遅刻《ちこく》したことか。今までは先生にばれないでこっそり教室に忍《しの》びこんでいるが、これも時間の問題だ。もし先生につかまったら、教室に貼《は》ってある〝努力《どりょく》ポイント〟の表から減点《げんてん》されてしまう。一点しかない、大事なポイントなのに。

ドーンは手を振《ふ》って、緑のおばさんの気を引こうとした。ところが、いくら振りまわしても見つけてくれない。次に口笛（つばが出るだけで音はほとんど出ない）。今度は大声（バスの音でかき消される）。両方とも失敗《しっぱい》だ。頭の上の電線に止まっているハトさえ飛《と》んでいってくれない。だけど別《べつ》にびっくりすることではないのかもしれない。ドーンは昔から、いるかいないかわからないような存在《そんざい》なのだ。一日じゅう、だれからも相手にされないこともある。ちょっとむっとしたりもするけれど、もともと楽天家《らくてんか》なので、あまり深くは考えていない。

いきなり耳ざわりな笑《わら》い声が聞こえてきた。うしろを振り向くと、同じクラスの双子《ふたご》の男子。ドーンの心臓《しんぞう》が飛びあがった。「おはよう、ポール。おはよう、ゲイビン」

ポールはドーンの肩《かた》にバッグをどんっとぶつけた。ポールとしてはあいさつのつもりなのだろう。大っきらいな双子だけど、こいつらがいるということは、学校にぎりぎり間《ま》に合うってこと。ドーンは通りの向こう側《がわ》を期待して見つめた。緑のおばさんが、派手《はで》な黄色いコートのポケットにキャラメルの袋《ふくろ》をつめこんで旗《はた》をにぎった。

ドーンの胸《むね》が高鳴る。

おばさんは、自分の身の安全などまったく気にせず、車道に踏《ふ》み出した。何台かの車がキキーッとブレーキを踏む。おばさんは、大げさな身振りで大通りの真ん中で立ち止まり、ふたり乗りのスポーツカーに手のひらを突《つ》き出した。

「ストップ！」おばさんは、帽子《ぼうし》がななめにずり落ちたのにもかまわずどなった。「ストップだってば！」濃《こ》い緑のスポーツカーがなめらかに止まった。「さあ、ぼくちゃんたち、わたんなさい」おばさんは旗《はた》を振《ふ》りまわして、運転手たちに笑《わら》いかけた。

ドーンはやったあっと思いながら、ふんぞり返って歩くポールとゲイビンのあとにくっついた。ところがわたりきるまえに、あれっと思って緑色のスポーツカーを振り返った。運転手が、じいっとドーンを見つめていたからだ。

ドーンは、目を細めて息を飲んだ。フロントガラスがまぶしくて、どんな顔の人かよくわからない。でもこの見つめ方はふつうじゃない。あまりにぶしつけな視線《しせん》なので、顔がほてってきた。ドーンは、歩道のはしにつまずきそうになりながら双子《ふたご》を追った。歩道で立ち止まって考える。おかしなこともあるもんだ。このあたしに興味《きょうみ》を持つなんて……。喜《よろこ》んでいいのか、あやしんでいいのかわからない。

緑のおばさんが大股《おおまた》で歩道に戻《もど》ったので、ふたたび車の列が動きだした。例《れい》の緑色のスポーツカーも、すうっと動きはじめる。まるで、鋭《するど》く光る目で獲物《えもの》を追いながら水にもぐるワニのようだ。ドーンは身震《みぶる》いして、新聞スタンドのひさしの下にあわてて入った。店のウィンドーに、スポーツカーが銀色のホイールをぎらつかせながら、ゆっくり動く姿《すがた》が映《うつ》っている。閉《し》まった窓《まど》の内側《うちがわ》で、運転手が振り返ってこちらを見ているのがわかった。まだ見てるんだ！　首のうしろのあたりが、居心地《いごこち》悪くむずむずする。車が見えなくなってから、ようやく止めていた息をふうっと吐《は》いた。

朝、チョコレートを食べるなんて、初《はじ》めての経験《けいけん》だ。ドーンは校庭のベンチに腰《こし》を下ろしてチョコレートを割《わ》り、くちびるのあいだに押《お》しこんだ。舌《した》の上でベルベットのように溶《と》けていく。ドーンは、そのまま三分はまばたきをしなかった。そのくらいびっくりしていたのだ。

ドーンの一日というのは、だいたい決まっていた。待ったり、聞いたり、だれかに言われたとおりに動いたりするほかは、ひとりでうろうろするだけ。本当はけっこうおしゃべりなのだが、残念《ざんねん》ながら聞いてくれる人はいない。だれかに注目してもらおうとしても、失敗《しっぱい》に終わるだけ。でもこの朝はちがった。別《べつ》に何もしていないのに、注目してくれる人がいたのだ。初めはとまどったけど、ちょっとうれしかった。でも今は混乱《こんらん》している。ドーンはチョコレートをまた口に放《ほう》りこんだ。

だれにも見つめられたことなどない。存在感《そんざいかん》がないから、担任《たんにん》の先生さえ名前を覚《おぼ》えてくれない。

ドーンは、おくびょうで消極的《しょうきょくてき》な子だ。おだやかな性格《せいかく》で、これといった特徴《とくちょう》がない。ぽちゃっとした丸くて白い顔。ミルクティー色の髪《かみ》に薄《うす》いまゆ毛で、人目を引くほどかわいくない。しわくちゃでだぶだぶの服を着て、いつもベージュのハイソックスにつぶれた運動ぐつをはいている。みんな目のまえにドーンがいても、ドーンではなくてその向こうをいつも見ている。

担任《たんにん》のキッチン先生にいたっては名前さえ覚《おぼ》えられなくて、〝デボラ〟とか〝デニーズ〟とか呼《よ》んでくる。ドーンがちがいますと言っても聞いてはいない。でもまあ、そのうち覚えてくれるだろう、とドーンは思っていた。

生まれてからずっとそんな調子で、だれにも注目してもらったことがない。別《べつ》にそれでもいいけど、ふとさびしくなるときがある。友だちといえるのはぬいぐるみのクロップだけ。まるで、世の中から置《お》いてきぼりをくっているような感じだ。でもドーンは楽天的《らくてんてき》なので、落ちこんでばかりではない。きっといつかわくわくするようなことがあると信《しん》じているのだ。まあ、今のところは、賞《しょう》を取ったこともなければ、大金《たいきん》を拾ったこともない。シラミの大流行にさえ乗り遅《おく》れた。

ドーンはベンチから、校庭を歩いたり走ったりしている生徒《せいと》たちをながめた。チョコレートのついた指をなめ、包《つつ》み紙をくしゃっと丸める。ふだんは新聞スタンドでお菓子《かし》など買わないけど、今朝《けさ》は気持ちを静めるために甘《あま》いものがほしくなったのだ。もっとも店員に気づいてもらえず、しばらく待ってようやく、ナッツ入りの大きな板チョコを一ポンドと十一ペンスで手に入れた。それを始まりのベルが鳴るまえに食べてしまおうと、大急ぎで学校に来たのだ。途中《とちゅう》に緑色のスポーツカーがいたらどうしようと、あたりを見まわしながら。

人に注目されたいと思うこともよくあるけれど、いざそうなると変《へん》な気分だ。ちょっと気持ち悪い。でもこれは、あんなに大きな板チョコをぺろりと食べたせいかもしれない。ドーンは目を細めて、真《ま》っ青《さお》に晴れた空を見あげた。丸い太陽が真っ白に輝《かがや》いている。こんなに早い時間なのにもう暑い。

ここにすわっていると、いい色に焼《や》けるかも……。ドーンは日焼けしたかなと思って腕《うで》に目をやった。

「うわっ!」手首のそばかすの横に、三匹《びき》のテントウムシが並《なら》んでいる。わあ、珍《めずら》しいと思って、ドーンは思わず身震《みぶる》いした。「これは、何か起こるまえぶれかも!」

キッチン先生は、授業中《じゅぎょう》にしょっちゅうわき道にそれて、そんな話をするのだ。〝校庭で犬がうろうろしていたら、ひどいことが起こる〟とか、〝糊《のり》がこぼれてハサミムシの形になったら、天気が悪くなる〟とか、〝教育委員会の人がファイルを持ってあらわれたら、わたしの頭痛《ずつう》がひどくなる〟とか。こんなふうに、悪いことのまえぶればかり言う。でも三匹のテントウムシっていうのは、いいことのまえぶれにちがいない。きっとそうだ!

始まりのベルが鳴った。ドーンはベンチから立ちあがってバッグをつかみ、校舎《こうしゃ》の入り口に並んでいる生徒《せいと》の列に加《くわ》わった。いつも何か起こることを期待していたけど、ついにそのときがやって来た! つま先を、ポール・エヴァンズくらいのデカ足に踏《ふ》まれたが、そんなのどうだっていい。きっと、あたしに〝何か〟が起こる! そう考えると、めまいがするほどうれしい!

ドーンはクラスメートが押《お》しあいへしあいしているあいだ、くつに根が生えたようにじっとして、上下にぽこぽこ動く頭の向こうを見つめていた。そこには両開《りょうびら》きのドアがあって、みんな五分もまえにここから校舎に入っていった。ところが、なぜかドーンのクラスだけ校庭に残《のこ》されてしまったのだ。

待たされるのには慣《な》れっこだ。いちばんうしろに並《なら》んでずっと待つはめになっても、どうってことない。じっとがまんするのは、ドーンにとって息を吸《す》ったり吐《は》いたりするのと同じくらい自《し》然《ぜん》なことだった。

みんな、キッチン先生が出てくるのが待ちきれなくて、大騒《おおさわ》ぎしている。バッグを振《ふ》りまわして髪《かみ》を引っぱったり、けんかして他人のかさぶたをむしりとったり。そのあいだドーンは彫刻《ちょうこく》のようにじっとしていた。でもいつになく、ひざのあたりが少しガクガクしている。何かが起こりそうだという予感のせいだ。

すると、だれかがドアからさっそうとあらわれた。キッチン先生ではなくて、長い金髪《きんぱつ》をポニーテールにまとめた若《わか》い女の人だ。その人が行列の先頭で止まったので、みんなはシーンとなった。

「わたしは、ケンブリッジと言います」その人は明るく言った。「残念《ざんねん》ですが、担任《たんにん》のキッチン先生は、今日はお休みになります」

「はあっ？　なんでだよ？」と、ポール・エヴァンズ。

「先生に、何か悪いことでも起きたの？」双子《ふたご》の弟のゲイビンがうれしそうに聞く。

ケンブリッジ先生は、空色の瞳《ひとみ》を輝《かがや》かせてにこやかにほほえんだ。「それで今日は、わたしが代わりに教えます。よろしくね！」

「ひえーっ！」双子《ふたご》がいっしょに叫《さけ》んだ。

「みんな、ついてきて」ケンブリッジ先生はうしろを振《ふ》り返り、ドアに向かってきびきびと歩きだした。みんな素直《すなお》についていく。ただドーンだけは、遠くの方にレモン色の毛糸のカーディガンをはおったキッチン先生がいることに気がついた。教職員《きょうしょくいん》用の駐車場《ちゅうしゃじょう》に向かって、足どり軽く歩いているのだ。どう見てもうれしそうに、車のキーを空中にぽーんと投げながら。

変《へん》なの。またドーンのひざが震《ふる》えて、ベージュのソックスがくるぶしあたりまでずり落ちた。

がっかりしたことに午前の授業《じゅぎょう》はいつもどおりだった。単語《たんご》のテストが十問ぜんぶ合っていたと思って、一瞬《いっしゅん》、心臓《しんぞう》が止まりそうになったが、〝国会〟（parliament）のふたつめのaを忘《わす》れていたのでだめだった。もし満点《まんてん》なら、〝努力《どりょく》ポイント〟の表に、今年ふたつめのポイントをもらえたのに。そうなったら最高《さいこう》だったのに。

午後もなんてことなくすぎた。バスケットボールの試合《しあい》ではシュートを打つことさえできず、ほとんどの時間、へたくそバートンのとなりでベンチを温めていた。算数のときに、鉛筆削《えんぴつけず》りを貸《か》してとクラスの子に頼《たの》まれた以外《いがい》、まったく何事も起こらなかったのだ。ふだんはそれだけでもじゅうぶんうれしいのだけど。

でもまったくつまらない日というわけではなかった。ケンブリッジ先生がおだやかでやさしくて、キッチン先生よりずっと教え方がじょうずだったからだ。キッチン先生はいかにもつまらなさそうに授業をする。それに、よく月曜日にはいらいらして当たり散《ち》らす。ケンブリッジ先生は、代理の先生なのにやけに生徒に関心《かんしん》を持っていて、しょっちゅう何か聞いてはノートにメモする。でもやっぱり、ドーンが手を上げても気づいてくれない。

最後《さいご》の授業《じゅぎょう》が終わるころには、ドーンの気持ちはなえていた。それでもまだ、すごいことが起こると期待して、スキップしながら家に向かった。

ドーンの家は、ウィンドミル・ビュー八番地にある平凡《へいぼん》な二軒続《けんつづ》きの家の片方《かたほう》だ。はげかかった黄色いペンキ。小さな庭の真ん中には、へこんだ大きなごみバケツ。そんなボロ家だけど、門を開けて小石まじりのかべを見ると、うれしくなってくる。物心《ものごころ》がついたときから住んでいるので、ひとつひとつのレンガやかべのひび割《わ》れ、じめじめしたよごれまで、ぜんぶ頭に入っている。

「ただいま！」ドーンは玄関《げんかん》を開けて、ドアマットを飛《と》びこえた。いつもと同じでだれも答えない。かぎをにぎりしめ、静《しず》かに廊下《ろうか》を歩いてリビングに入った。真っ暗なのに、すみっこのテレビから緑っぽい光が不気味《ぶきみ》にもれている。これもいつものことだ。

「おじいちゃん、ただいま」カーテンにバッグが引っかかって、一瞬《いっしゅん》まぶしい光が部屋《へや》に差《さ》しこんだ。

「えっ？　ああ、ドーニーか……」テレビ番組にくぎづけのまま、おじいちゃんのアイヴァー・バックルがつぶやいた。テレビのリモコンを持ったまま、ハンカチを取り出して鼻をぶうっとかむ。「今日《きょう》は大当たりが出そうだぞ、ドーニー」

画面では、クイズ番組の司会者《しかいしゃ》が、不安そうな回答者に大声で質問《しつもん》していた。

「あの回答者、わかんないようだな」アイヴァーがひじかけいすの中でまえのめりになった。ぼさぼさのまゆ毛がテレビ画面にふれ、ビリビリ雑音《ざつおん》が聞こえた。「せっかくのヒントが、わかってない！」ひざの上でクッションをたたいて、顔を紫《むらさき》色にしている。「信《しん》じられないくらいのばかだ。答えはわかりきっているのに！」

ドーンはおじいちゃんのひじかけいすの横を、むりやり通り抜《ぬ》けた。薄暗《うすぐら》いなかで目をこらして、カーペットに転がっているビスケットの缶《かん》とジンジャーエールの空き缶ふたつをよける。

「おじいちゃん、紅茶《こうちゃ》でも飲む？」ドーンは、キッチンのドアを押《お》し開けた。ブラインドを通った日光が、白いかべに何本も線を映《うつ》し出していて、そこだけすてきな感じだ。ドーンはバッグをどさっと下ろして、やかんに水を入れた。「ココアは？　おじいちゃん」

「おれなら答えられたのに！」となりの部屋《へや》からわめき声がした。「あいつ、まちがえやがった！　なんてまぬけだ。何千ポンドも賞金《しょうきん》をもらえたはずなのに、結局《けっきょく》一年分のくつみがき用クリームだけじゃないか！」

「何か食べる？」ドーンは、パンを二枚《まい》トースターに入れた。「おじいちゃん？」

返事がないので、ドーンはリビングに戻《もど》ってちょっと考えてから、ゆっくり声をかけた。「おじいちゃん。次の中でほしいものがあったら答えてください。一番——紅茶、二番——ココア、三番——ゆで卵《たまご》と燻製《くんせい》ニシン、四番——カスタードタルト」

「四番！」アイヴァーは、即座《そくざ》に振《ふ》り返って答えた。黒いベレー帽《ぼう》をかっこよくななめにかぶりなおした。「三番にもひかれたけど、やはり初《はじ》めの答えにしておくぞ。そう、四番だ！」アイヴァーはせき払《ばら》いをして、ドーンにほほえんだ。「ありがとうな、ドーニー」

そのとき、チャイムのような音が響《ひび》き、アイヴァーはテレビのボリュームを上げた。次に、オルゴールのようなかん高い音や、ドラをたたくような音がいっせいにしたのだ。家じゅうにやかましい音があふれ、床《ゆか》が震動《しんどう》している。

「ちっきしょう！　四時半か。もうそんな時間とは！」アイヴァーは急いでチャンネルを替《か》え、次のクイズ番組を見るために深くいすにすわりなおした。「ふう。もうちょっとで出だしを見逃《みのが》すところだった。ぎりぎりセーフだ」

ドーンはアイヴァーの左手にカスタードタルトを置《お》いて、キッチンでまた仕事にかかった。まず、マスタードとチェダーチーズ入りのスクランブルエッグを作る。それを二枚《まい》のトーストの上にのせ、パセリのみじん切りをふりかけた。そのあと、グラスにバナナミルクを注《そそ》ぎ、チョコレート・ブラマンジェをボウルにすくって、お盆《ぼん》にのせる。後片《あとかた》づけも、しょっちゅうやっているので、あっというまだ。バッグを肩《かた》にかけてお盆を持ち、ドアのあたりで振り返った。カウンターにはパンくずひとつ落ちていない。ドーンは、テレビのちらちら光る薄暗《うすぐら》いリビングを目を細めて通り抜《ぬ》け、廊下《ろうか》に出た。

二階の寝室《しんしつ》に行こうとしたとき、カンカンという音がかすかに下から聞こえてきた。ドーンは、あとずさりして小さな楕円形《だえんけい》のテーブルにお盆《ぼん》を置《お》き、左側《ひだりがわ》のドアを開けて石の階段《かいだん》を下りた。

地下室は、広くて涼《すず》しい。かべはむき出しのレンガで、床《ゆか》はコンクリート。みすぼらしいじゅうたんの上に、ところせましと時計が置いてある。どこに目をやっても時計、また時計だ。棚《たな》の中には置き時計。かべを埋《う》めつくしているのは、ハト時計と柱時計。テーブル一面に置いてある旅行用時計。ケースの中には懐中時計《かいちゅうどけい》、という具合《ぐあい》に。

父親のジェファーソン・バックルが仕事台に向かってすわり、小さなハンマーで円盤状《えんばんじょう》の金属《きんぞく》をたたいている。廊下《ろうか》で聞こえたカンカンという音はこれだったのだ。

「ただいま！　お父さん」聞こえていないようだ。たくさんの時計がいっせいにカチカチ動いているので、声がかき消されてしまったのかな。ドーンは地下室を横切って、時計の部品を入れた引き出しが出しっぱなしになっている食器棚《しょっきだな》を通りすぎた。ハト時計でいっぱいのかべから、少し離《はな》れるように気をつける。もうすぐ五時なので、中のハトがとびらから飛《と》び出してくるかもしれない。

「ただいま、お父さん」ドーンは、仕事台のわきに立ち止まった。「帰ってたんだ。今日は、古道具屋さんをのぞいている日だと思ってた」

「えっ?」ジェファーソンは目を上げたとたんに、指をハンマーでたたいてしまった。「いてえ、くそっ！……ああ、ドーン、おまえか。どうかしたか？」

「ううん。別《べつ》に」

「今、忙《いそが》しくてな」ジェファーソンがよごれた手で髪《かみ》をかきあげたので、くすんだ金髪《きんぱつ》がべたべたになった。「ごめんな。で、用はなんだって？」

「別《べつ》にないよ。ところでこれ、新しい時計？」ドーンは仕事台の上の旅行用携帯《けいたい》時計を指さした。

「ああ。きれいだろう？」ジェファーソンは、うっとりしながら時計を持ちあげ、紫檀《したん》のケースをなでた。「すばらしいだろう？　ボー通りの古道具屋で買ったんだ。たったの五十ポンドだよ。二本の鎖《くさり》でぜんまいを巻《ま》いているんだ。まだ動かないが、すぐに動くようにしてやるぞ」

近くのテーブルのべっこう時計が、不吉《ふきつ》にブーンとうなりだした。ドーンは手のひらで耳をおおった。時計たちが、五時を告げるときが近づいてきたのだ。

少し開いた指のあいだから、それとはちがう音が聞こえてくる。ドシンドシンと。どうやら階《かい》段《だん》の上のようだ。

「またあとでね、お父さん」ドーンはためらいがちに言い、地下室の階段を急いでかけあがった。柱時計がゴーンと鳴りはじめる。続《つづ》いてほかの時計もいっせいに鳴りだしたとき、母親のベヴァリーがドーンを廊下《ろうか》に引っぱりこんだ。そして、もう片方《かたほう》の手でドアをバタンと閉《し》めた。

「家に帰ったとたんにこの音を聞かなきゃならないなんて、がまんならないわ！　特《とく》に今日みたいに、地獄《じごく》のように忙しかった日はね！」ベヴァリーは、のどをしめられたような声でわめき、言いわけがましい笑顔《えがお》でドーンに聞いた。「学校は楽しかった？」

ドーンが答えるまえに、母親はペラペラしゃべりだした。「急いで大人《おとな》にならないことよ、ドーン。わかった？　学校は天国なんだから。会社で苦労《くろう》して働《はたら》くことにくらべたら、本当に天国だわ！」ベヴァリーはため息をついて、廊下《ろうか》の鏡《かがみ》に映《うつ》った自分の姿《すがた》をにらみつけ、長い赤毛のカールを直した。「ひどい姿……。大金《たいきん》をはたいてパーマをかけたのに、まえと同じでぼさぼさじゃない。それにこの顔！　空気の抜《ぬ》けた風船みたいにたるんじゃって。この分じゃ、四十歳《さい》になるまえに整形《せいけい》しなくちゃならないわ！」ベヴァリーは、涙《なみだ》をためてまばたきしている。

「まさか！　ばかなこと言わないでよ。よく眠《ねむ》ったら目の下のたるみも消えるって。少しお化粧《けしょう》したら、ニュースキャスターみたいにきれいになるよ」

「まあ、この子ったら、うれしいこと言ってくれるわね！」

「あたしはただ本当のことを――」

「まあ！　ママにおやつまで作ってくれたのね。残《のこ》りの仕事を片《かた》づけながらいただくわ。ほんとにやさしい子なんだから。ありがとう！」

ドーンは、母親がスクランブルエッグとチョコレート・ブラマンジェのお盆《ぼん》を片手で持って書斎《しょさい》に消えていくのを、あぜんとして見送った。「ど……どういたしまして」

ドーンは、おもちゃを入れている古い箱にパッチワークのキルトをかけて、上にお盆を置《お》いた。そして大きなもこもこしたクッションを引きよせて、ナイフとフォークを持った。じゃがいもとピーマンとタマネギの入ったオムレツが、きれいな黄金《こがね》色に焼《や》けている。たった二十分でおいしくできた。

「おいしい！　スクランブルエッグよりこっちの方がいいや」ドーンは口いっぱいにほおばりながら、つぶやいた。ブラマンジェがちょっとしか残《のこ》っていなかったので、ライスプディングの缶《かん》づめを開けて、ようやくひと息ついた。

そのあとくつひもをほどいて、ギシギシ音のする小さなベッドにすわった。いつもなら、本を読んだり単語《たんご》テストの勉強をしたりする。または、もし自分がカッサンドラ、ジョカスタ、パーセフォニなどの長くてすてきな名前だったら……などと想像《そうぞう》するのだが、今日はちがう。

あのとき食《く》い入《い》るように見つめていたのはだれだろう。そして、どうしてなんだろう。無視《むし》されるのには、もう慣《な》れっこだ。話しかけられることなんてめったにないし、両親でさえあまり気にとめてくれない。いちばんの仲《なか》よしはおじいちゃん。おじいちゃんとは、停電《ていでん》の日にいっぱいおしゃべりして以来《いらい》、すっかり仲がよくなった。でもここ数週間、おじいちゃんはとりつかれたようにクイズ番組を見るようになり、たいして話をしてくれなくなった。クイズでわかった知識《ちしき》を教えてくれるくらいだ。

ドーンはひざを抱《かか》え、色あせた忘《わす》れな草《ぐさ》もようのかべ紙を見つめて、じいっと考えこんだ。まったく知らない人の注目を引くなんて、たぶん生まれて初《はじ》めてだろう。これって三匹《びき》のテントウムシと同じくらい、すごいことじゃないだろうか。

脳《のう》みそにカチッとスイッチが入り、ドーンははっと息を吸《す》った。このふたつは関係《かんけい》あるのかも？

そのとき車の静《しず》かなエンジン音が、開けっぱなしの寝室《しんしつ》の窓《まど》から入ってきた。ベッドからすべりおりてソックスを引きあげ、窓わくに寄《よ》りかかって通りをながめてみる。

ドーンは息を飲んだ。こんなにびっくりしたのは生まれて初《はじ》めてだった。濃《こ》い緑色のスポーツカーが外に停《と》まっていたからだ。そして二秒後にはドアのベルが……。

「やっぱりあたしの予感は当たってた！　〝何か〟が起こるんだ！」

第二章　〝何か〟の始まり

ドーンは、階段《かいだん》のいちばん上の段にすわり、手すりに頭をもたせかけて耳をそばだてた。玄《げん》関《かん》の方で、声と足音がする。ドアを開ける音、そして閉《し》める音。じっとしているのがたえられなくなって、ドーンは立ちあがり、くつ下のままそっと階段を下りた。廊下《ろうか》まで行くと、リビングのドアが、いいタイミングで少し開いた。会話がとぎれとぎれに耳に入ってくる。

「テレビを静《しず》かにしてくれだと？　何さまだと思っているんだ！」アイヴァーの声だ。

ベヴァリーがお客さんに言っている。「あなたがどこにお勤《つと》めだろうと、関係《かんけい》ありませんよ。仕事が忙《いそが》しくってそれどころじゃないんです」

ジェファーソンはジェファーソンで、勝手に時計の話をしている。「それがね、二本の鎖《くさり》でぜんまいを巻《ま》くタイプなんですよ！　待っていてくださいね。持ってきますから」ジェファーソンはにこやかにリビングから出てくると、何も言わずにドーンとすれちがい、地下室の階段を下りていった。

あのお客さんの声は聞いたことがある。ドーンはドキドキしてきた。

「お嬢《じょう》さんがどうお考えになるか、うかがった方がいいと思うのですが……」お客さんの声だ。

「えっ？　ああ……そうかもしれませんね」ベヴァリーがむっとしたように言うと、廊下《ろうか》に出て手を口にそえ、階段《かいだん》に向かって叫《さけ》んだ。「ドーン！　ちょっといらっしゃい！」

「お母さん、ここにいるよ」ドーンはすぐそばで言ったが、ベヴァリーには聞こえなかったらしい。

「ドーン、早く！」

ドーンはそっと手を伸《の》ばして、おずおずとベヴァリーのそでを引っぱった。「ここにいるんだけど……」

ベヴァリーはびっくりして飛《と》びあがり、耳が張《は》り裂《さ》けそうなほど大声を出した。たとえ三メートルのゴキブリがあらわれたって、こんなに高くはジャンプしないだろう。ようやく落ち着いてから、声をひそめて言う。「あんた、いつもこんなふうにこそこそしてるの？」

「ごめん」とドーン。

「お客さんがあんたと話をしたいんですって」ベヴァリーはドーンのひじをつかんだ。なぜかうろたえている。

カーテンを開いたリビングは、ダニの集会所にしたらちょうどいいほどほこりまみれだ。カーペットにビスケットのかけらが落ち、テレビマガジンがソファーのクッションふたつに積《つ》んである。

アイヴァー・バックルが、ひじかけいすにだらっと腰《こし》かけていた。気むずかしい顔をしているのは、テレビの音を消されたからだろう。けんめいに、司会者《しかいしゃ》のくちびるの動きを読もうとしている。ベヴァリーがテレビのリモコンをもぎ取って、ミュートボタンを押《お》したのだ。リモコンの下半分が、腕《うで》の下からちらりと見える。

「連《つ》れてきましたわ」ベヴァリーは、ドーンを暖炉《だんろ》のそばの若《わか》い女性《じょせい》に引きあわせた。ドーンは目をぱちくりした。かっこうはぜんぜんちがうけど、すぐにだれなのかわかったからだ。

「こんにちは、ケンブリッジ先生」

「エマって呼《よ》んでちょうだいね」エマはやさしそうにほほえんだ。「またお目にかかれてうれしいわ、ドーン」エマは、てきぱきとドーンと握手《あくしゅ》した。学校で着ていたキンポウゲの花のような黄色いワンピースではなく、おしゃれな麻《あさ》のパンツスーツにえりもとの開いた黒いシャツ。先生というよりは、高給《こうきゅう》取りの弁護士《べんごし》のようだ。女の子っぽいポニーテールの代わりに、編《あ》みこんだ髪《かみ》をうしろできゅっとたばね、茶色いスマートなブリーフケースを持っているせいで、ますますかっこよく見える。

「あのスポーツカーは先生の車ですか？」

「そうよ」エマが目をきらきらさせて答えた。

そうなんだ！　これでわかった。ケンブリッジ先生――エマが、あのときあたしを見つめていたんだ。でもあたしに興味《きょうみ》があるのなら、どうして授業《じゅぎょう》中に無視《むし》したんだろう？　なんのためにうちに来たんだろう？　わけがわからない。学校で問題を起こしたわけではないし、逆《ぎゃく》にすごいことをしたわけでもない。そんな生徒《せいと》の家になんで来るんだろう？　ドーンの口は、びっくりして開きっぱなしだった。

「口を閉《し》めてよ、ドーン」ベヴァリーがいらいらしたように言う。「よくお聞きなさい。ケンブリッジさんは、あなたに聞きたいことがあるそうよ」

「あたしに？」ドーンはうれしくなって叫《さけ》んだ。

「最後《さいご》までちゃんと聞きなさい」ベヴァリーがぶっきらぼうに言う。「ケンブリッジさんは、そのぅ、なんていうか……あんたみたいな才能《さいのう》の持《も》ち主《ぬし》をさがしてらしたんですって。お勤《つと》め先が、〝死んでも……〟」

「えっ！　病気か何かなの？」

「ちがうの。お勤め先が、〝死《S》んでも人《H》に話《H》さない〟、略《りゃく》してSHHというところなのよ」

「SHHというのは、特殊《とくしゅ》機《き》関《かん》なの」とエマ。

「はあ……」

「これ、きれいでしょう！」とつぜん、ジェファーソンがはねるように部屋《へや》に入ってきた。そして、持ってきた新しい旅行用携帯《けいたい》時計を、エマの鼻先に突《つ》き出した。「オックスフォードさん、どうです？　この黄金の文字盤《ばん》を見てくださいよ！」

「ジェフったら、ケンブリッジさんでしょう！　それに、そんなくだらない時計なんかに興味《きょうみ》ないわよ！」

「みごとな時計ですわね」エマは輝《かがや》くようなほほえみを浮《う》かべた。「でも、この時計を見ていたら、ご家族の貴重《きちょう》なお時間をこれ以上奪《いじょううば》ってはいけないことを思い出しましたわ。少しだけドーンと話をさせていただきたいのですが……」

「もちろんどうぞ！」ジェファーソンは楽しげに、雑誌《ざっし》でいっぱいのソファーを片《かた》づけはじめた。

「こちらにおすわりください。ええと……ええと、ケンブリッジさん」

エマはすわってから、ドーンを見あげてとなりの席《せき》をたたいた。

ベヴァリーがきびしく言う。「五分だけですよ。今夜じゅうにやらなくちゃいけない仕事があって大変《たいへん》なんですから」

「わかりました。さあてドーン、いったい何が起こったのか不思議《ふしぎ》に思っているでしょうね」エマが、ブリーフケースを床《ゆか》に置《お》きながら言う。

ドーンはうなずいた。ずっとにこにこしていたのであごが痛《いた》くなってきた。こんなに興奮《こうふん》したことは今までにない。あたしと〝話をしたい〟という人と、五分も話せるんだ。

エマは、愛想《あいそ》よく話しはじめた。「ＳＨＨは、その名のとおり秘密諜報機関《ひみつちょうほうきかん》で、わたしはその中のスパイ追跡部《ついせきぶ》という部署《ぶしょ》にいます」

「あと四分よ！」ベヴァリーがくちびるをかみしめ、腕組みしながら部屋の真ん中につっ立っている。

「ありがとうございます、バックルさん」エマは礼儀《れいぎ》正しく言い、びっくりするほど青い目でドーンを見つめた。

「わたしは人事《じんじ》を担当《たんとう》しているの。組織《そしき》のために働《はたら》いてくれる人をさがし出すという仕事よ」

「代理の先生じゃないんですか？」ドーンの頭はごちゃごちゃだった。

「ああ」エマはくちびるをかんだ。「ちがうの。でもそう思ったのは当然《とうぜん》だわ。校長先生にスパイ追跡部《ついせきぶ》の身分証明書《しょうめいしょ》を見せたら、一日だけクラスを貸《か》してくれたのよ。わたしはこの二週間、ずっとロンドンじゅうの小学校をさがしまわっていたの」

「どうしてですか？」

「部長に命令《めいれい》されたからよ。ある事件《じけん》を解決《かいけつ》するために、特別《とくべつ》な能力《のうりょく》のある子どもをさがすようにって――そしてようやく見つけたの」

うわぁ、それがあたしなの？　ドーンは胸《むね》がドキドキした。

「どうかしら、ドーン？」エマはやさしくたずねた。「わたしたちの仲間《なかま》になってみない？　たった数週間だけよ。ちょうど夏休みが始まるところでしょ？」

「今週の金曜からです」

「だったら学校もほとんど休まないですむわね……」

ドーンはぼうっとなりながら聞いていた。夏休みまえに学校を休めるなんてかっこいい。校長のロールズ先生は、アルバカーキだとかレイキャビクだとか、むずかしい地名のところに旅行に行かないかぎり、休みを認《みと》めてくれないらしい。ドーンの家族はゴスポートにしか旅行に行かないので無理《むり》だ。でもこの話に乗ったら、休むことができる！

「ドーン、知っておいてほしいのは」エマがまじめな声になった。「あなたにしてもらいたい仕事には……危険《きけん》がまったくないとは言えないってことなの」

ドーンの心臓《しんぞう》が早鐘《はやがね》のように鳴りはじめた。

「もちろん、何が起こってもあなたならうまくやれると、自信《じしん》を持って言えるけど」エマは感心したように、ドーンを見つめた。「正直《しょうじき》に言うとね、あなたほど素質《そしつ》のある人には会ったことがないわ。びっくりするほどの才能《さいのう》なの、ドーン。持って生まれたものといえるわね」

「あと……ええと……二分と二十秒ですからね！」ベヴァリーが、青い顔をして言う。

ジェファーソンが「この時計の針《はり》は最高《さいこう》だなあ」とつぶやきながら、ソファーのひじかけにすわり、手のひらの旅行用携帯《けいたい》時計を見てうっとりしている。

素質。才能。持って生まれたもの！　ドーンはすばやくまばたきをした。エマの言葉が、地下室じゅうの時計よりも大きな音で鳴っている。あたしにそんなものあるの？　だれにも言われたことないのに！

「どうかしら、ドーン？　スパイ追跡部《ついせきぶ》に入ってくれない？」

「ええと……」ドーンはためらった。大きな決断《けつだん》をすることに慣《な》れていないからだ。これは本当に大きな問題だ。テントウムシが三匹《びき》いたことが、これほどすごいことのまえぶれだったなんて！　さっきまでは、二点めの〝努力《どりょく》ポイント〟がもらえたらいいくらいにしか思っていなかった。ところが今は、秘密諜報機関《ひみつちょうほうきかん》に入るかどうかの瀬戸際《せとぎわ》にいるんだ！興奮《こうふん》しすぎて、息がうまく吸《す》えなくなった。すごくこわい――でも、体じゅうがぞくぞくするようなすてきなこわさだ。

「はい！　入ります！」

「よかったわ！」エマはうれしそうに言い、ブリーフケースをひざの上にのせて中をさぐった。取り出した薄紫《うすむらさき》色のぶ厚《あつ》い紙の上の方に、〝スパイ追跡部《ついせきぶ》〟という金色の文字がある。その両わきにプリントされているのはユニコーンだ。下には黒い文字で文章が書いてあり、最後《さいご》の三行はサインするところのようで点線が引いてある。

　エマは、「もう一分を切ったわ」と不安げに言っているベヴァリーに書類《しょるい》をわたし、まったく同じ紙をジェファーソンにもわたした。

「契約書《けいやくしょ》です」エマが明るく言う。「わたしたちの機関にドーンが加《くわ》わってくれればうれしいのですが、もちろんご両親の承諾《しょうだく》が必要《ひつよう》ですから」

　ベヴァリーは、腕《うで》を伸《の》ばして、そこらへんの雑誌《ざっし》から落ちたくだらないチラシを見るように、ざっと書類に目を通した。でも読むうちに、だんだん表情《ひょうじょう》がやわらいできた。

「ふうん」読みおわったとき浮《う》かんでいた忍《しの》び笑《わら》いはすぐに消えた。「ということは、ドーンは夏休みじゅうそちらにいるわけですか？」

「そんなに長いあいだは、お嬢《じょう》さんを拘束《こうそく》しないですむと思います」

「そうですか」ベヴァリーは、がっかりしたようだった。

「でもそうなってしまう可能性《かのうせい》もありますわ」エマは立ちあがって、やさしくベヴァリーの肩《かた》にふれた。「お気持ちはわかります……そんなに長いあいだお嬢さんと離《はな》れ離《ばな》れになると思うと、ご心配になるのは当然《とうぜん》ですわ。でも、ドーンはきちんと見守ると、お約束《やくそく》します。人事《じんじ》の担当者《たんとうしゃ》として、採用《さいよう》した人の安全には責任《せきにん》がありますし。このわたしがずっと目を離さないようにいたしますから」

「それにしても、本気でうちの娘《むすめ》がこの仕事にふさわしいと思ってるんですか？　契約書《けいやくしょ》には、スパイ行為《こうい》や探偵《たんてい》行為を行なうと書いてあるじゃないの」ベヴァリーは責《せ》めるように言い、契約書をパタパタと振《ふ》った。「この子は、そんなのに役立つようなこと、何ひとつ習っていませんよ。わたしが知っているかぎりではね。もちろん、国の教育カリキュラムが最近変《さいきんか》わったとしたら別《べつ》だけど、でもそんなのを調べるひまはわたしにはないの。忙《いそが》しくてね。おわかり？」ベヴァリーの顔が真っ赤になった。「とにかく、期待させておいて、やっぱりだめですって言われるのは、いやなんです……そんなひどい目にあうのは、いえ、ドーンをそんな目にあわせるのは」

「ご心配には及《およ》びませんわ。お嬢さんはこの仕事にぴったりなんです、バックルさん」エマが安心させるように言う。

「うわあっ！」ジェファーソンが叫《さけ》び、歯のあいだからヒューッと息をもらした。目を丸くして契約書《けいやくしょ》を見つめている。「ベヴ、第十二条《じょう》を見てみろ！　ドーンに謝礼金《しゃれいきん》をくれるらしいぞ！」

「そんなに興奮《こうふん》しないでよ、ジェフ。もっと下まで読めば、わずかな金額《きんがく》だって書いてあるわよ」

そのとおりだとわかって、ジェファーソンはうなだれた。「なんだ、これっぽっちか。たいしたことないな。でも懐中時計《かいちゅう》と、ちょっといい振《ふ》り子《こ》時計がいくつか買えるかもしれん」ジェファーソンは肩《かた》をすくめた。

「さて、五分たってしまいました。いかがでしょう？」エマが腕《うで》時計を見て、ドーンの両親に輝《かがや》くような笑顔《えがお》を向けた。

「迷《まよ》ってしまうわ。ちゃんと考えないと……」とベヴァリー。

「何を考えてるんだよ？　ペンはあるか？」とジェファーソン。エマがさっと金《きん》メッキの万年筆《まんねんひつ》を取り出すと、ジェファーソンは床《ゆか》に積《つ》んだ雑誌《ざっし》の山にぶつかってよろけながらかけ寄《よ》り、万年筆を奪《うば》い取った。そして「ちょっと持っていてください」と言って時計をエマの手に押《お》しつけ、契約書の点線の上にサインをなぐり書きした。

「もう一枚《まい》にもサインをお願《ねが》いできます？」エマがにこやかに言う。

「いいですよ」ジェファーソンはうなずいて、妻《つま》の手からもう一枚の契約書をもぎ取り、勢《いきお》いこんでサインした。

「奥《おく》さまはいかがでしょう？」エマがやさしく声をかけた。

ジェファーソンが、妻《つま》の鼻先でペンを揺《ゆ》らす。「そうだよ、ベヴ。決断《けつだん》したらどうだい？　ちょっとはいえ金が入るんだし、こんなに感じのいい人がドーンの面倒《めんどう》を見てくれるんだから、言うことないじゃないか」

「ええ……まあ、そうだけど……でもこんなことふつうじゃないでしょ、ジェフ」ベヴァリーは困《こま》った顔で、波打つ赤毛を指でとかし、申しわけなさそうにドーンを見た。「でもきっと、これがいちばんいいのかもしれないわ」苦しそうにエマを見る。「夏休みはいつも悩《なや》みの種《たね》なんです。家に子どもがずっといると……わたしのように仕事が忙《いそが》しい人間には本当に大変《たいへん》なのよ。報告書《ほうこくしょ》を出したり、評価《ひょうか》をつけたり、会議《かいぎ》に出たりしないとならないし……」

「お察《さっ》ししますわ。さぞかし大変でしょうね」エマは何度もうなずいた。

「もし預《あず》かっていただけるなら、わたしも気が楽になります。ドーンのことを一日じゅう心配しなくてもいいんだから」ベヴァリーは万年筆に指を伸《の》ばし、二枚《まい》の書類《しょるい》を夫《おっと》からもらってサインした。

「すばらしいわ」エマがつぶやく。

ドーンは、ソファーにすわっていた。頭がぼうっとして耳鳴りがする。三人の大人《おとな》のまえで紙が行ったり来たりするのを、ただ見ていた。最後《さいご》にエマ自身が契約書《けいやくしょ》の三本目の点線にサインをして、一枚《まい》をブリーフケースにしまい、もう一枚をベヴァリーにわたした。「これで契約書《けいやくしょ》を一部ずつ持ったわけですわ」とエマ。

「手続《てつづ》き完了《かんりょう》だな!」ジェファーソンが、妻《つま》をこづいて笑《わら》った。

「おい、時間だぞ」アイヴァーがひじかけいすでうなりだした。「早くリモコンを返しておくれ! ありがとうよ!」


床《ゆか》が震動《しんどう》しているのは、時計が真夜中の十二時を知らせているからだ。ドーンはせまい寝室《しんしつ》を歩きまわるのを一瞬《いっしゅん》やめ、耳当てを持ちあげた(バックル家では、ちゃんと眠《ねむ》るには耳当てが必《ひつ》要《よう》なのだ)。最後《さいご》のゴーンという音が消えると、ドーンはまたはだしのまま部屋《へや》を歩きだした。ところが、放り出してあったスーツケースにつまずき、つま先を押《お》さえてベッドに倒《たお》れこんだ。スプリングが、ドーンをなぐさめるようにきしむ。ドーンは涙《なみだ》ぐみながら、パッチワークのキルトをなでた。

このせまい寝室とも、今夜でしばらくお別《わか》れだ。ドーンは、ひざをあごに引き寄《よ》せて丸まった。パジャマのふくろうもようが、ひざこぞうで引き伸《の》ばされてゆがんでいる。

エマが朝食のあとに迎《むか》えに来るので、あと八時間。寝《ね》なくちゃいけないのにどうしても眠れない。腕《うで》も足もじっとできないし、胸《むね》がドキドキするし、脳《のう》みその中をいろんなものがぐるぐる回る。ベッドわきのライトを消したら、すべてのものが月の光に包《つつ》まれて灰色《はいいろ》になった。ドーンは手さぐりでクロップをさがして引き寄《よ》せた。クロップは、よれよれのロバのぬいぐるみだ。カサカサ変《へん》な音がすると思ったら、荷物リストをクロップといっしょに抱《だ》きしめている。

赤いスーツケースに荷物をつめこむには、一時間ほどしかかからなかった。下着、ハイソックス、タータンチェックのスカート、コーデュロイのスカート、半そでのブラウス二枚《まい》、木綿《もめん》のパジャマ、カーディガン、洗面《せんめん》用品ひとそろい、今読んでいる『山羊飼《やぎか》いの娘《むすめ》パンジー』の本、それにくたびれた算数の本だ。ドーンはわざと、クロップが入るくらいのスペースを空けておいた。

起きあがって耳当てを調節《ちょうせつ》し、また枕《まくら》に倒《たお》れこむ。そしてパッチワークキルトのふとんをわきのあたりまで引き寄せ、天井《てんじょう》の影《かげ》が揺《ゆ》らめくのを見つめた。

「クロップ、どう思う？　これでよかったのかな？」

ドーン、よかったんだよ。でもぼくのお尻《しり》に乗っからないでくれよ――クロップは、そう言っているようだ。

ドーンは眠《ねむ》くなってきて、まばたきをした。冒険《ぼうけん》に出るんだ。『山羊飼いの娘パンジー』の主人公パンジーのように。ただし山羊は出てこない。もちろん出てきてもいいけどね。

第三章　ピムリコの家

「いっしょに行く？　やめておく？」

ドーンはクロップに聞いてみた。糸で縫《ぬ》っただけの目をのぞきこみ、毛糸で編《あ》まれた耳をやさしく抱《だ》きしめる。ドーンは、またクロップをスーツケースから取り出した。これで七回めだ。クロップは、いいかげんにしてくれよ、とうんざりしているようだ。ドーンはため息をついた。十一歳《さい》ってむずかしい年ごろなんだな。

「あたしは、もう子ども時代を卒業《そつぎょう》するんだから」クロップのうつろな表情《ひょうじょう》は、そんなこと知っているよ、それがどうしたの？　とでも言っているようだ。もう、おもちゃを持っていく年ではないだろう。スパイ追跡部《ついせきぶ》の人たちだってよく思わないだろうし。「だけど来てほしいの。あんたがいるとほっとするんだもの」そう言ってやっても、クロップはそれほどうれしそうには見えない。かまわずクロップをハイソックスのとなりにつめて、スーツケースのふたを閉《し》めた。

しばらくするとドアをノックする音が聞こえたので、ドーンは「わぁっ！」と叫《さけ》んだ。ちょうどスーツケースを開けて、またクロップを取り出そうとしていたからだ。大あわてでクロップをハイソックスの山に押《お》しこんで、びくびくしながら返事した。「はい……どうぞ」

「おはよう、ドーニー」アイヴァーがのろのろ部屋《へや》に入り、黒いベレー帽《ぼう》を礼儀《れいぎ》正しく脱《ぬ》いだ。灰色《はいいろ》のフランネルのズボンに、パジャマの上着をたくし入れている。

「おじいちゃん！」アイヴァーが二階まで来てくれることは、めったにない。

「幸運を祈《いの》っているよ」アイヴァーは、ぼさぼさのまゆ毛をかきながら言う。「もう八時だ、ドーニー。もうじき、あのなんとかいう女がやって来るぞ」

「わかってる」急にドーンの胃《い》がきゅっと痛《いた》んだ。

「もう荷造《にづく》りは終わっているんだね」

「うん」スーツケースを軽くたたいて勇《いさ》ましく笑《わら》おうとしたが、あごのあたりが震《ふる》えてしまう。

「ほらほら、心配するな。だいじょうぶだから」と、アイヴァー。

ドーンは不安でたまらなくなり、だまりこんだ。わくわくしていた気持ちがしゅーっとしぼんで、とつぜん行きたくなくなったのだ。ドーンはひざまずいてスーツケースのふたを閉《し》め、不器《ぶき》用《よう》にバンドをとめようとした。

「いいか、ドーニー。ちょっと聞きな」アイヴァーはゴツゴツした人さし指を立てた。「昨日《きのう》のテレビで、またもの知りになったんだぞ」

ドーンは、がまんしてアイヴァーの話を聞いた。それによると、グアム準州《じゅんしゅう》の州都《しゅうと》はハガニア、オセロットというのはヤマネコの一種《いっしゅ》、シェイクスピアの戯曲《ぎきょく》は合わせて三十八、〝羽毛恐怖症《きょうふしょう》〟というのは、鳥の羽でくすぐられるのがこわい恐怖症の一種らしい。

「忘《わす》れちゃだめだぞ」アイヴァーはいかめしい声で言う。「こういう知識《ちしき》は、いつ役に立つかわからないんだ」

「オーケー、おじいちゃん」

寝室《しんしつ》の開けっぱなしの窓《まど》から低《ひく》いエンジン音が聞こえ、ドブ板がカタカタ鳴って車が停《と》まった。ドーンが窓にかけ寄《よ》ると、地下室の時計がいっせいに鳴りだした。スポーツカーは、今日も屋根をたたんでいる。エマ・ケンブリッジはサングラスをはずし、キーを抜《ぬ》いて車から降《お》りてきた。

「時間じゃないのかい、ドーニー？」

ドーンはうなずいたが、のどに何か引っかかっているみたいでしゃべれない。運動ぐつをはいて、ていねいにひもを結《むす》び、小さなスーツケースを持ちあげた。

「だいじょうぶだから、いい夏休みをすごしてこいよ」アイヴァーが階段《かいだん》を下りながら、ドーンの肩《かた》をたたいた。「いずれにしろ、ゴスポートのきたなくて古いゲストハウスに泊《と》まるよりはよっぽどマシだろう」

エマが廊下《ろうか》で待っている。ジェファーソンが、地下室の時計を見てほしいと誘《さそ》うのを、礼儀《れいぎ》正しくことわっているようだ。「あら、来たわね」エマは、ドーンが階段の下でぐずぐずしているのを見つけて温かくほほえんだ。「荷物を車に積《つ》みこむから、そのあいだにご家族にあいさつしてきたら？」

「ありがとうございます」ドーンは、エマに荷物をわたした。

「ベヴァリーッ！」ジェファーソンが叫《さけ》ぶ。

バタンとドアの音がして、ドーンの母親がおしゃれなスーツ姿《すがた》であらわれた。コーヒーの入ったマグカップを手にしている。エマが握手《あくしゅ》しながらお礼を言い、足早にドーンのスーツケースを車に積みこみに行った。

いきなり三組の瞳《ひとみ》がこちらに向いたので、ドーンは少し居心地《いごこち》が悪くなった。

「それじゃあな」と、ジェファーソン。

「気をつけてね……」ベヴァリーが心配そうにほっぺたにキスをする。

「グアムの州都《しゅうと》は？」と、アイヴァー。

「ハガニア！」

「さすが、おれの孫《まご》だな！」

さようなら、あたしの家……。スポーツカーが、ウィンドミル・ビュー八番地の家からどんどん遠ざかっていく。さようなら、庭の真ん中のゴミ箱。さようなら、通りの街灯《がいとう》や木たち……。

エマが、ハンドルをぐいと回して右折《うせつ》した。さようなら、通い慣《な》れた道……。ついに家の煙突《えんとつ》が見えなくなった。

「ここらへんはウィンドミル・ビューって住所だけど、すごく遠くまで見える望遠鏡《ぼうえんきょう》を使わなくちゃ風車《ウィンドミル》なんて見えない《ビュー》わねえ」エマがのん気につぶやく。

「はい……」ドーンはこの地名をとても気に入っているけど、どう考えてもふさわしくない。風車なんてほとんどないからだ。ドーンはそのことや、近所のちょっとした発見をいつのまにかしゃべっていた。たとえば、みんなが転びそうになるぐらぐらの敷石《しきいし》のこととか、コインランドリーの上にあるムクドリの巣《す》のこととか、ここらへんでただ一軒《けん》の、テレビのアンテナのない屋根のこととか。ふだんドーンがこんな話をしても、だれも聞いてくれない。ところがエマは興味《きょうみ》を持ってくれたのだ。ドーンがひと息つくたびに、心を奪《うば》われたように「ほんとに?」とか「まあ!」とあいづちを打ってくれる。そのことがうれしくて、家を離《はな》れるさびしさがちょっとやわらいできた。

数分のうちに知らない通りになり、ドーンは目を丸くしてあたりを見まわした。景色《けしき》がだんだん変《か》わっていく。うるさい道路工事も、騒《さわ》がしい商店街《しょうてんがい》も、ごみ袋《ぶくろ》が積《つ》まれているきたない歩道もなくなり、大きくて立派《りっぱ》な建物《たてもの》と緑あふれる公園があらわれた。

ドーンは、ドアミラーに映《うつ》る自分の姿《すがた》をながめてにいっと笑《わら》った。髪《かみ》が顔のまわりで飛《と》びはねている。オープンカーに乗ったのなんて、生まれて初《はじ》めて。吹《ふ》きつけてくる風に、心がうきうきしてきた。ほかにどんな新しいことが待っているんだろう。まだスパイ追跡部《ついせきぶ》のことをあまり聞いていないけど、いったい何をやるんだろう。

「スパイ追跡部《ついせきぶ》って何をする部署《ぶしょ》なんですか？」

「その名のとおり、敵《てき》のスパイを追いかけてつかまえる部署よ」エマはサングラスを鼻の頭まで押《お》しさげた。

「えっ？」ドーンは心配になった。つまり、かなり走らなくてはならないってこと？　ドーンは走るのが得意《とくい》ではない。かけっこでビリなんてこともしょっちゅうだ。

「心配しなくていいのよ、ドーン。まずは訓練《くんれん》をたくさん受けることになるけど……たいして長くはかからないわね。あなたには天性《てんせい》のものがあるから」

「天性って……？」

エマのピンクのくちびるに、楽しそうな笑《え》みが浮《う》かんだ。「生まれながらのスパイの才能《さいのう》よ」

「あたしに？　スパイの？」ドーンはびっくりした。

「あなたは、生まれつきこの職業《しょくぎょう》に向いているわ」エマは安心させるように言う。「基本的《きほんてき》な技能《ぎのう》と特性《とくせい》を持っているの」

「あたしが？」そんなことを言われても、まったく意味がわからない。

エマが、広い並木道《なみきみち》を運転しながら言った。「つまりね、あなたの顔かたちが、スパイにうってつけなの。だれもが一瞬《いっしゅん》のうちで忘《わす》れてしまうっていう、最高《さいこう》の条件《じょうけん》をそなえているわ」

すばらしいことだとほめたたえるような言い方だったので、ドーンはほんのちょっぴり傷《きず》ついただけですんだ。

「ゆっくりしたその歩き方なら、だれにも気づかれずに好《す》きなところに行けるでしょう。それに抜《ぬ》け目のない目……」

エマは、ドーンがドアミラーに映《うつ》る自分の目をすばやく見たのに気づき、やさしく言ってくれた。「抜け目のないっていうのは、この場合、とても観察力《かんさつりょく》が鋭《するど》いという意味よ。ふつうの人だったら見すごすようなことでも気がつくということ」エマはなめらかにハンドルを切って、角を曲がった。「さっき家の近所を運転していたとき、ムクドリの巣《す》のことやアンテナがない屋根のことを教えてくれたでしょ？」

「はい」

「どちらも、ふつうの人は見すごしてしまうことなの。でもあなたには注意力があるから、すんなりと目に入るのよ。こういう資質《ししつ》を持っていれば、きっと訓練《くんれん》も楽にこなしていけるわ」

あたしはスパイに抜擢《ばってき》されたんだ……。初《はじ》めて実感《じっかん》して、ドーンは衝撃《しょうげき》を受けていた。ロンドンの景色《けしき》や音にまるで興味《きょうみ》がなくなり、座席《ざせき》にぐったりと身を沈《しず》めた。視界《しかい》のはしっこで、色がふくらんだり溶《と》けあったりしている。自動車の騒音《そうおん》もかき消されたように耳に入ってこない。

今まで将来《しょうらい》の職業《しょくぎょう》なんて、まじめに考えたことはなかった。もちろんスパイなんて、選択肢《せんたくし》にはない。だいたいスパイって何をするんだろう？『００７』の映画《えいが》では、スキーをしたり水の中にもぐったり、すごいスピードで車を運転したりしているけど、ひょっとしたらローラースケートを持ってくればよかったかな？

「もうそろそろ着くわよ」エマは信号《しんごう》で停止《ていし》した。ドーンは、スパイのことをあれこれ考えるのをやめた。制服姿《せいふくすがた》の子どもたちがぎゃあぎゃあ騒《さわ》ぎながら、車のまえを横断《おうだん》している。「あなたの担任《たんにん》のキッチン先生って、かわいらしいおばあさんね」

もし本人のまえでそんなことを言ったら、げんこつを食《く》らうだろう。

エマは指でハンドルをたたきながらほほえんだ。「校長先生が、一日授業《じゅぎょう》を休んでわたしと代わってもらえますかって聞いたら、ふたつ返事で引き受けてくださったわ。あら、うれしいわ、ですって」

いかにも言《い》いそうだ。

信号が青に変《か》わり、車が走りだした。左右の建物《たてもの》がどんどん立派《りっぱ》になる。大理《だいり》石《せき》の階段《かいだん》や金色のノッカーやポーチがあり、いかにも大邸宅《だいていたく》といった感じだ。でもどの家も、ウィンドミル・ビューにあるおんぼろのドーンの家とはちがって、歓迎《かんげい》してくれる雰囲気《ふんいき》がない。

「ここはどこですか？」

「ピムリコに入ったところよ」エマが陸橋《りっきょう》を走りながら言う。あいかわらずすてきな家が続《つづ》くが、もっとサイズが小さく、ふつうっぽくなってきた。外国語らしい名前のカフェを通りすぎた。こぎれいな丸テーブルがいくつも外に出ていて、赤と白の大きな日がさが影《かげ》を作っている。あそこで何か食べられたらいいのに。クロップを持っていくかどうかでずっと悩《なや》んでいたら、朝食を食べそこなってしまったのだ。

「着いたわ」ヴァンブラ・ガーデンズという静《しず》かな道に入り、エマは車を停《と》めた。濃《こ》いグレーのレンガでできた三階建《だ》てのテラスハウスが、五軒並《けんなら》んでいる。黒く輝《かがや》く柵《さく》の向こうに、ちっぽけな庭が見えた。植木鉢《うえきばち》や桶《おけ》に色とりどりの花々があふれている。金色のスイカズラ、明るいピンクのフクシア、たれさがったムラサキナズナ、赤いミニチュアローズなどが競《きそ》いあうように咲《さ》いているのだ。

エマはサングラスを上げて、ひたいにのせた。しなやかに車から降《お》りてトランクを開け、ドーンのスーツケースと自分の茶色いブリーフケースを両手に持って歩きはじめた。二軒めを通りすぎ、三軒めのまえで立ち止まった。戸口の上がり段《だん》に、毛の長い黒ネコがすわっている。足だけが白い。エマはドーンの方を振《ふ》り向いた。まだ座席《ざせき》にすわったまま動けずにいたからだ。

「ほら、外に出てみて」エマが元気づけるように言う。

ドーンはとまどっていた。てっきりスパイ追跡部《ついせきぶ》の本部に連《つ》れていかれるのだと思っていたのだ。ところが、花でいっぱいのこぎれいな庭と古めかしいサッシの窓《まど》があるこの家は、とても秘《ひ》密組織《みっそしき》の本部には見えない。おそろしい番犬が二、三匹《びき》いて、鉄条網《てつじょうもう》で囲《かこ》まれているような巨大《きょだい》ビルに行くものとばかり思っていたのに。ドーンはお日さまに当たって、上がり段で丸くなっている黒ネコをちらりと見た。こわそうなネコではない。

エマが、ひまわりの茎《くき》にぶつかりながらドアを開けた。みごとに咲いている重たい花が揺《ゆ》れ、うしろに〈ダンプサイド・ホテル〉と書いてあるのが見えた。ドーンは自分のまちがいに気がついて、にいっと笑《わら》った。

ああ、そうか。ここはあたしが泊《と》まる場所なんだ。まずここにスーツケースを置《お》いて、それからスパイ追跡部《ついせきぶ》に行くってことか。ドーンはようやく車を降《お》りて、急いでホテルに向かった。エマがスーツケースを下に置いて、黒ネコをなでながら戸口で待っている。ネコは頭をエマの手にこすりつけて寝《ね》そべり、ゴロゴロ大きくのどを鳴らした。

ドーンもしゃがんでネコをなでようとしたとき、スイカズラの巻《ま》きひげの向こうに小さな四角い札《ふだ》があって〝満室《まんしつ》〟と書いてあるのが見えた。だったら、ほかのホテルに行くんだ。ドーンはこのグレーのレンガ建《だ》てのホテルが気に入ったので、がっかりした。せっかく色とりどりの花とかわいいネコがいるのに……。

ドーンが〝満室〟のことを言うまえに、エマはネコと遊ぶのをやめて立ちあがり、黒いドアにあるライオンの頭の形のノッカーを五回たたいた。するとすぐに、落ちくぼんだ黒い目の女の人が、むっつりした顔でドアを開けた。

「いらっしゃいませ」

「ふた部屋《へや》、お願《ねが》いしたいんですけど」

「ふた部屋でございますか？」女の人はびっくりしたように鋭《するど》く聞き返し、刺《さ》すような瞳《ひとみ》でドーンを見つめた。「まあ、なるほど。ふた部屋ですわね。どうぞ、中へお入りくださいませ」

「でも、あそこの札《ふだ》には……」ドーンは思わず口にした。どういうことだろう。札にはしっかり〝満室《まんしつ》〟と書いてあったのに……。ドーンはためらいながら中に入り、ふたりの女性《じょせい》とネコのあとを追った。

薄暗《うすぐら》いので、目が慣《な》れるまで三十秒はかかった。どうやら受付《うけつけ》のようだ。濃《こ》い赤のカーペットが床《ゆか》をおおい、かべには金色のユリの花のもようがある。左手では、古ぼけたソファーとひじかけいすが、マホガニー製《せい》の低《ひく》いテーブルを囲《かこ》んでいる。そのひとつで、おじいさんが経済《けいざい》新聞を真剣《しんけん》に読んでいた。正面にはつやのない金色のドアのエレベーターがあり、右の受付には、ドアを開けてくれたこわそうな感じの小柄《こがら》な女の人が立っている。

女の人は浅黒い肌《はだ》で、つややかな髪《かみ》をきちんとうしろでまとめ、大きな赤い花もようの黒いチャイナドレスを着ている。人の心を見透《みす》かすような鋭《するど》い目つき……ドーンはこんな瞳《ひとみ》を今まで見たことがなかった。女の人はその瞳でエマをじっと見つめながら、静《しず》かに話している。

ドーンが話に加《くわ》わろうとして受付に近づくと、ネコもついてきた。すると黒い瞳の女の人が話をやめたので、ドーンはとまどった。今までこんなことはなかったからだ。みんなドーンがいることに気づきもしないで、ぺらぺら話しつづけるのに。

「わたくしはこのホテルの支配人《しはいにん》のオリファントと申します。〈ダンプサイド・ホテル〉へようこそ。どうかごゆっくりおくつろぎくださいますように」

「ああ……ありがとうございます」ドーンは、思わずどきっとするきつい視線《しせん》をよけて、カウンターの奥《おく》のかべに目をそらした。一から十までの数字がついた真《しん》ちゅう製《せい》のフックに、金色の大きなかぎがかかっている。

「サインをお願《ねが》いできますか？　部屋《へや》のかぎをおわたししますので」オリファントさんが、てきぱきと革表紙《かわびょうし》のノートを広げてエマに差《さ》し出した。金《きん》メッキの万年筆《まんねんひつ》が、チェーンでカウンターとつながれている。エマがバックル家のリビングですばやく出した万年筆にそっくりだ。エマは紫《むらさき》のインクでサインし、続《つづ》いてドーンの名前も書きこんだ。

「ありがとうございます」オリファントさんはノートをしまうと、うしろのフックからふたつのかぎを取った。「お部屋は二階です。お気に召《め》したらいいのですけれど。十二時から二時までのあいだに、お昼をご用意いたしますわ」

お昼という言葉を聞いて、ドーンのおなかがグルグルと大きな音を立てた。オリファントさんが目を細める。「おなかがすいていらっしゃるのね。朝ごはんは？」

「食べていません……」ドーンは消え入《い》りそうな声で答えた。

「それではご用意いたしますわね」オリファントさんが小さなベルをチリンチリン鳴らすと、すぐに赤毛の若《わか》い男がスタッフ専用口《せんようぐち》からやって来た。黒い蝶《ちょう》ネクタイが少しひん曲がり、白いシャツのおなかのあたりにパンくずがついているが、おしゃれな感じで笑顔《えがお》が人なつこい。

「お客さまが朝食をお取りになるそうよ。さっそくご用意してさしあげて、ネイザン」

「オーケー！」若い男は元気よく言った。

オリファントさんが顔をしかめる。「上のお部屋《へや》に持っていってね」

「がってんです！」

ネイザンが親指を上げると、オリファントさんはしつこくくり返した。「上の階にお持ちするんですよ、わかってる？」

ネイザンは一瞬《いっしゅん》ぽかんとしたが、はっと気がついたように目を輝《かがや》かせてウィンクした。「わっかりました！」かがみこんで、長い毛の黒ネコを抱《だ》きかかえた。「おいで、ピーブルズ。仕事だぞ！」

ドーンは、ネイザンがネコをかかえて行ってしまうのを見ていた。ネコは不満《ふまん》そうにこちらをじっと見ている。ドーンはドキドキしていた。ドーンのことをだれかが気にしたり、話を聞いてくれたりするたびに、胃《い》のあたりがざわざわと温かくなる（腹《はら》ぺこでおなかがグルグルいうのとは、まったくちがう）。ネイザンは、何を作ってくれるんだろう。ソーセージがあればいいな。ドーンはそう思いながらスーツケースを持ちあげ、エマを追って古くさいエレベーターに向かった。

エレベーターのドアが、きしんだ音を立てて開いた。二階のボタンを押《お》すと、ガタガタ揺《ゆ》れながら上っていく。三階のボタンはない。外から見たときは三階建《だ》てみたいだったのに、なんでだろう。

二階の廊下《ろうか》には窓《まど》がなく、ドライフラワーのバラの香《かお》りがした。かべにならんだ、小さなかさつきのランプが、薄《うす》ぼんやりと光っている。ふたりはミシミシ床板《ゆかいた》を鳴らしながら、部屋番号のついた木のドアをいくつも通りすぎていった。どこがあたしの部屋《へや》なんだろう？　なぜかエマは部屋をぜんぶ通りすぎて、廊下《ろうか》の奥《おく》で立ち止まった。そこには全身が映《うつ》るくらい大きな鏡《かがみ》がある。いったいどういうこと？　エマがこんなときに鏡をまじまじと見つめるような気取り屋とは思えない。

「早く来て！」エマが手招《てまね》きした。

ドーンは鏡に近づいて、もじもじしながら自分の姿《すがた》を見つめた。エマが髪《かみ》でも直しているのかと思って見あげたが、そうではなかった。エマは自分自身ではなくて、そのうしろの空《から》っぽの廊下を見つめていたのだ。

「何を見ているんですか？」

「だれも来ないか、確認《かくにん》しているのよ」そう言うと、エマは右足を曲げて、鏡の下わくの板をけった。

ドーンはぎょっとしたが、かまわずエマは手を伸《の》ばして鏡をさわった。するとおどろいたことに、鏡が動きだしたのだ。もっと押《お》すと鏡がぐるっと回り、なんとそのうしろに階段《かいだん》が見えたのだった。

第四章　スパイ追跡部《ついせきぶ》

そのあとはあっという間《ま》だった。まずエマが鏡《かがみ》とわくのあいだの細長いすきまに荷物を投げいれ、揺《ゆ》れている鏡の向こうにドーンを押《お》しこんだ。ふたりは、鏡の向こうのふわふわしたカーペットに、そうっと着地した。どうやら、階段《かいだん》の踊《おど》り場《ば》のようだ。

いったいどういうこと？　エマはくちびるをぎゅっと結《むす》んで鏡を戻《もど》している。カチッと静《しず》かな音がして鏡がもとのところにはまり、向こう側《がわ》の廊下《ろうか》が見えなくなった。

「手荒《てあら》なまねをしてしまってごめんなさいね」エマがブリーフケースを持ちあげながら言う。

「でも、ホテルのお客さんに見られるわけにはいかないの。わかったと思うけど、この階段があることは秘密《ひみつ》だから」

「ここはどこですか？」ドーンは混乱《こんらん》してあたりを見まわした。あちら側とは感じがかなりちがう。まるで別《べつ》の建物《たてもの》に来たみたいだ。カーペットは濃《こ》い青。かべはバタークリームみたいに薄《うす》い色で、つるつるしている。「となりの建物《たてもの》ですか？」ドーンは、きらきら輝《かがや》くシャンデリアを見あげて聞いた。

「いいえ。まだ〈ダンプサイド・ホテル〉の中よ。でも、ほとんどの人が知らない場所なの。秘《ひ》密《みつ》の入り口を通ってきたのよ。この階段《かいだん》を上《のぼ》ると」エマはそう言いながら階段の上を指さした。

「スパイ追跡部《ついせきぶ》の本部があるの」

ドーンは、自分の耳が信《しん》じられなかった。「ってことは、スパイ追跡部はこのホテルの中にあるんですか？」

「そう。三階ぜんぶがそうよ」

「本当に？」ドーンはまだ信じられず、思わず聞き返した。秘密諜報組織《ひみつちょうほうそしき》のオフィスが、こんな質素《しっそ》で小さなホテルにあるなんて、どう考えてもありえない。

「SHHやその配下《はいか》にあるいろんな部署《ぶしょ》は、ロンドンじゅうの思いもかけないところに散《ち》らばっているわ。でもどこも厳重《げんじゅう》に見張《みは》られていて、秘密の入り口を知っている者しか入れないの」

ドーンは鏡《かがみ》をつついて寄《よ》りかかってみたが、びくともしない。「どうやったんですか？」

「板のここにくぎがあるでしょう？」エマは、鏡の下わくの板を指した。サクランボの種《たね》くらいの大きさのくぎがあるが、板とまったく同じ色で塗《ぬ》られているので見分けがつかない。

「へえ……こんなちっぽけな」ドーンが目を細めた。

「うまくくぎの頭をたたけば、鏡が回るの」とエマ。

「裏側《うらがわ》にもくぎがあるんですね？」

「そのとおり」そう言うと、エマは腕《うで》時計をながめてドーンのスーツケースに指をかけた。「だいたい九時半ね。ドーン、もうそろそろ行きましょう。みんなが心配するから」

ドーンは、エマについて階段《かいだん》を上《のぼ》った。途中《とちゅう》で立ち止まって手すりから身を乗り出すと、階段のいちばん下が見えた。ものすごく遠く、地下まで続《つづ》いているようだ。それで、地下にも同じような秘密《ひみつ》の入り口があるのか、エマに聞いてみた。するとそのとおりだという。「キッチンにもひとつ入り口があるの。食器室《しょっきしつ》のかべが、ここの鏡《かがみ》と同じように動くのよ。ただどのなべの柄《え》を引っぱればいいか、知らないといけないけどね」

階段を上りきると、せまい廊下《ろうか》になっていた。床《ゆか》には、先ほどと同じ光沢《こうたく》のある青いカーペットが敷《し》いてある。ドーンは左右のドアに気を取られながら、歩いていった。ドアには〝偽造《ぎぞう》文書担当室《たんとうしつ》〟〝変装《へんそう》担当室〟などと書かれた真《しん》ちゅう製《せい》のプレートがついている。どれも刺激的《しげきてき》な名称《めいしょう》だ。〝暗号・小道具担当室〟というプレートのあるドアが少し開いていて、すきまから、しわくちゃのたてじまのジャケットがいすの背《せ》にかかっているのがちらっと見えた。

〝人事部《じんじぶ》〟と〝極秘任務室《ごくひにんむしつ》〟を通りすぎて、〝総務部《そうむぶ》〟のまえにいるエマに追いついた。ドアの向こうから、トントントンとすごい勢《いきお》いの音がして、たまにチンという軽い音が聞こえてくる。エマがドアをすばやくノックした。「どうぞ！」という歯切《はぎ》れのいい声。ドーンはハイソックスをたくしあげて中に入った。

きちんと片《かた》づいた部屋《へや》だ。ふたつの書類棚《しょるいだな》のあいだで、ぴんと背《せ》すじを伸《の》ばした女の人が、机《つくえ》に向かっている。ほおがこけた骨《ほね》っぽい顔に、細いまゆと大きな鼻。茶色いまっすぐな髪《かみ》を真ん中で分け、ビロードのリボンで一つに束《たば》ねている。顔も体もまったく動かないので、もし指が昔ふうのタイプライターの上を飛《と》び交《か》っていなければ、ろう人形とまちがえてしまいそうだ。仕事に夢中《むちゅう》で、ふたりが入ってきたことなど気にかけてもいないように見える。

エマがせき払《ばら》いして、ドーンの肩《かた》に手を置《お》いた。「おはよう、トゥルーディ。新人をご紹介《しょうかい》したいの。ドーン・バックルさんよ」

トゥルーディは一分ほどタイプを打ってから、ようやく指を離《はな》してドーンを見た。糸のように細いまゆが、おでこまでつりあがった。「おやまあ！　わたしはまた、中学生か高校生かと思っていたわ。こんなおちびさんだったなんて……。レッドが会ったらなんていうかしらね？　せいぜい八歳《さい》くらいでしょう？」

エマはドーンの肩をきゅっとつかんで言った。「ドーン、こちらはトゥルーディ・ハリスさん。スパイ追跡部《ついせきぶ》の秘書《ひしょ》の方よ」

「こんにちは。あたし、八歳ではなくて十一歳です」

トゥルーディは、またタイプしはじめた。チンという音は、タイプの行《ぎょう》を変えるときの音だったのだ。「十一歳ですって？」軽蔑《けいべつ》したように言い、キーを打ちつづける。「スパイとしては若《わか》すぎるんじゃないの？　まあ、どうせこの作戦《さくせん》は失敗《しっぱい》するのよ。わたしたちはみんな失業《しつぎょう》して、アンジェラの行方《ゆくえ》もわからずじまいでしょうよ」

エマは重いため息をついた。そしてドーンの手をにぎって、となりの部屋《へや》に続《つづ》くドアのまえに連《つ》れていった。〝スパイ追跡部長《ついせきぶちょう》〟という真《しん》ちゅう製《せい》のプレートがついている。エマははげますようにドーンにほほえんで、ドアをたたいた。

「どうぞ、お入り！」楽しげな声が聞こえてきた。

そのとき、トゥルーディが叫《さけ》び声をあげて、タイプライターから紙をむしり取った。「まちがいが多すぎ！」くしゃくしゃに紙を丸めてゴミ箱に放りこみ、ドーンに向かってどなる。「あんたのせいで、集中力が切れちゃったじゃないの！　調査《ちょうさ》部長への手紙がやりなおしになっちゃったわ！」

「無視《むし》しましょうね……」エマがささやきながらドアを開け、ふたりはとなりの部屋に入った。きれいに片《かた》づいていたトゥルーディの部屋とちがって散《ち》らかっているが、居心地《いごこち》がよさそうだ。天井《てんじょう》まである棚《たな》には本と骨董品《こっとうひん》が並《なら》び、窓《まど》わくにはオリヅルランの鉢《はち》が置《お》いてある。このごったがえした部屋の真ん中に、背《せ》が低《ひく》くてずんぐり太った男の人がいた。庭に置く小人の石像《せきぞう》みたいな顔だ。ドーンを見てうれしそうに、緑色の革《かわ》のいすからぱっと立ちあがった。「やっと来たね！」

ドーンはびっくりした。スパイ追跡部の部長だったら、きっと校長先生や銀行の支店長《してんちょう》みたいに、きっちりしたスーツとネクタイ姿《すがた》だと思っていたからだ。ところがこの人は、チェックの半そでシャツに真っ赤な手編《てあ》みのネクタイ、そしてコーデュロイのズボンをはいている。しかも足もとはサンダルだ。

「お目にかかれてうれしいよ、バックルさん」男の人は机《つくえ》をぐるりと回り、ドーンに近づいて手をにぎった。まるで力を入れると指が折《お》れると思っているかのように、そうっとやさしく。「えと……きみのことを〝ドーン〟と呼《よ》んでもいいかな？　わたしはこの小さな組織《そしき》の部長をしているレッドモンド・ジェリコー。みんなはレッドと呼んでいる」

「はじめまして、レッドさん」ドーンは近くのいすにすわった。トゥルーディに冷《つめ》たくされたあとだったので、温かく迎《むか》えられてほっとしながら。

レッドはほほえみながら、机のはしっこに腰《こし》をかけた。「ドーン、じつを言うと、わたしはもうあきらめかけていたんだ。むずかしいことは承知《しょうち》で、エマにスパイの才能《さいのう》がある子どもをさがしてほしいと頼《たの》んだ。でも二週間たっても見つからなかったんで、もう任務《にんむ》から手を引くしかないかと思っていたところだった」

「本当に運がよかったんですわ」エマがブリーフケースを開けながら言う。「ペントンヴィルにある小学校に向かう途中《とちゅう》で、ドーンがたまたま車のまえをわたったんです。そのしゅんかん、この子しかいないと確信《かくしん》しました」

「本当によくやった。最高《さいこう》の仕事だ！」レッドは、エマが取り出した契約書《けいやくしょ》に目を走らせた。「よし。ご両親のサインがあるし、ぜんぶ整っているようだな。すばらしい！」レッドは契約書をわきに置《お》いて、机《つくえ》の上の時計に目をやった。「ほかのメンバーには、十時に極秘《ごくひ》任務《にんむ》室《しつ》に集まるように言ってある。きみも、会議《かいぎ》の準備《じゅんび》をしておいてくれるかい？」

「わかりました」エマはくるりと向きを変《か》えて、部屋《へや》から出ていった。

「エマの新人採用《さいよう》の腕《うで》は、たいしたもんだ。スパイ養成《ようせい》大学を出たばかりで、たったの二十二歳《さい》。本当は情報収集部《じょうほうしゅうしゅうぶ》に就職《しゅうしょく》したかったんだが、あいつらはばかなことにエマを落としてしまった！　で、結果的《けっかてき》にわれわれが得《とく》をして、あいつらが損《そん》したわけさ。そうだろ？」レッドはドーンにやさしく笑《わら》いかけた。ドーンはかすかにうなずいたが、あまり意味がわからない。

「おっと、おれもばかだな」レッドが顔をしかめた。「エマは、きみにＳＨＨのことを教えるひまはなかったはずだ。ほかの組織《そしき》のことも。ちゃんと知っておいた方がいいだろう？」

「はい。お願《ねが》いします」

レッドは赤いあごひげをさすりながら、慎重《しんちょう》に話した。「ＳＨＨは、もちろん〝死《S》んでも人《H》に話《H》さない〟を略《りゃく》したものだ。これは国の安全を守る組織で、主《おも》な目的《もくてき》は、イギリスという国を敵《てき》から守るために、秘密《ひみつ》情報を集めること……」

そのときオフィスのドアがぎいっときしみ、ゆっくりと開いた。まるで自分の意志《いし》で開いたかのように。ドーンは大きく目を見開いた。ふつう、人の足が見えるところに、黒ネコのピーブルズがあらわれて部屋《へや》に入ってきたからだ。厚《あつ》みのある小さな包《つつ》みが、胴《どう》に巻《ま》いたベルトにくくりつけられている。

「おや、ピーブルズ。何を持ってきたんだい？　配達《はいたつ》は頼《たの》んでいないが」

ネコは、知らんふりしてドーンのいすに近づいた。包《つつ》みが背中《せなか》で揺《ゆ》れている。ドーンの運動ぐつのそばにすわって、何かを訴《うった》えるようにミャオと鳴いた。

「どうやらきみあてのようだ。ルームサービスでも頼んだのかい？」

「ひょっとして……あたしの朝ごはん？」

ドーンはびっくりしてかがみこみ、ていねいに包みをネコの体からはずした。そしてひざの上で包みを開くと、温かいベーコンサンドイッチがふたつ出てきたのだ。「ありがとう、ピーブルズ！」絹《きぬ》のような黒い頭をなでると、ネコはのどを鳴らした。サンドイッチをつまみながらドーンは叫《さけ》んだ。「すごい！　まさか、ネコがサンドイッチを運んでくれるなんて！」

「必要《ひつよう》に迫《せま》られてね。ホテルの従業員《じゅうぎょういん》は、この階に来られないことになっているんだ。だから、ピーブルズが新聞や文房具《ぶんぼうぐ》やちょっとした食べ物を持ってきてくれるんで、大助かりだよ。人間とちがって秘密《ひみつ》のドアをくぐらなくても、床下《ゆかした》を通って行き来できるんだ。ちっぽけなすきまさえあれば入れるし、どんなところにも登れる。ピーブルズは、スパイ追跡部《ついせきぶ》の貴重《きちょう》なメンバーだよ。ところで、ええと……どこまで話したかな？」

レッドは、まゆにしわを寄《よ》せた。「そうそう。ＳＨＨのことを話していたんだ。ＳＨＨは六つの部署《ぶしょ》に分かれていて、スパイ追跡部はそのひとつなんだ。どの部署も専門《せんもん》はちがうが、やっていることは諜報活動《ちょうほうかつどう》――つまり、スパイってことさ」

ドーンはうなずいた。口の中がやわらかいパンとカリカリのベーコンでいっぱいで、しゃべれない。

「SHHの六つの部署《ぶしょ》のうち、三つは現場《げんば》にスパイを送りこんで仕事をさせている。あとの三つの部署は、言うなれば縁《えん》の下の力持ち。スパイの任務《にんむ》を成功《せいこう》させるために、情報《じょうほう》を送ったり道具をそろえたりしているんだ。現場に出る部署は、われわれスパイ追跡部《ついせきぶ》のほかに、情報収集《しゅうしゅう》部と情報保護《ほご》部がある。そのふたつの部署は、スパイを使って敵《てき》の情報を集めたり、こちら側《がわ》の秘《ひ》密《みつ》がもれないように活動したりしているんだ」

「はあ……」ピーブルズがドーンの足もとで、ものほしそうなようすをしていたので、ドーンはベーコンの切れはしをやった。

「そしてドーン、われわれスパイ追跡部の役割《やくわり》は、敵側のスパイを追跡して逮捕《たいほ》することなんだ」レッドがウールの赤いネクタイを、得意《とくい》げにしめなおした。「残念《ざんねん》ながら、だれもが国家《こっか》に忠実《ちゅうじつ》なわけではない。国民《こくみん》を裏切《うらぎ》って敵側についてしまうようなやつらがいるからな」

「どうしてですか?」

「いろいろだよ。国のやることに幻滅《げんめつ》したり、脅《おど》されてむりやりやらされたり……中には金がほしくて裏切るものもいる。鼻先に札《さつ》たばをつきつけられて、つい目がくらんだというわけだ。そのようなきたないスパイがどこにいるかかぎつけて、つかまえるのがわれわれの役目だ」

「そういうスパイって、どんな人なんですか?」

「どんな人にでも化《ば》けている。ドーン、やつらはどこにでもいるんだ。かつてSHHの組織《そしき》に入りこんだやつさえいた。これは本当に危険《きけん》なことだ。考えてもごらん。各部署《かくぶしょ》の場所もばれるし、秘密書類《ひみつしょるい》が盗《ぬす》まれるかもしれない。任務《にんむ》が失敗《しっぱい》するように操作《そうさ》することだってできる。じつはつい二年まえに、SHH長官《ちょうかん》の秘書《ひしょ》メイヴィス・ヒューズが、秘密書類を国外に持ち出そうとしたことがあった。すぐ刑務所《けいむしょ》行きになったから、しばらくはお日さまを見ることはないだろう。つまりだな、ドーン。もしSHHのメンバーが悪《あく》に染《そ》まったら、これほど手ごわい敵《てき》はいないってことなんだ。つかまえるのは至難《しなん》の業《わざ》だろう」

ドーンは頭痛《ずつう》がしてきた。「だいたいわかりました。ほかの三つの部署《ぶしょ》は何をしているんですか?」ピーブルズのあごをくすぐりながら聞く。「調査部《ちょうさぶ》っていうのもそのひとつですか? トゥルーディが、部長に手紙を書いているって言ってましたけど……」

レッドは楽しそうにほほえんだ。「そう、ディアドリ・フェザーズに手紙を書いているはずだ。ディアドリは調査部長の女性《じょせい》で、昔、スパイ養成《ようせい》大学の同級生だった」

「スパイ養成大学?」

「ああ。SHHで働《はたら》きたい人のための大学だ。ディアドリはガリ勉で、いつも本に頭をつっこんでいたよ。スポンジのようになんでも吸収《きゅうしゅう》する脳《のう》みその持《も》ち主《ぬし》でね。調査部でえらくなるだろうと、あのころから思ってたんだ」

「ほかのふたつの部署は?」

「まず暗号創作部《あんごうそうさくぶ》がある。秘密《ひみつ》のメッセージをスパイどうしで送れるように、さまざまな暗号を考え出す部署《ぶしょ》だ。そして装置製造部《そうちせいぞうぶ》。ここは、スパイが持っていると便利《べんり》なもの、つまり小道具を作ってくれる。びっくりするような品ばかりだよ」

「スパイになるのってむずかしいんでしょうか？」スパイ養成《ようせい》大学では、いったいどんなことを習うんだろう……。

レッドはその質問《しつもん》には答えずに、こう聞いた。「朝飯《あさめし》は終わったのかい？」

「ええ、まあ」ドーンは、サンドイッチの最後《さいご》のかたまりを飲みこんだ。

「ちょいと窓《まど》の下を見てごらん。何が見える？」

「ええと……」ドーンはためらった。すばやく答えることには慣《な》れていない。「男の人がポテトチップスを食べています」

「そうだね。ほかには？」

「おばあさんが買い物袋《ぶくろ》を提《さ》げていて……あとベビーカーを押《お》している女の人もいます」

「そう。ふつうの人たちが、ふつうに生活しているだろう？」

「はい」

「百分の九十九はそのとおり。でもふつうじゃないことも、たった一パーセントだけあるんだ」

「えっ？　どういうことですか？」

「今きみが言った人たちでも、スパイの可能性《かのうせい》があるということだ」レッドはまた、机《つくえ》のはしに腰《こし》を下ろした。「スパイたちはとてもかしこい。するりとある場所にもぐりこんで、そこになじむことができる特殊《とくしゅ》な人間だ。表面的《ひょうめんてき》にはごくふつうの社会の一員なのに、じっさいはにせもので、任務《にんむ》を行《おこ》なうことだけを考えて動いている」

「訓練《くんれん》には時間がかかるんですか？」ドーンは、ピープルズを抱《かか》えてひざに置《お》いた。

「うーん。むずかしい質問《しつもん》だが、おれはこんなふうに思っている」レッドは、ひたいにしわを寄《よ》せた。「スパイというのは訓練で作られるものではなくて、生まれつきのものだ。一生スパイ養《よう》成《せい》大学で学んでも、まったく進級できないものもいれば、会ったばかりなのに、たちまち技術《ぎじゅつ》を手に入れるものもいる。生まれつきの才能《さいのう》が、あるかないかなんだ！」レッドが指で三角を作りながら、意味ありげにこちらを見た。

ドーンはいすの中でもじもじしながら、顔が赤くなるのを感じた。「あたしには天性《てんせい》の才能があるって、エマに言われました」

「そのとおり！　だからそんなに心配することはないよ。才能が十二分にあるのは事実だ。じっさい、きみほどの人には今まで会ったことがない。さてと、もうそろそろほかのメンバーに、きみを紹介《しょうかい》しないといけないな。質問《しつもん》はあるかね？」

「ええと……」ドーンは、何かかしこそうな質問はないかと思いながら、サンダルから飛《と》び出ているレッドのつま先をぼんやり見つめた。スパイになれるほどかしこいと思われているんだから、まぬけな質問をしないようにしないと。

「それぞれの部署《ぶしょ》はどこにあるんですか？　エマが、ロンドンのいたるところに散《ち》らばっている
と言っていたんです。しかもびっくりするようなところにあるって……」

「ああ、そうだよ。たとえば情報保護部《じょうほうほごぶ》はウェストエンドの劇場《げきじょう》に、情報収集部《しゅうしゅうぶ》は有名な博物館《はくぶつかん》の中にある」レッドは鼻の横をたたいて、ウィンクした。「だれにも言うなよ、ドーン。これは秘密中《ひみつちゅう》の秘密なんだ」

「秘密中の秘密？」

レッドがまじめな顔になった。「そこにある情報は敵《てき》にとって宝《たから》の山なんだ。どの部署にも、職員《しょくいん》がどんな任務《にんむ》を行《おこ》なってきたか詳《くわ》しく書いたデータがある。劇場も博物館も、スパイたちがしょっちゅう出入りしている場所だろう。もし敵に職員の顔がばれたらもう終わりだ。任務は中止だし、スパイとしてもやっていけない」

「わかりました」ドーンがほかの質問《しつもん》を思いつくまえに、レッドの電話が鳴った。

「ちょいと失礼《しつれい》するよ」レッドが元気よく受話器《じゅわき》を取った。「もしもし、ジェリコーですが――はい、長官《ちょうかん》。もちろんです。おれが責任《せきにん》を取りますから。危険《きけん》な状況《じょうきょう》かって……いいえ、騒《さわ》いでいるやつがいるだけですよ」レッドは深刻《しんこく》な顔をしながらも、気軽そうに言った。「ぜんぶうまくいきますよ」

ドーンは変《へん》な気持ちになった。盗《ぬす》み聞きは好《す》きだけど、それは自分が聞いていることを相手が知らないときだけだ。ドーンはピーブルズを抱《だ》いて、窓辺《まどべ》に近づいた。道の向こうを見ると、ひ

とりの少年が、飼《か》い犬を街灯《がいとう》から引き離《はな》そうとしている。力いっぱい引っぱっているのにびくともしないので、困《こま》りはてているようだ。あの犬のぼさぼさの毛の下に、ものすごい筋肉《きんにく》があるのだろうか。それともめちゃくちゃがんこな犬で、意地でも動かないのだろうか。少年は、あきらめて柵《さく》に寄《よ》りかかった。そして〈ダンプサイド・ホテル〉に目をやり、ドーンのいる窓《まど》を見あげたのだ。ドーンはぎくりとした。姿《すがた》を見られたら、レッドになんて思われることか……。窓から離れてこっそりレッドを見ると、まだ電話でしゃべっている。

「ですから長官《ちょうかん》」レッドが電話のコードをいじりながら言う。「もちろん、すぐにってことではないですよ。このあいだいらしたばかりですからね。それにしても、わたしのちっぽけなお願《ねが》いはやっぱり聞き入れていただけないようですな……どうしてもだめなんですか？ ほんのちょっと予算をいただきたいだけなのに……わたしのせいですって？ わたしがいいかげんに使ったとでも？ あとのことを考えないでむだづかいした、ですって？」レッドはえりもとをゆるめて、何回もつばを飲みこんだ。電話の相手が、キンキン声でわめいているのが聞こえてくる。かなり怒《おこ》っているみたいだ。

レッドがまじめな声で言う。「小道具の予算ですか？ ええと……たったの四ポンド九十ペンスしかありませんよ。ええ、たしかに苦しいですな。ですから……」そのあと、いやなことをまくしたてられたのか、レッドは顔をしかめて受話器《じゅわき》を耳から離し、しばらくしてからようやく口を開いた。「つまり長官は、わたしと意見がちがうというわけですな。マード・ミークの事件《じけん》は終わったとおっしゃる……なるほど、だったら長官《ちょうかん》、どうやって部署《ぶしょ》を運営《うんえい》していけばいいんですか？　自分で考えろ？　そうですか。でも、どこかから予算をいただかなくては……はあっ？　なんですって？」レッドが飛《と》びあがって、大声で叫《さけ》んだ。「冗談《じょうだん》じゃない！」そのあと、受話器《じゅわき》をふさぎながらドーンにささやいた。「すぐ終わるからな」

ドーンは床《ゆか》にかがんで、ピーブルズをなでた。ピーブルズはとつぜんの大声におどろいて、すごい勢《いきお》いでいすの下にかくれてしまったのだ。

「そんな必要《ひつよう》はありません！」レッドはきっぱりと言った。「本当です。情報《じょうほう》は入ってきているんですよ。ところで、大切な会議《かいぎ》があるのでもう失礼《しつれい》します。それでは、お電話ありがとうございました！」

レッドは受話器を置《お》いて、気恥《きは》ずかしそうにドーンを見た。「SHH長官のフィリッパ・キリンバックだ。まあ……必《かなら》ずしも気が合う相手ってわけじゃなくてな」

いかにもそんな感じだ、とドーンは思った。

レッドは机《つくえ》の上の時計を取りあげた。「うわあ、十時五分すぎじゃないか。遅刻《ちこく》しちまった。みんな待っているぞ。言いわけを考えなきゃな」

第五章　戻《もど》ってこなかったスパイ

ドーンは、髪《かみ》を直してカーディガンのボタンをとめた。仲間《なかま》に紹介《しょうかい》されるのだから、ちゃんとしているように見られたい。部署《ぶしょ》にはたくさん人がいるんだろう。なんといったって、イギリスじゅうにいる敵《てき》のスパイを追跡《ついせき》する部署なのだから。みんなきちんとしてまじめでエネルギッシュな人たちにちがいない。部屋《へや》がしーんとしているのは、ノートの用意をして静《しず》かに待っているからだろう。

レッドが極秘任務室《ごくひにんむしつ》のドアの取《と》っ手《て》を回してわずかに開けると、こんな声が聞こえてきた。

「九十一、九十二、九十三……」人数を数えているのだろうか。ドアを大きく開けて、レッドとドーンは部屋に入った。

仲間って……たったこれだけ？　想像《そうぞう》していたようないすの列はない。真ん中のテーブルを囲《かこ》んで六人がすわっているだけだ。エマとトゥルーディもいる。ふたりは言い争《あらそ》いでもしたらしく、ピンクのほおをしていて、わざとおたがいを見ようとしない。みんながのんびり手にしているのは、ノートではなくてティーカップ。編《あ》み物《もの》をしているおばあさんと、居眠《いねむ》りしているはげのおじいさんは別《べつ》だけど。

「九十八、九十九……」おばあさんがつぶやきながら、手にした針《はり》で小気味《こきみ》よく編み目を拾う。ふと目を上げてドーンたちに気がつき、編み物をやめて居眠りしている仲間《なかま》をつついた。「ジャグディッシュ、起きて！　始まるよ」

おじいさんは大きないびきをかいてから体をぴくっと震《ふる》わせ、ドーンをぼんやり見あげた。

「あの子？　ちびだな」

「山椒《さんしょう》は小つぶでもぴりりと辛《から》いって言うだろ？」おばあさんはそう言ってドーンを見つめた。灰色《はいいろ》の髪《かみ》をたらして、ボタンのようなイヤリングをしている。背中《せなか》が少し丸い。首には針刺《はりさ》しをぶらさげている。「はじめまして、お嬢《じょう》ちゃん。あたしゃ、イジー・マクミン。席《せき》を取っておいたからね」イジーはやさしい声で言い、となりの席をぽんとたたいた。「エマ、ポットにまだ紅《こう》茶《ちゃ》が残《のこ》っているかい？」

ドーンが紅茶を飲んでいるあいだに、みんな自己紹介《じこしょうかい》をしてくれた。イジー・マクミンは衣装《いしょう》係で、スパイが任務《にんむ》に使う服をすべてひとりで用意するそうだ。まだ眠そうにだらっとすわっているはげのおじいさんは、ジャグディッシュ・パパチャンという書類偽造《しょるいぎぞう》係。インクに染《そ》まった長くて器用《きよう》そうな指を見せながら、この指でにせのパスポートを十五分で作るんだと教えてくれた。また、世界じゅうのどんなサインもまねできるらしい。

日焼《ひや》けしたがんじょうそうなおじいさんは、ソクラテス・スミスといい、数年まえまでじっさいにスパイをしていたそうだ。今はスパイが使う小道具や暗号などの技術《ぎじゅつ》を、後輩《こうはい》に教える仕事をしている。

それからエマとトゥルーディがいて、六人めはなんと、オリファントさんだった。この人が仲間《なか》だとは思っていなかった。ホテルの従業員《じゅうぎょういん》が三階に来るのは禁止《きんし》されていると聞いたからだ。でもすぐに、この人は例外《れいがい》だとわかった。ホテルの運営《うんえい》だけでなく、スパイ追跡部《ついせきぶ》のセキュリティも担当《たんとう》している、とエディス・オリファント自身が説明《せつめい》してくれたのだ。建物《たてもの》に入る人物を見張《みは》り、ホテルの客にスパイ追跡部の存在《そんざい》を悟《さと》られないようにするのが、役目だという。

「これで全員なんですね？」ドーンは、がっかりしたことがばれないように気をつけながら言った。いまだに、スパイ追跡部のメンバーがバスケットボールチームほどの人数しかいないということが、ふに落ちない。この少人数でどうやって国じゅうのスパイに立ち向かうというのだろう。

「いや、ここに来ていないものもいる。ネイザン・スリッパーとかね」レッドがその名を言ったとたんに、エディス・オリファントの顔がぴくっと動いた。

「ネイザンはスパイ養成《ようせい》大学を卒業《そつぎょう》したばかりの若者《わかもの》だ」レッドが明るく言うと、エディスが無表情《むひょうじょう》に口をはさんだ。「ぱっとしない成績《せいせき》でね」

机《つくえ》の上のファイルをめくりながら、レッドが言う。「エディスの助手として雇《やと》ったんだ。もちろんまだ正式ではないが」

「三カ月使ってみて、向いてないとわかれば……即《そく》クビですわ」エディスがきつく言う。

レッドが青いファイルを抜《ぬ》き取りながら言った。「正式採用《さいよう》になれば、われわれみたいに三階に来ることができるんだがねえ。でもまあ、今の段階《だんかい》ではそれは許《ゆる》されていない」レッドはファイルの中の紙を分けながら言った。「さて、会議《かいぎ》を始めるとしよう」

「ほかのメンバーのことは話さないのか？」と、ソクラテス。「スパイ追跡部《ついせきぶ》にはあと三人いるんだってことを忘《わす》れないでくれ。マイルズ、ボブ、アンジェラ。三人のことを、この子に教えてやれよ」

するととつぜん、部屋《へや》の中が静《しず》まり返った。

「今、言おうとしたところだ」レッドが顔をしかめる。

「ところで、マイルズとボブはよくなっているのかい？」イジーが、指を組みながら聞いた。

レッドが心配そうな顔をした。「マイルズの足のギプスはまだ取れないが、だんだんよくなっているらしい。残念《ざんねん》ながらボブはまだ回復《かいふく》していない。医者の話だと、何カ月もかかることがあるそうだ」

「その人、どうしたんですか？」ドーンがイジーにささやいた。

「ボブは、かわいそうにものが言えなくなっちまったんだよ。ただ病院のベッドで天井《てんじょう》を見つめて寝《ね》ているだけ。ひとこともしゃべれないんだ。ひどいことだろ？」

「別《べつ》に言うのをさけていたわけではない」レッドが立ちあがって、大きな地図が貼《は》ってあるかべに向かった。「スパイのひとりは行方《ゆくえ》不明になった。あとふたりは運よく生きてはいるが入院中だ。敵《てき》は手ごわい。そしてそいつがマード・ミークである可能性《かのうせい》は、否定《ひてい》できないと——」

「何をばかな!」ソクラテスが顔をしかめた。「ミークは十年まえに死んだじゃないか。わたしは、やつが飛《と》びこんだところをこの目で見ているんだぞ。レッド、あんただってあの場にいたじゃないか。それとも忘《わす》れちまったのか?」

「もちろん覚《おぼ》えている!」レッドが怒《おこ》って叫《さけ》んだ。「でも、アンジェラが行方不明になる寸前《すんぜん》に言った言葉は、無視《むし》できない。ばかげてるかもしれないが、ミークが生きてるかもしれないと、頭のすみで思っていた方がいいと思う」

ソクラテスは、ふんっと鼻を鳴らしてつぶやいた。「頭がおかしいんじゃないか?」

レッドは知らんふりをして、うしろのかべに貼られた、ある村の地図を指《さ》した。

「チェリー・ベントリー村。ここにすべての答えがある。細かく説明《せつめい》していこう」

会議《かいぎ》はまだまだ続《つづ》きそうだ。ドーンはトイレに行きたくなって足をきつく組んだ。紅茶《こうちゃ》を飲み干《ほ》したのがまずかった。五分にいちどは、手を上げて言おうとするのだが、だれも気づいてくれない。説明はどんどん進んでいく。

アンジェラ・ブラッドショーは、スパイ歴《れき》四十年のベテランらしい。これまでに、数々の任務《にんむ》を成功《せいこう》に導《みちび》いた優秀《ゆうしゅう》なスパイだったそうだ。それなのに、二十四日まえの七月一日、そのアンジェラはとつぜん姿《すがた》を消した。

七月一日の土曜のことは、ドーンもよく覚《おぼ》えている。午前中は裏庭《うらにわ》で遊んでいた。アリの行列の真ん中に障害物《しょうがいぶつ》を置《お》いて、ずっと見ていたのだ。午後は父親とフリーマーケットに行った。父親は古い腕《うで》時計を、ドーンは赤いプラスチックの鞍《くら》をクロップに買ってやった。残念《ざんねん》ながらクロップは気に入《い》らなかったようだけど。

どうやら、ドーンがアリを通せんぼするためにカーラーやストローなどを集めていたころ、アンジェラはエセックス州《しゅう》での任務《にんむ》を終えて戻《もど》ってくるところだったらしい。その任務とは、ある政府《せいふ》高官《こうかん》が取りつづけているあやしい行動を調査《ちょうさ》することだった。ところが調べていくうちに、単《たん》に、奥《おく》さんの四十歳《さい》の誕生日《たんじょうび》にびっくりパーティーを開こうとしていただけだとわかった。お客さんみんなに中世《ちゅうせい》の衣装《いしょう》を着てもらって、コルチェスター城《じょう》でぜいたくなパーティーを開こうと内緒《ないしょ》で計画していたのだ。

それを知ったアンジェラは、すぐ車に飛《と》び乗ってロンドンに帰ろうとした。ところが運の悪いことに、車の調子が悪くなって動かなくなってしまった。道路ぎわに車を寄《よ》せて、エンジンをいじくりまわしたが、わからない。それで修理《しゅうり》してもらうために、わき道にそれてチェリー・ベントリー村に向かったのだ。アンジェラは、一キロほど車を押《お》してガソリンスタンドを見つけ、ガートという感じのいい修理工に直してもらうことにした。そのときガートに、午後いっぱいはかかりそうだから、村で時間をつぶしたらいいよ、とすすめられた。ちょうど野原にテントを張《は》って〝家庭菜園《さいえん》ショー〟をやっているから、見物したらどうかと。

レッドは十二時五分すぎに、アンジェラから電話をもらっている。「エンジンの故障《こしょう》でチェリー・ベントリー村に足止めされてるの。いっぱい働《はたら》いたんだから、半日くらいお休みしたっていいわよね?」と、早口で言ったそうだ。

ところが一時間後、息もろくにできないほどパニックになって、また電話をかけてきた。スパイ追跡部《ついせきぶ》では、どの電話も録音《ろくおん》したあとトゥルーディがタイプして消すことにしているが、この電話はあまりに謎《なぞ》が多いので、消していない。レッドはポケットからテープを出して、小さなレコーダーに入れた。

「マード・ミーク! あいつの声よ――ぜったいまちがいないわ! こう言ってたの。『アーブスノットさんのキュウリがまた一等賞《しょう》か』って! あいつ、死んでいなかったのよ! この〝家庭菜園ショー〟のテントにいるんだから! あのマード・ミークが!」

アンジェラは二度と電話してこなかった。スパイ追跡部にも戻《もど》ってこなかった。数日後、はがきがとどいたが、ジャグディッシュが調べて、にせものだと断定《だんてい》した。

レッドは青いファイルからはがきを取り出して、ドーンに見せた。青いボールペンでこう書かれている。

みなさまへ
かつての仇敵《きゅうてき》の声を聞いたと言って、みなさまをさぞかし悩《なや》ませてしまったことと思います。もちろん勘《かん》ちがいでした。ついにぼけてしまったのかと思い、引退《いんたい》してバルバドスに住む決心をしました。さよならを言うのがつらいので、ひとりひとりにごあいさつはしませんが、どうかお許《ゆる》しを。

アンジェラより

レッドはSHH長官《ちょうかん》のフィリッパ・キリンバックにすぐ相談《そうだん》した。長官もみんなと同じように、十年まえに死んだはずのマード・ミークに、アンジェラが会ったはずはないと言う。でも、にせのはがきが送られてきたと知り、アンジェラをさがすためにスパイをチェリー・ベントリー村に送っていいと許可《きょか》した。それで、マイルズ・エヴァグリーンが窓《まど》ふき屋になりすまして村に入った。ところが、たった二日ですべては終わった。窓をふいているときにはしごから落ちて、両足の骨《ほね》を折《お》ってしまったのだ。

次に村へ向かったのが、ボブ・チョーク。画家になりすまして村に入り、家々をスケッチしながら村じゅうを観察《かんさつ》するという計画だった。でも初日《しょにち》の夜、正気《しょうき》を失《うしな》って電話ボックスの床《ゆか》に倒《たお》れているのを発見された。それ以来《いらい》、まだ話すことができない。

ふたりが入院してから、スパイ追跡部《ついせきぶ》の状況《じょうきょう》はとてもきびしくなった。残《のこ》っているスパイはもういない。予算も底《そこ》をつきかけた。レッドは、SHH長官《ちょうかん》に予算の追加《ついか》を頼《たの》んだ。ところがだめだと言われてしまう。長官は、スパイたちがドジで無能《むのう》だったから入院するはめになったのだと言い、レッドがわなにかけられたのだと力説《りきせつ》しても、あざ笑《わら》うだけだった。

でもレッドはあきらめなかった。もし部署《ぶしょ》で節約《せつやく》してお金をかき寄《よ》せたら、もうひとりスパイを派遣《はけん》できるのではないかと思ったのだ。もちろん一流のスパイを雇《やと》うことはできないし、情報《じょうほう》保護《ほご》部や情報収集《しゅうしゅう》部のスパイたちは、それぞれの任務《にんむ》で忙《いそが》しい。それでスパイ養成《ようせい》大学の卒業《そつぎょう》生《せい》の中からさがそうとしたがうまくいかず、さすがのレッドも望《のぞ》みを失《うしな》いかけた。

でもこれが、アンジェラをさがす最後《さいご》の機会《きかい》になるのはたしかだ。アンジェラの失踪《しっそう》、マイルズの事故《じこ》、そしてボブがおかしくなったのには、きっと何か関係《かんけい》がある。どうにかして適任《てきにん》のスパイを見つけなくてはならない。

しかも、ちがう角度から考えなおさなくてはだめだ。マイルズもボブもとても優秀《ゆうしゅう》なスパイなのに、すぐに身分がばれて、任務を続《つづ》けられなくなった。アンジェラなど四十年もスパイをやっているのに、霧《きり》のように消えてしまった。だとしたら、同じ戦略《せんりゃく》でスパイを送り出してもむだだろう。

新しい計画は、とても奇抜《きばつ》だった。子どものスパイを使うというのだ。SHHができてから、十八歳以下《さいいか》のスパイは今まで登録《とうろく》されていない。チェリー・ベントリー村にひそんでいる敵《てき》も、まさか子どもがスパイ追跡部《ついせきぶ》に雇われているとは思わないだろう。また、子どもだったら、さりげなく村に入りこんで情報《じょうほう》を集めるのに都合《つごう》がいい。

レッドはここまで話すと、質問《しつもん》がないかみんなに聞いた。全員の手がすぐに上がったが、ドーンがパッと勢《いきお》いよく上げた手がたまたまレッドの鼻に当たったので、最初《さいしょ》に指《さ》してもらえた。

ようやくすっきりしてトイレから戻《もど》ると、部屋《へや》から興奮《こうふん》した声が聞こえてくる。ドアを開けると、全員がいっぺんにしゃべっていた。いちばんうるさいのはソクラテスで、机《つくえ》をこぶしでたたきながらどなっている。ただひとり、イジーだけは話に加《くわ》わっていない。また編《あ》み物《もの》を手に取って、編み目を数えている。

「どうかしたんですか？」イジーのとなりにすわってささやくと、イジーはうんざりした顔で答えた。

「あんたのお供《とも》をだれがするかってことで、もめてるんだよ。悪いけどあたしゃ無理《むり》なんだ。ジェラルドとトゥインクルとフラッフの世話《せわ》をしなきゃいけないからね」

「ネコですか？」

「いいや。足の赤い巨大《きょだい》な毒《どく》グモだよ」

ソクラテスが、またこぶしでガンガン机をたたいた。「わたしが行くのが当然《とうぜん》だろうが！」自分の胸《むね》を誇《ほこ》らしげに指でさす。「わたしは熟練《じゅくれん》したスパイだったんだぞ。わたしならドーンを守れるが、あんたたちには無理だ。任務《にんむ》ってものをわかってないからな。ばかばかしい！」

イジーが、ドーンに身を寄《よ》せてささやいた。「あのじいさんは、腰《こし》を悪くしてスパイを引退《いんたい》したんだ。それ以来《いらい》ずっと元気なくてね。ぜったいあんたの付《つ》き添《そ》い役を買って出るって思ってたよ。やっぱりねえ！」

今度はジャグディッシュが大声を出した。「自慢《じまん》するわけじゃないが、わしはガキのあつかいには慣《な》れとるぞ。孫《まご》が五人もいるんでな――鼻をふいたり絵本を読んでやったり、うまいもんだぞぉ」

イジーがつぶやく。「残念《ざんねん》だけど、ジャグディッシュじいさんには、この仕事は無理《むり》だね。だってひどい花粉症《かふんしょう》じゃないか。田舎《いなか》の村に行ったら最後《さいご》、朝から夜までくしゃみしっぱなしだよ」

次にエマが、金色の三つ編《あ》みを肩《かた》のうしろへ払《はら》いながら声を張《は》りあげた。「ドーンの採用《さいよう》を決めたのはわたしですので、わたしが責任《せきにん》を持つべきでしょう。ドーンとはもう気持ちが通じあっていますし、これからもぜひ見守りたいと思います」

今度は、エディスが見くだしたように言い放《はな》った。「母親に見えなくてはいけないんですのよ。あなたは若《わか》すぎるでしょう。その点、このわたくしなら――」

そのとき、トゥルーディがうんざりしたようにみんなを見まわした。「みんな、何をばかなこと言ってるの？　まったくいかれてるわ。女の子がどこかに行くっていったら、バレエやピアノのレッスンって相場《そうば》は決まっているの！　危険《きけん》をおかしてスパイをしに行くわけないでしょう？この計画は初《はじ》めっから狂《くる》ってるわ。うまくいきっこないじゃない！」

「ちょっと！」レッドは、みんなに聞こえるように大声を出した。「みんな落ち着いて、話を聞いてくれ！」

みんな知らん顔でしゃべりつづけている。

「ほら、おだまりなさい！」エディスがどなって、レーザー光線のような鋭《するど》い目でひとりひとりをにらんだので、ようやく静《しず》かになった。

「ありがとう、エディス。さて、やかましい議論《ぎろん》をしても時間のむだだ。もうドーンの付《つ》き添《そ》い役はとっくに決めてある」

「だれに？」みんながいっせいに問《と》いつめた。

「きみだよ」レッドが指さしたのは、トゥルーディだった。

第六章　寝《ね》るまえの読書

みんなはおどろきのあまり、いっせいに息を飲んだ。イジーなど、つい編《あ》み目を一列ぜんぶ落としてしまった。

「おい、気を失《うしな》ったぞ！　だれか受け止めてくれ！」ジャグディッシュが叫《さけ》ぶと同時に、トゥルーディは、目を回していすからすべり落ちた。

エマがすぐ、トゥルーディのくたっとした体にかけ寄《よ》った。そして、その頭を自分のひざにのせ、まわりに水を持ってくるように頼《たの》んだ。「ショックだったのね。すっかり気を失っちゃって……」と、脈《みゃく》を計りながら言う。

「まいったなあ、こんなことになるなんて。喜《よろこ》んでくれると思っていたのに……」

あたしだってショックよ。いくらなんでもトゥルーディと行くなんて……。ドーンはひどくがっかりした。でもがっかりしたのはドーンだけではない。

「ちょっとそれはないだろう？」ソクラテスがどなり、何人かがうなずく。「なんでこのわたしではだめなんだ？」

レッドは黒板に歩《あゆ》み寄《よ》り、マード・ミークと大きく書いた名前の下に線を引いた。「それはな、この男があんたの顔を見たことがあるからだ。つまりあんたが村に足を踏《ふ》み入れることじたい、任務《にんむ》を危険《きけん》にさらすってことになる」

それを聞いて、ソクラテスはかんかんになった。「何を言っている！　マード・ミークは、死んでしまったんだ！　疑《うたが》う余地《よち》もない。もし仮《かり》に生きてたとしても、わたしの顔がわかるわけはない。あの十二月の夜が、トンネルの中みたいに真っ暗だったことは、あんただって覚《おぼ》えてるだろう」

レッドはきっぱりと言った。「悪いけど、おれの気持ちはもう決まっている。トゥルーディにドーンの付《つ》き添《そ》いをやってもらう。あと、ネイザンに手伝《てつだ》いを頼《たの》みたい。情報《じょうほう》の伝達《でんたつ》係としてな」

エディスがぎょっとしたように言った。「ネイザンですって？　本気ですの？　あの子、脳《のう》みそが足りませんのよ？」

「いや、ネイザンならだいじょうぶだ。ほかのメンバーには、行ってもらいたくてももらえない事情《じじょう》がある。だから選《えら》ぶ方も大変《たいへん》だったんだ」みんなの不満《ふまん》がいっせいに噴《ふ》き出したので、レッドは説明《せつめい》しはじめた。

「まず、この建物《たてもの》の安全を守るという仕事ができるのは、エディスしかいない。ジャグディッシュは花粉症《かふんしょう》なので、緑いっぱいの村では鼻水まみれで仕事にならない。イジーは、ペットのクモを置《お》いて出かけられない。ソクラテスとおれは、ミークに顔を見られているので無理《むり》。エマはトゥルーディの仕事を代行《だいこう》するのに忙《いそが》しい」

「なんですって……？」トゥルーディの意識《いしき》がようやく戻《もど》ったようだ。

「わたしが？」エマがつぶやく。

「エマが？」トゥルーディもぼうぜんとしながら言う。「だめ！　ぜったいだめよ！　ファイルがぜんぶ、ぐちゃぐちゃになるじゃない！」

エマは、すがるような目でレッドを見た。「わたし、タイプは苦手《にがて》なんです。部長、考えなおしていただけませんか？　ぜったいにわたしがチェリー・ベントリー村に行った方がいいに決まってます！」

「だめだって！」レッドが興奮《こうふん》して叫《さけ》んだ。「きみはドーンの母親としては若《わか》すぎる。トゥルーディは、その点ちょうどいいんだ」

「でもわたしとこの子、ちっとも似《に》てないじゃない！」トゥルーディが泣《な》き叫んだ。

「たしかに似てはいない。でもイジーがその気になったら、魔法《まほう》をかけてくれるさ」

「わたしはあんなにやぼったくないの！」トゥルーディがぴしゃりと言い、エマに助けてもらってようやく立ちあがった。「服装《ふくそう》のセンスには自信《じしん》があるんですからね！」

あたしの服ってどこか変《へん》なの？　ドーンは茶色のカーディガンとはきごこちのいい運動ぐつを見つめた。これでも、初《はじ》めてみんなと会うんだからすてきに見えるようにがんばったつもりなのに……。それなのに、どうして服装《ふくそう》にケチをつけられなくてはならないんだろう。

「イジー、トゥルーディにしゃれた服を用意してあげてくれないか？　あんまりダサくないものを」

「了解《りょうかい》だよ」イジーはビーズのような目で、トゥルーディのやせた体を上から下までながめた。

「麻《あさ》の服がいいかね……一流デパートで買った布《ぬの》がある。カシミアの毛糸も半ダースほどあるし――」

「カシミア？」トゥルーディはちょっと心が動いたのか細いまゆを上げたが、すぐに顔をしかめた。「やだ、やだ。やめてよ！　こんなばかばかしい計画には乗らないわよ！　だいたい子どもを任務《にんむ》に送るなんて狂《くる》ってるわ！」

「思い切りがいいと言ってほしい。もしここで動かなければ、アンジェラの運命はどうなるっていうんだ？」

「アンジェラ……」トゥルーディはくちびるをかみ、悲しそうにいすにすわりこんだ。

「きみがこの仕事に適任《てきにん》なんだよ」レッドは、はげますようにほほえみ、〝適任〟と黒板に書いて三重丸で囲《かこ》んだ。「教養《きょうよう》があって、有能《ゆうのう》で、冷静《れいせい》で――」

「でも、母親ってタイプじゃないぞ」ソクラテスがさえぎった。付《つ》き添《そ》いになれなかったことがまだくやしいのだ。「親っていうのは、愛情《あいじょう》に満《み》ちあふれているものだ。だけどトゥルーディは正反対《せいはんたい》じゃないか！」

イジーがソクラテスをにらんだ。「トゥルーディ、こんなおしゃべりじいさんの言うこと、ほっときな！　自分の思いどおりにならなかったからって、なんだよ？　母親だってね、がんこで気むずかしくていばってるのがいっぱいいるんだ。それだったらトゥルーディそのものじゃないか！」

トゥルーディが、ぎろっとにらんだ。

「どうだい？　やってみる気になったかい？」レッドがやさしくたずねると、トゥルーディはしぶしぶうなずいた。

「わかりました。やればいいんでしょう？　アンジェラを見つけるチャンスがこれしかないと聞かされれば、しょうがないわ。たとえそれがわずかな望《のぞ》みでもね」

「そうか、よかった。これでちょっと気が軽くなったよ」レッドは深くため息をついて、手をパンっとたたいた。「よろしい。ではみんな、聞いてくれ！　土曜の朝にはドーンに行ってもらう。つまりあと四日しかない。エマ、ふたりの偽名《ぎめい》を考えるのを手伝《てつだ》ってくれ。イジー、悪いけど猛《もう》スピードで服を作ってくれ。ふたりの新しいキャラクターに合った洋服を、それぞれ十着ぐらいほしい。ジャグディッシュ、偽造書類《ぎぞうしょるい》を作ってくれ。そしてソクラテス、きみの仕事がいちばん重要《じゅうよう》だ。ドーンにスパイとしての訓練《くんれん》をしてほしい。さあみんな、それぞれの仕事に取りかかろう！」

ソクラテスは、重い足を引きずりながら、渋《しぶ》い顔で部屋《へや》を出た。そして〝暗号・小道具担当《たんとう》室〟と書かれた部屋に一日じゅう閉《と》じこもり、だれにも会おうとしなかった。サンドイッチを配《はい》達《たつ》しに来たピーブルズが出入りしただけだ。ドーンが、何をしているのだろうとまわりに聞くと、ドーンの訓練《くんれん》の日程《にってい》を組むのに忙《いそが》しいんだろうとレッドは言い、どうせすねてるだけだよ、とイジーは言う。でもソクラテスに放《ほう》っておかれても、ほかのメンバーがドーンの相手をしてくれた。

初《はじ》めはイジーだった。〝変装《へんそう》担当室〟で、イジーがメジャーで体のサイズを測《はか》るあいだ、がまんしてつっ立っていたのだ。部屋には、布《ぬの》や糸の切れはしが散《ち》らかっている。籐《とう》の買い物かごには毛糸の玉、大きなガラスびんには編《あ》み物《もの》の針《はり》、古いタバコ缶《かん》にはボタンがいっぱい入っている。ドーンがそんなものに見とれているあいだに、イジーは山になった型紙《かたがみ》をより分け、巨大《きょだい》な布をはさみで切りはじめた。

次にドーンは〝偽造《ぎぞう》文書担当室〟にいるジャグディッシュをたずね、筆を洗《あら》ったり、鉛筆《えんぴつ》を削《けず》ったり、カメラにフィルムを入れたりするのを手伝《てつだ》った。部屋の照明《しょうめい》はとても明るくて、大きな掲示板《けいじばん》には、車の免許証《めんきょしょう》からバスの定期券《ていきけん》まで、あらゆる証明書《しょうめいしょ》がピンでとめてある。部屋の中央にあるのは、台がななめになった大きな机《つくえ》。ジャグディッシュはそこで、めがねをかけて、インクだらけの長い指でペンをにぎり、ほとんどの時間をすごしているらしい。

五時ちょっとまえには、みんな自分の持ち物をまとめて帰るしたくを始めた。階段《かいだん》を下りて食《しょっ》器《き》室の秘密《ひみつ》のドアを通り、従業員用《じゅうぎょういんよう》出口から外に出る。ホテルの従業員だと思わせるためだ。ホテルの正面玄関《げんかん》から入《はい》ったことがあるのは、エマだけだった。ごくまれにSHHのほかの部署《ぶしょ》から人を連れてきたり、ドーンのような新人を連れてきたりするからだ。

ドーンが階段を下りようとしたとき、ちょうどソクラテスがあらわれた。そして、明日の訓練《くんれん》開始に備《そな》えて読んでおけと、そっけなく一冊《さつ》の本を手わたした。『影《かげ》のように身をひそめて』というスパイ入門書だった。

ベッドによじのぼったころ、ようやくあたりが薄暗《うすぐら》くなってきた。夜になるまでまだ三十分ぐらいあるが、鉛色《なまりいろ》の雲がピムリコの空をおおい、かすかな日の光を消しつつあった。

ドーンの部屋《へや》は四号室だ。広さは、自宅《じたく》の部屋《へや》の二倍はある。シングルベッドと棚《たな》、高い背《せ》もたれのいす、リスとカシの葉のもようが彫《ほ》ってある衣装《いしょう》だんす。むっとするほど暑くなければ、居心地《いごこち》いい部屋なのに。

ふとんをめくっても涼《すず》しくならない。ドーンはベッドから下りて、床《ゆか》をそっと歩いた。サッシの重たい窓《まど》をつかんで、少し押《お》しあげてみる。砂利《じゃり》の敷《し》いてある裏庭《うらにわ》で、ふたりの老人《ろうじん》がパイプをふかしながらドミノをしているのが見えた。ドーンとエマを抜《ぬ》かすと、泊《と》まり客はそのふたりしかいないようだ。自転車のハンドルのような立派《りっぱ》なひげの男性《だんせい》と、その連れのやせっぽちの男《だん》性《せい》だ。

〈ダンプサイド・ホテル〉は、できるだけお客を泊《と》めないようにしている（だから一年じゅう〝満室《まんしつ》〟の札《ふだ》がかかっているのだ）。それでもふつうのホテルのように見せかけるため、たまには宿泊客《しゅくはくきゃく》を取ることもある。エディスの負担《ふたん》にならないように、ほんの少人数だけ。その方が秘密《ひみつ》の三階を見つけられる危険《きけん》も少ない。

雷《かみなり》が鳴りだした。雨がポツポツ窓《まど》ガラスに打ちつける。ドーンは窓に背《せ》を向け、ベッドわきのテーブルに置《お》いてある小さな目覚《めざ》まし時計を見つめた。お父さんが似《に》たような時計を持っている。たしか十五個《こ》も。ドーンはいつのまにか家のことを考えていた。どうしてもさびしくなってしまう。今ごろ家族は何をしているだろう？　あたしのことを思ってくれてるかな？

ドーンは、クロップの姿《すがた》を見てちょっと元気になった。ヒトデのように足を広げて、ベッドに寝《ね》そべっている。スーツケースの中で何時間も押《お》しつぶされていたので、足を伸《の》ばしたいのだろう。ドーンもいっしょにベッドに寝そべった。クロップのふわふわのたてがみをそっと引っぱってみる。クロップ、あんたがいてくれて本当によかった。あんたは世界一のロバね。いつものようにクロップは、何も聞こえていないふりをしてまっすぐまえを見ている。ドーンが感傷的《かんしょうてき》になると、クロップはいつも困《こま》ってしまうらしい。でもよく見ると、ちょっとだけうれしそうだ。

稲妻《いなずま》が光り、一瞬《いっしゅん》だけ部屋《へや》がまぶしくなった。耳をつんざくような雷の音。ドーンは心配してクロップをうかがった。まったくこわくなさそうだ。雷なんてへっちゃらなんだろう。

「あたしだってこわくないよ」ドーンは声に出して言い、くちゃくちゃになったシーツと毛布《もうふ》をつま先ではしに押《お》しつけた。

枕《まくら》に頭をのせる気も、目をつぶる気もしない。荒《あ》れ狂《くる》う天気のせいで、眠気《ねむけ》なんて吹《ふ》っ飛《と》んでしまった。ドーンは本でも読もうと思って、ベッドわきのライトをつけた。そして『山羊飼《やぎか》いの娘《むすめ》パンジー』を手に取ったが、開かないでもとの場所に戻《もど》し、下にあった本を取りあげた。ソクラテスが貸《か》してくれた『影《かげ》のように身をひそめて』というぶ厚《あつ》い本だ。黒くてかたい表紙に、白い太文字というシンプルなデザイン。だけどある角度に本をかたむけてじっと見つめると、帽子《ぼうし》にレインコートという姿《すがた》の男の人が、右下にこっそりと立っているのが見える。ドーンはちょっとおもしろくなって、窓《まど》の向こうの嵐《あらし》をよそにページをめくりだした。

第七章　訓練《くんれん》開始

翌《よく》日《じつ》、ドーンがドアに手を伸《の》ばすと、いきなり内側《うちがわ》から開いて「やあ！」という声とともにソクラテスが顔を出した。ドーンはびっくりして『影《かげ》のように身をひそめて』の本を、濃《こ》い青色のカーペットに落としてしまった。怒《おこ》られるかと思ってちらりとソクラテスを見たが、意外にもにこにこ笑《わら》っている。

「きみの足音が聞こえたんだ」ソクラテスはすまして言った。「それでかぎ穴《あな》に耳をつけて、到《とう》着《ちゃく》時間を予想した。スパイたるもの、注意を怠《おこた》ってはならない、というわけだ。覚《おぼ》えておくように！」ソクラテスは指先で鼻をたたいて、得意《とくい》そうだ。「現役《げんえき》のスパイは引退《いんたい》したが、まだまだ腕前《うでまえ》はおとろえてないだろう！」

ドーンは、ほほえみながらうなずいた。ドーンが来たのがわかったとは言っても、ソクラテスに朝の九時ちょうどに来るように言われていたのだから、本当はそれほどすごいとは思わなかったが。

ソクラテスは、ドアを開けて手招《てまね》きし、決心したように言った。「よし！　ドーン・バックル。始めようか！」

ドーンは『影《かげ》のように身をひそめて』を、赤ちゃんを抱《だ》っこするように抱《かか》えながら部屋《へや》に入った。ソクラテスはあがめるような目で、本のカバーをぽんっとたたいた。「これはすばらしい本だよ。スパイが知るべきことがすべて書いてある。ぜんぶ読みおわったかな？」

「は……はい」そうは答えたものの、本当は第三章までしか読んでいない。

「そいつはいい」ソクラテスは、腕《うで》まくりしながら言う。日に焼《や》けたたくましい腕《うで》は、あごと同じで毛むくじゃらだ。「あそこにおすわり」指さした先には、いすと古い学校机《づくえ》があった。

ところが、そこに行くまでが大変《たいへん》だった。部屋じゅうの床《ゆか》に、書類《しょるい》が山積《やまづ》みになっていたからだ。たぶん本人にしかわからない順番《じゅんばん》で、置《お》いてあるのだろう。ふと見ると、どの書類にもアルファベットのひと文字が書かれた大きな石がのっている。ぐちゃぐちゃに見えるが、じつは原始《げんし》的《てき》なファイル方法《ほうほう》なのかもしれない。ドーンは〝W〟と白く塗《ぬ》ってある石を飛《と》び越《こ》えて、ギシギシきしむ木のいすに腰《こし》かけた。まえの机に『影のように身をひそめて』と文房具《ぶんぼうぐ》を置く。

「自由にメモを取ってくれ」ソクラテスは、書類の島々のあいだを縫《ぬ》うように通り抜《ぬ》け、ぼろぼろのひじかけいすに身を沈《しず》めた。

ドーンはキッチン先生に教えられたとおり、ノートの初《はじ》めのページに日付《ひづけ》を書いて、下に二本線を引いた。視線《しせん》を上げると、ソクラテスがこちらをじいっと見つめ、信《しん》じられないというように頭を振《ふ》っている。

「きみはたいしたもんだな、ドーン。もう何年もきみみたいに能力《のうりょく》を秘《ひ》めた人間に会っていない」ソクラテスは、遠くを見る目つきになった。「いやあ、きみを見ているとピップ・ジョンソンのことを思い出すよ。体じゅうから才能があふれ出ているような子でね。二十一歳《さい》のときにスパイ追跡部《ついせきぶ》に入って、いっしょに仕事をした中でいちばんのスパイに成長したな。きみもそうなるかもしれん。いやそれ以上《いじょう》になるかも」

「そんな……ありがとうございます」ドーンは恥《は》ずかしくなって口ごもった。

「さて、仕事を始めるとしよう」ソクラテスはせき払《ばら》いをして、スパイについての講義《こうぎ》を始めた。


ノートが二十七ページめになった。手首がズキズキ痛《いた》んでいる。もう二時間以上も書きっぱなしなのだ。でもスパイについて、かなりのことがわかってきた。

まず、ふつうみんなが思っている〝スパイ〟像《ぞう》は、まちがっている。『影《かげ》のように身をひそめて』のイラストの男の人のように、いかにもスパイというようなレインコートに帽子《ぼうし》というかっこうはぜったいにしない。にせものの鼻やひげもつけない。街灯《がいとう》に寄《よ》りかかったり、店の出入り口にひそんだりしてようすをうかがうことも、めったにない。そんなことをしたらかえって目立って、みんなに変《へん》に思われるからだ。

スパイたちがめざしているのは、だれからもごくふつうに見えることだ。目立たない色のありきたりの服を着て、注目されないように自然《しぜん》に動けば、人に気がつかれないでどこにも行ける。背《せ》が高すぎても低《ひく》すぎても、太りすぎてもやせすぎてもいけない。そわそわしてもげっぷをしても鼻くそをほじってもだめ。ともかく目についてはならないのだ。

スパイの仕事――それは、情報《じょうほう》を集めることだ。方法《ほうほう》はいたって単純《たんじゅん》。知りたいことがわかるまで、根気《こんき》よく見たり聞いたりするだけ。自分の目と耳はもちろん、口も使って。でも質問《しつもん》には、最大限《さいだいげん》の注意を払《はら》わなくてはならない。もし変《へん》なことを聞いたり、しつこかったりしたら、すぐ疑《うたが》われてしまう。

スパイたちは、ボーイスカウトの団員《だんいん》といっしょで〝備《そな》えよ、つねに〟とたたきこまれている。たとえばバスを待っているふりをしているときには、どこに行くのかと聞かれてもあわてないように、バスの番号や行き先を覚《おぼ》えておく。すぐメモできるように、いつもペンを持ち歩く。小銭《こぜに》を切らさないように心がける。いつ飲み物や新聞を買うことになるか、わからないからだ（新聞は、顔を隠《かく》して人を見張《みは》ることができるので、あると便利《べんり》なのだ）。また、地図を丸暗記することも大切。土地の人に〝なりすます〟ためにぜったい必要《ひつよう》だからだ。遊歩道や農道、近道も知っていなくてはならない。

ソクラテスはひと息ついた。「わかったかね？」

ドーンは、〝備えよ、つねに〟という字の下によろよろの線を引いて、うなずいた。ときどき字がきたなくなったが、ソクラテスが話したことはだいたい書きとめた。ほっとしながら、ズキズキする手首を机《つくえ》に置《お》く。

「お茶にするか！」ソクラテスは部屋《へや》を出て、ポテトチップスと紅茶《こうちゃ》のカップを持ってきた。ドーンは特《とく》におなかがすいていなかったが、すすめられるまま食べてしまった。ソクラテスはあっというまに食べおわり、顔をしかめた。

「ごちそうじゃなくても、腹《はら》はいっぱいになるもんだ」ソクラテスはごくんと飲みこんで、指を鳴らした。「そうそう、これも覚《おぼ》えておいてほしい。任務《にんむ》中は、つねにポケットに食べ物を入れておくこと。昔、一日じゅうある男を追っていたとき、ピーナッツ三粒《つぶ》とのど飴《あめ》ひとつしかなくて、おなかがグルグル鳴ってあせったよ。相手に気づかれるかと思ってね。さて、先に進むか」

ソクラテスは、部屋じゅうさがしまわり、〝R〟の字が書かれた石を見つけて、下から書類《しょるい》を何枚《まい》か取りだした。「それでは〝連絡《れんらく》〟の取り方を教えよう。昼までにはほぼ終わると思う。ひょっとしたら暗号まで教えられるかもしれない。『影《かげ》のように身をひそめて』を読んだなら、暗号のことも知っているな」

「ええ、まあ」ペンを持ちあげると、手首がじんじんする。

ピーブルズがミャオと鳴きながら部屋にあらわれたとき、じつは二時間たっていたのに、ドーンには二十分くらいにしか思えなかった。もう昼ごはんだなんて、信《しん》じられない。ソクラテスの話に夢中《むちゅう》になって、時間がたつのを忘《わす》れていたのだ。チーズとマヨネーズのサンドイッチにかぶりつきながら、ドーンは習ったことを思い返していた。

スパイどうしで情報《じょうほう》をやりとりするにも、いろいろな方法《ほうほう》がある。手紙をふつうに郵送《ゆうそう》することもあるが、あらかじめ決めておいた隠《かく》し場所に置《お》いて、あとで回収《かいしゅう》するという方法もよく取られるらしい。また、モールス信号《しんごう》という、長い音と短い音を組みあわせた信号を、特別《とくべつ》な無線《むせん》で流すこともある。

手紙はすべて、記号化《きごうか》するらしい。文字と数字が混《ま》ぜこぜになった文なので、暗号を知らない人にはまったく意味がわからない。無線で連絡《れんらく》を取りあうときも、スパイたちは用意周到《しゅうとう》だ。わざとへんぴなところから、決められた時間にごく短時間の電波を流すだけなので、敵《てき》にはどの周《しゅう》波数《はすう》なのかなかなかわからない。

人によっては、使い方のむずかしい無線より、携帯《けいたい》電話を好《この》んで使う。でもソクラテスは、電話をあまり信用していない。盗聴《とうちょう》される危険《きけん》があるからだ。それに電話を盗《ぬす》まれたりなくしたりしたら、大変《たいへん》だ。大事な情報が敵にもれて、取り返しがつかないことになってしまう。

SHHの部署《ぶしょ》のひとつ、暗号創作《そうさく》部は、暗号をあつから部署だ。メンバーは、チェスやクロスワードパズルが得意《とくい》な人ばかり。この人たちが、スパイが使う暗号を作り出している。

ドーンはふたつめのサンドイッチを食べおえ、いすの中でもぞもぞ動いた。スカートのおなかの部分がきつくなってきたのだ。でもおなかだけではなくて脳《のう》みそも、これ以上《いじょう》何も入らないくらいぎゅうぎゅうづめになっていた。

ソクラテスが暗号について説明《せつめい》しだしたときも、ついぼうっとしていた。複雑《ふくざつ》すぎてわからない。だから「午後は別《べつ》のことをやろう」と言われて、思わずほっとした。ソクラテスが、棚《たな》にあった段《だん》ボール箱を机《つくえ》に置《お》いてふたを開けている。ドーンの目がとつぜん輝《かがや》いた。中には、青、黒、紫《むらさき》のインクびん、カード、絵はがき、便《びん》せん、切手、封筒《ふうとう》、金メッキの万年筆《まんねんひつ》、さびたビスケットの缶《かん》、それに電話帳《でんわちょう》くらい大きい真っ赤な表紙の本が入っていたからだ。

本は『暗号創作概論《そうさくがいろん》』という題で、もうぼろぼろだった。ページが落ちないように、背《せ》に黒いテープが貼《は》ってあり、表紙には〝マル秘《ひ》〟〝持ち出し厳禁《げんきん》！〟という二枚《まい》のラベルが貼ってある。もう三十九版《はん》らしい。ドーンはページをパラパラめくった。暗号がたくさんのっていて、それぞれに名前がついている。ソクラテスいわく、はしっこが折《お》ってあるページの暗号を、覚《おぼ》えてほしいそうだ。それが十五種類《しゅるい》だったので、ドーンはほっとした。本には、暗号の種類は九千以上《いじょう》あると書いてあったからだ。

ドーンはさっそく、ノートに書きながら覚えはじめた。ソクラテスの言う言葉を暗号で書いてみると、ほとんどまちがわない。すすめられるまま、金メッキの万年筆を使ってみたら、ちょうどいい重さですらすらとなめらかに書けた。

ところが青と黒のインクはまったくふつうなのに、紫のインクで書いた文字はゆっくりと消えていく。十五分もすると、ぜんぶ消えてしまったのだ。そういえば、エマがホテルのフロントで記帳《きちょう》したとき、紫のインクを使っていた。ソクラテスにそのことを伝《つた》えると、すましてうなずいた。SHHの仕事でホテルに泊《と》まるときは、紫《むらさき》のインクで名前を書くことになっているのだそうだ。結局《けっきょく》消えてしまうので、泊まったという記録《きろく》は残《のこ》らない。

さびたビスケット缶《かん》には、変《へん》てこなものばかり入っていた。重いねじ、トイレットペーパーホルダー、大きなくぎ、ドアの取《と》っ手《て》、そしていちばんおかしなものは、コケにおおわれた石像《せきぞう》の指だ。ドーンはぎょっとした。どうしてこんなものが入っているのだろう。ソクラテスの説明《せつめい》によると、これらは、スパイがメッセージを入れる秘密《ひみつ》の隠《かく》し場所なのだそうだ。ひとつずつ順番《じゅんばん》につまみあげてねじをゆるめたら、小さなすきまができた。手紙を折《お》りたたんで差《さ》しこめるようになっている。なんてすごいんだろう。ドーンは石像の指がいちばん気に入った。ケンジントン公園にある彫刻《ちょうこく》の指と同じだそうだ。

ソクラテスはぜんぶ段《だん》ボール箱にしまって棚《たな》に戻《もど》し、腕《うで》時計をながめてはっと息を吸《す》いこんだ。

「一時間しかないが、あれを見る時間はまだあるな……」

ソクラテスは、書類《しょるい》の山をひらりひらりとよけて戸棚に近づき、たてじまのベストのポケットからかぎを取り出して差しこんだ。引っぱり出されたのは、大きな木製《もくせい》のトランクだった。いろいろな国のシールが貼《は》ってある。ドーンは手招《てまね》きされて、急いで近づいた。

「フロリーおばさんの持ち物だ」ソクラテスは、愛犬《あいけん》にするようにトランクをやさしくたたいた。「おばさんといっしょに世界各国を回ったトランクだが、今はずっと戸棚の中さ。わたしはびっくり箱と呼《よ》んでいる」ソクラテスの指の下で、カチンとふたが開いた。

ドーンはのぞきこんだが、すぐにがっかりして声をあげた。「あれ？　空《から》っぽなんですか？」

「なんだってーっ？　まさか！」ソクラテスが、トランクをかきまわした。「何か残《のこ》っているはずだ。ちょっと待てよ。これはなんだ？」ソクラテスは体を起こし、大きな貝がらをドーンの手に押《お》しつけた。白くなめらかな、卵型《たまごがた》の貝だ。濃《こ》い茶色の斑点《はんてん》がある。いったいこれは？

「この貝が、スパイの小道具なんですか？」

「そうさ。ケータイ電話ならぬ、貝タイ電話だ」

「これが電話？」ドーンは、貝の内側《うちがわ》をのぞきこもうとした。

「ああ。いいだろ？」

「ふつうのケータイのように使うんですか？」ドーンは、とまどいながら貝がらを見つめた。

「これを使ったら……ちょっと……あのぅ、変《へん》に思われるんじゃないですか？」

「いいや。これはタカラガイという貝だ。タカラガイを耳に当てると、海の音が聞こえるっていうだろう。だから、耳に当てていてもちっとも不自然《ふしぜん》じゃないのさ」

「なるほど。頭いいですね」

「ああ。装置製造部《そうちせいぞうぶ》の連中《れんちゅう》は、すごく頭がいい。期待を裏切《うらぎ》らないやつらでね」ソクラテスはドーンから貝がらを受け取り、目を細めてじっと見た。そして、指で押《お》してため息をついた。「残《ざん》念《ねん》ながらこわれている。まあ、トランクの底《そこ》に何年も転がっていたんだから無理《むり》もないな。でも、今夜これを持って帰ってみるとするよ。ひょっとしたら直せるかもしれない」

「ありがとうございます！」

ソクラテスは貝タイ電話をポケットに入れ、またケースをかきまわした。「何かあったぞ！」一分もしないうちに、タバコとマッチ箱が出てきた。

「これも小道具なんですか？」と、ドーン。

「そのとおり！」ソクラテスはマッチ箱を振《ふ》ったが、カタカタ鳴らない。「これはミニカメラだ」ソクラテスがにやりとしながら言う。マッチ箱の片《かた》すみをぱっくり開けると、中に小さなレンズとシャッターとフィルム巻《ま》き取りボタンが見えた。

ドーンの目がくぎづけになった。「すごい！　でもこんな小さな写真だったら、虫めがねがなくちゃ見えないんじゃ……」

「まあな。これは画期的《かっきてき》な発明で、ネガはいらないんだ。このフィルムを引っぱり出すと、ピンの先くらいちっぽけな写真が映《うつ》っている。それを見るためにはこれがいる」ソクラテスは、タバコをつまみあげ、両はしをはずした。中に小さなレンズが入っていて、ミニチュアの顕微鏡《けんびきょう》のようなしくみらしい。「これで拡大《かくだい》して、フィルムを見るんだ。もちろん、子どもが任務《にんむ》に行くのだから、タバコとマッチ箱ってわけにはいかない。いくら本物じゃないとはいってもな――でも、きみのために作りなおしてみようか？」

「お願《ねが》いします！」とドーン。

「さあて、ほかに何があるだろうか？」ソクラテスがトランクをさぐると、麦わら帽子《ぼうし》とカスタネットが出てきた。

「それも小道具ですか？」

「いや、これは、フロリーおばさんが旅行先で買ったものだろう。もう何も残《のこ》ってないな。これで終わりだ。わたしたちには予算がないから、装置《そうち》製造部《せいぞうぶ》に新しいものを作ってもらえないんだ。レッドが、予算がほしいとＳＨＨに頼《たの》んでいるんだが、あまり期待できんな」

「親に、おこづかいを上げてって頼むみたいですね」

ソクラテスは、にやりと笑《わら》ってうなずいた。「そのとおり。いくら必死《ひっし》に頼んだからといって、うまくいくものじゃない。フィリッパ・キリンバック長官《ちょうかん》は、これ以上《いじょう》金を出す気がないんだ。鉄のように手ごわい女だからな。あの人は、決められた予算内でおさえるのが、部長としてのつとめだと言っている。だが正直《しょうじき》、スパイ追跡部《ついせきぶ》に恨《うら》みでもあるのかと思ってしまうよ。レッドに聞いたわけではないが、わたしたちが使える金はあとほんのわずかだろう」

「レッド部長と長官って、もめているんですか？」ドーンは、レッドと長官が電話で激《はげ》しくやりあっていたのを思い出して、たずねた。

「ああ」ソクラテスが悲しげに言う。「レッドはクビになってしまうかもしれない。それどころか、わたしら全員のクビがふっ飛《と》ぶかもしれない。スパイ追跡部には、一年に少なくとも十人はスパイをつかまえるというノルマがある。でも今年はまだ五人にも満《み》たない。もし目標《もくひょう》に達《たっ》しなかったら……」ソクラテスは首を切るまねをして、うーっとうなった。

「ひどい……」ドーンはくちびるをかんだ。

「きみが、わたしたちの心配をすることはない。ほかに考えなきゃならんことが山ほどあるんだから。テストのこととか」

「テスト？」ドーンは目を見開いた。「なんのテストですか？」

「スパイのテクニックについてのテストだ。明日やるからな！」

第八章　生まれ変《か》わったあたし

〝ア〟メリカ」ドーンはしっかりした声で言い、右足で青い階段《かいだん》の一段めを踏《ふ》んだ。「〝イ〟ギリス、〝ウ〟ルグアイ、〝エ〟クアドル……」国名を言うたびに、一段ずつ階段を上《のぼ》り、まゆをしかめる。「〝オ〟……〝オ〟はなんだっけ？　ああ、〝オ〟ーストラリアだ……」ドーンはそう言いながら、ダブルのアイスクリームを飲みこめるくらい、大きく口を開けてあくびをした。手すりにつかまって、眠《ねむ》い目をぱちぱちさせる。テスト勉強を明け方までやって、『影《かげ》のように身をひそめて』を最後《さいご》まで読んだので、頭がぼうっとしている。

ドーンは、スパイたちが無《む》線《せん》で話すときの特別《とくべつ》な暗号を、思い出そうとしていた。スパイたちは、たとえば〝明日《あした》〟と言いたいとき、〝ア〟メリカ、〝シ〟ンガポール、〝タ〟イ、というふうに言う。そうすれば、無線の音声が悪くても伝《つた》わるからだ。

しょっちゅうキッチン先生がテストをするので、ドーンはテスト慣《な》れしていた。先生はたいていテストの日を教えてくれるのだが、ときには予告《よこく》なしのことがある。でもドーンには、勘《かん》でわかった。金曜の午後、先生がとつぜんだまりこみ、窓《まど》の外を夢見《ゆめみ》るようにながめたら、テストがあるかもしれない。そのあと腕《うで》時計に目をやって大きなため息をつき、体を曲げて、バッグから編《あ》み物針《ものばり》かパズル雑誌《ざっし》を取り出したら、テストの始まりだ。そしてクラスのみんなが頭をたれてうなっているあいだ、先生は新しいカーディガンを編むか、パズルを考えるのだった。

ドーンは、どのような問題が出るかも勘でわかった。だから頭につめこんでおくべき箇所《かしょ》もだいたいわかる。それで『影《かげ》のように身をひそめて』を読んだときに、この特別《とくべつ》な暗号がテストに出そうだと、ぴんときたのだ。

「〝カ〟ナダ」ドーンは、また階段《かいだん》を上《のぼ》りはじめた。部屋《へや》に着くまでにはすらすら言えるようになりたい。「〝キ〟プロス、〝ク〟ウェート、〝ケ〟ニア……わあっ！」ピーブルズがベルトに封筒《ふうとう》のたばをくっつけて、足もとをすり抜《ぬ》けていったので、ドーンはよろめいた。「おはよう、ピーブルズ！ ああ、いけない。どこまで言ったんだっけ。〝コ〟だ。〝コ〟ンガ……ううん、これは楽器《がっき》の名前だ。国の名前は〝コ〟ンゴ！ 〝サ〟は、ええと……長い国名だったな」

それが〝サ〟ウジアラビアだと思い出したら、残《のこ》りはすらすら出てきた。「……〝ヨ〟ルダン、〝ラ〟オス、〝リ〟ビア、ええと、ええと……」ドーンは、階段を上りきって立ち止まり、はあはあ言いながらソックスをたくしあげた。「〝ル〟ーマニアだ！」とつぜん思い出して叫《さけ》ぶ。廊《ろう》下《か》では、ピーブルズが自分のいることを知らせようと、〝総務部《そうむぶ》〟のドアをガリガリ引っかいている。ドーンは、ゆっくりカーペットの上を歩いていき、ソクラテスの待つ部屋《へや》のまえにたたずんだ。「〝レ〟バノン、〝ロ〟シア、ええと……世界のしめくくりは〝ワ〟ールド！」ドーンがそこまで言うと、ドアが開いてソクラテスのしわだらけの顔があらわれた。

あの少年がまたいる。薄《うす》ぎたない犬を引き連《つ》れて……。昨日《きのう》見たときは、少年が犬を街灯《がいとう》から引きはなそうとしていたが、今日はまったく逆《ぎゃく》だった。根が生えたように〈ダンプサイド・ホテル〉の向かいの歩道に立ちつくしているのは、少年の方だ。犬は、まえへ進もうと必死《ひっし》でひもを引っぱっている。

ドーンは窓《まど》のそばを行ったり来たりしながら、ずっと犬と少年を見つめていた。午前中ずっと机《つくえ》に向かっていたので、体を伸《の》ばしたいと思ったのだ。テストはむずかしいしずっと緊張《きんちょう》していたので、体がかたくなってしまった。

テストには、スパイに関《かん》するあらゆる質問《しつもん》があった。やみの中でどうやって敵《てき》を尾行《びこう》するかとか、ピンセットでどうやって錠《じょう》をこじ開けるかとか。またふつうの文を暗号で書いたり、逆に暗号文をふつうの文に直したりする問題もあった。六十三問めを見て、ドーンはにんまり笑《わら》った。「〝すぐ戻《もど》れ〟と相手に伝《つた》えたいとき、無線《むせん》でなんと言うか」という問題があったからだ。ドーンはすぐに「スペイン、グアテマラ、モンゴル、ドミニカ、レバノン」と答えられた。

ソクラテスをちらっと見ると、ひじかけいすにすわってドーンの答案《とうあん》を採点《さいてん》している。ときどきほっぺたをふくらましたり、ため息をついたり、ぼさぼさの灰色《はいいろ》の髪《かみ》をかきまわしたりしながら、真剣《しんけん》な表情《ひょうじょう》で。いくつかまちがいがあるにしても、まあまあの点は取れたはずだ。

「おい、やめろよ！」少年の声が道路から聞こえたので、ドーンはまた窓《まど》の外をのぞいた。少年は犬に引っぱられないように、柵《さく》に腕《うで》を回している。犬は道路につめを立てて、どうにかまえへ進もうとしていた。

「ホルトウィッスル、おすわり！」少年があせって声をあげた。意外にも、犬は少年の命令《めいれい》にしたがう気になったようだ。ちゃんとした〝おすわり〟ではなく、おしりをちょっと下げて〝かがんだ〟だけだったが。でもじつは〝おすわり〟でも〝かがんだ〟のでもなくて、ジャンプするために身がまえたのだった。犬は、ものすごい勢《いきお》いでまえに飛《と》び出し、道を突進《とっしん》していった。少年は、ひょろ長い足であたふたと犬のあとを追いかけた。

「逃《に》げちまった……」ソクラテスがつぶやいた。

「そ、そのようですね……」ドーンはしどろもどろになった。ソクラテスはいつのまに、ひじかけいすから窓の外を見ていたのだろう。

ソクラテスは困《こま》ったようにドーンを見て、ペンで答案《とうあん》をつっついた。「もし正体《しょうたい》を見破《みやぶ》られ、敵《てき》に追われたらどうするか？　という最後《さいご》の問題だが、きみは、こわがっていないふりをして早足で歩く、と書いている。だがこれはちがうよ。わかるかね？」

「いいえ……」ドーンは、じつはあまりよく考えなかった。最後《さいご》の問題を解《と》いたころには、脳《のう》みそが麻痺《まひ》していたのだ。

「もしきみの正体《しょうたい》がばれて尾行《びこう》されているとしたら、走らなきゃならん。できるだけ速く。つかまるわけにはいかない」

「わかりました」

「追ってくる相手をまくことができるかは、きみ次第《しだい》だ。だからその土地を、自分の庭のように知らなくてはならない。もし相手を振《ふ》り払《はら》えないと思ったら、人ごみにまぎれこむこと。わたしはしょっちゅうやっていた」

「なるほど」

「最後《さいご》の問題がバツだったが、ほかにたいしたまちがいはない。全体としては、なかなかいい結《けっ》果《か》だ。よくやったな、ドーン」ソクラテスはいすから立ちあがろうとしたが、やめて、テストを飛行機《ひこうき》に折《お》って放《ほう》り投げた。

ドーンは片手《かたて》で受け止め、しわを伸《の》ばして赤い丸やバツを見つめた。答えのそばにコメントがいくつかなぐり書きされていて、下に点数が書いてある。「八十一点!」ドーンは、うれしくて息を飲んだ。「〝努力《どりょく》ポイント〟をもらったくらいうれしい!」

「そのヘアスタイル、なかなかいいじゃないか」レッドがうなずいて言う。

「ありがとうございます」ドーンがバナナサンドイッチを食べているあいだに、イジーが小さな銀色のハサミで髪《かみ》を切ってくれたのだ。あごまであったボサボサの髪がかっこいいショートヘアになり、前髪が軽くなった。決して派手《はで》ではないが、鏡《かがみ》を見てドーンは目を丸くした。こんなおしゃれなヘアスタイルは初《はじ》めてだったからだ。

「服もかわいいわ」エマが言う。

「でしょう?」と、ドーン。慣《な》れ親しんだおんぼろ運動ぐつとハイソックスをはいていないと、裸《はだか》になったみたいに恥《は》ずかしい。でもこの白いサンダルをはくと、足先がかっこよく見える。本当は新しいサンダルなのに、かかとがすり減《へ》ってストラップがくたびれている。ずっとドーンがはいていたように見せるため、イジーが細工《さいく》したのだ。新しい紺《こん》のショートパンツは、ドーンが今まではいていたスカートとちがって夏らしい。でもいちばんのお気に入りは、クリーム色のTシャツだ。そで口のしじゅうがかわいいし、何より、ウィンドミル・ビュー八番地の家の玄関《げんかん》と同じ色なのだ。

「かんぺきね」と、エマ。

ドーンはほほえんだ。さっきまで写真を撮《と》ってもらっていたのだが、そのときよりもいい笑顔《えがお》で。ジャグディッシュは、フィルムまるまる一本分、写真を撮ってくれた。きっと今ごろ現像《げんぞう》しているのだろう。ドーンは、イメージチェンジしたあとの自分を、一刻《いっこく》も早く見たかった。

「なんか……生まれ変《か》わったみたいです」

「そりゃあいい。そう感じてほしかったんだ」レッドが緑の革《かわ》のいすから身を乗り出してすわりなおし、両手をこすりあわせた。「じゃあ、そろそろ始めようか」机《つくえ》の上の書類《しょるい》を分けながら言う。

「すみません、部長。トゥルーディがまだ来ていないのですが」とエマ。

レッドはため息をついた。「そりゃあそうだ……トゥルーディがいないと話にならん。しかし、何してるんだろう？」

「まだ、イメチェンの最中《さいちゅう》なんでしょうね」

「まだ？　まいったたな。五分くらいで終わると思っていたのに」レッドはいらいらして、つめをかんだ。「話しあわなきゃならないことが、山ほどあるんだ。すまないがエマ、トゥルーディに急ぐように言ってくれ」

「わかりました」

でもそのとき、廊下《ろうか》からとなりの部屋《へや》に入る音が聞こえた。そして、トゥルーディがいつもタイプを打っているせまい空間を、足音がつかつかと横切って、ノックが聞こえた。「どうぞ、トゥルーディ。おやおや、すてきじゃないか！」

ドーンは正直《しょうじき》言って、ぜんぜん〝すてき〟じゃないと思った。トゥルーディ自身もそう思っているのは明らかだ。茶色のスラックスにシンプルな木綿《もめん》のブラウス、それに野球帽《やきゅうぼう》。トゥルーディは、まるで人殺《ひとごろ》しでもしそうな殺気立《さっきだ》った顔をしている。「わたし、退職《たいしょく》します！」

一瞬《いっしゅん》シーンとなったあと、レッドが大笑《おおわら》いしてエマに言った。「笑わせてくれるなあ！　冗談《じょうだん》

きついと思わないか、エマ」

「あのぅ……トゥルーディは大まじめみたいですけど」

「ハッハッハッ！　まっさか！」レッドは真剣《しんけん》な顔に戻《もど》り、重ねなおした書類《しょるい》の一枚《まい》めを見た。

「さて、ふたりとも偽名《ぎめい》を知りたいだろうと思うが――」

「こんな薄《うす》ぎたないかっこうになるなら、任務《にんむ》はおことわりします！」トゥルーディが、腕《うで》を組んでけんか腰《ごし》で叫《さけ》ぶ。「おしゃれな服って言ったじゃないですか。カシミアって聞いたから、すてきなタートルネックのセーターが着られると思ってたのに――なのに、こんなくつ下まではかせて！　こんなかっこうで人前に出るなんてぞっとするわ。まるで農婦《のうふ》じゃないの！」

レッドはエマと顔を見あわせて、にやりと笑《わら》った。「まあ、そんなところだ。正確《せいかく》にはちょっとちがうが」

「ぜったい、いやですからね！」トゥルーディは、もうかんかんだ。

「サンドラ・ウィルソン――これがきみの新しい名前だ。初《はじ》めはフラワーアレンジメントの先生か、ガールスカウトの指導員《しどういん》を考えてたんだが、エマがもっといいことを思いついた」

「エマの考えなのね！」雷《かみなり》が落ちる寸前《すんぜん》の顔つきだ。

「そのとおり。さっき農婦ときみは言ったが、かなり近い。サンドラの仕事として選《えら》んだのは、農業というより……園芸《えんげい》。そう、きみの職業《しょくぎょう》は庭師《にわし》だ」レッドが、誇《ほこ》らしげに顔をほころばせる。

トゥルーディが顔をしかめた。「庭師《にわし》っていうと、ひょっとして……」

「そう。芝刈《しばか》りをしたり、土を掘《ほ》り起こしたり、雑草《ざっそう》を抜《ぬ》いたり、枝《えだ》を刈《か》りこんだりするってことだ。スパイ活動にはもってこいの仕事といえる。他人の庭のすみずみまで入りこめるし、いちばんの強みは、ドーンに手伝《てつだ》ってもらえることだな。きみはシングルマザーという設定《せってい》になっている。だから、夏休みに娘《むすめ》を仕事場に連《つ》れていっても、なんの不思議《ふしぎ》もない。きみが花壇《かだん》を作っているあいだに、ドーンが手がかりを求《もと》めて動きまわるってわけだ。いい考えだろ？」

「まあ、考えとしてはね。たしかに。でも……」トゥルーディは、白くてなめらかな指を差《さ》し出した。「わたしが適任《てきにん》だとは、とても思えませんけど！」トゥルーディは、ぶつぶつ言う。郵便《ゆうびん》ポストのように真っ赤なマニキュアが塗《ぬ》られている。「この手が庭師の手に見えます？」

エマが答えた。「とても見えませんね、今はまだ。でもすぐにイジーが変《か》えてくれるので、どうぞご心配なく。きっとつめを切って、泥《どろ》をちょっとつめのあいだに入れて……」

トゥルーディは、うなり声を上げた。「あとで給料《きゅうりょう》を上げてくれるんでしょうねえ！」

「さあねえ……」レッドはそう言いながら、トゥルーディに書類《しょるい》を押《お》しつけた。「これがきみの経歴《けいれき》だ」

「なんですって？」

「サンドラ・ウィルソンについて、いろいろ書いてある。生年月日や、家族のこと。好《この》みのミュージシャンまで何もかも」

「こっちがあなたの経歴《けいれき》よ、ドーン」エマが、クリップでとめた書類《しょるい》をドーンにわたした。

「ふたりとも暗記してくれ」レッドが机《つくえ》の上の時計を見た。「十五分のうちに！」

「名前を言ってください」とレッド。

「キャサリン・アン・ウィルソン。キティって呼《よ》ばれてます」

「年は？」

「十歳《さい》と五カ月と九日です」ドーンは細かく答えた。「二月十八日の火曜日に生まれました」

「どこで？」

「ベリー・セント・エドマンズという町です。三一七八グラムで生まれました」

「よろしい」レッドが書類をチェックしながら答えた。「では自己紹介《じこしょうかい》してください」

「わたしはひとりっ子で、お母さんはサンドラという名前で四十一歳。庭師《にわし》をしています。わたしが小さいころお父さんのピートと離婚《りこん》しました」

「その調子よ」とエマ。

「趣味《しゅみ》は切手集めと体操《たいそう》です」ドーンは目を閉《と》じて、心を集中させた。「好《す》きな色は薄《うす》いピンク。好きな作家はエニード・ブライトン。食べ物ではポテトチップスにチーズケーキ。マジパンを食べると気持ち悪くなります。大きくなったら学校の先生になりたいと思っています」

「なるほどね。じゃあ、今度はきみのお母さんに聞いてみよう」

トゥルーディは、ドーンほどうまくいかなかった。誕生日《たんじょうび》と好《す》きな映画《えいが》を言えなかったのだ。でも任務《にんむ》までにはかんぺきになるだろう。

「なんかわくわくします。ほかの人になりすますのって楽しそう！」ドーンはうまくいって得意《とくい》だった。

トゥルーディがぶつぶつ言う。「このひどいファッションと庭いじりは、しょうがないからがまんするけど、わたしの部屋《へや》のファイルを荒《あ》らしたら、ただじゃおきませんからね！」

「ご心配には及《およ》ばないよ」レッドがおだやかに言う。「きみがいないあいだ、エマが仕事を肩代《かたが》わりしてくれるから。エマ、きみはいいかげんな仕事なんかしないものな」

「もちろん、やりませんわ」とエマ。

「はんっ！　あんた、ボブのファイルをちゃんとした場所に戻《もど》さなかったじゃないの！」

「さっきも言いましたよね。あれはわたしじゃないんです！」

「だけどみんなもちがうって言っているの！　もう聞いてみたんだから」トゥルーディは、今度はレッドに向かって言った。「先週、ファイルがちがう場所にあるのに気がついたんです。それが適当《てきとう》につっこんだだけじゃなくって……ちょっと待ってくださいね！　今持ってきますから。どんなにひどいかわかるわ」

三十秒もしないうちに、トゥルーディは灰色《はいいろ》のファイルを持ってきた。そして、ファイルの中から金のふちどりのぶ厚《あつ》い藤色《ふじいろ》の紙を取り出した。ドーンの契約書《けいやくしょ》の紙と似《に》ている。上には、ロバート・アルフレッド・チョークというボブの本名が書いてある。トゥルーディが紙を差《さ》し出したので、ドーンはのぞきこんだ。

ボブは三十九歳《さい》。〝決断力《けつだんりょく》があり、頭の回転が速く、勇敢《ゆうかん》である〟と書いてある。偽名《ぎめい》は百種《しゅ》類以上《るいいじょう》、特技《とくぎ》は合気道《あいきどう》をはじめ、たくさんある。

「ほらね！」トゥルーディが右下のすみっこを指さした。「破《やぶ》けてるでしょう！」

「わあっ、これはひどいな！」レッドは三角形に破れたところを調べ、いちばん下の文章をなぞった。〝きらいなもの・アレルギー〟という項目《こうもく》があって、そこに〝無《な》し〟と記載《きさい》されている。

「なるほど。だれかが不注意なことをしでかしたわけだ。でも破れたところには何も書かれていなかったんだから、実害《じつがい》はないな。情報《じょうほう》がもれたわけじゃないんだから」

「それでも、もうこんなことが起きちゃ困《こま》ります！」トゥルーディは紙をひったくって、当てつけがましくエマをにらんだ。

「おや。こんな時間になっちまった！」時計の短い針《はり》が、五に近づいている。「今日はこれまでにしよう」レッドは机《つくえ》の引き出しから園芸《えんげい》の本を取り出して、トゥルーディにわたした。「まあ、ベッドの中ででも読んでおいてくれ」

「どうも」トゥルーディがぼそりとつぶやいた。

レッドがドーンにやさしく言った。「スパイのお嬢《じょう》ちゃんの方は、宿題なしでよかろう。ソクラテスから、テストがいい点だったたって聞いたよ」

ドーンのほおが赤く染《そ》まった。

「さてキティ・ウィルソン、習ったことを実践《じっせん》に移《うつ》すまであと一日しかないぞ！」

第九章　階下《かいか》の事件《じけん》

「クエスチョンマーク作戦《さくせん》？」レッドはめんくらったようにつぶやいて、持っている紙をじいっと見つめた。「そんなこと言った覚《おぼ》えはないが……」

「いいえ、部長がそう書かれたんですよ。いただいたメモのとおりにタイプしたんですから。まちがっていたとしても、わたしのせいじゃありませんからね！」トゥルーディが不機嫌《ふきげん》に言う。

「ああ、そうか！」レッドはひたいをピシャリと打った。「思い出した！　適当《てきとう》な任務《にんむ》の名前が浮かばなかったから、作戦のまえに〝？〟って書いたんだった。あとでじっくり考えようとして。でもすっかり忘《わす》れていたな。だれかいい案《あん》があるかい？」

部屋《へや》が静《しず》かになり、みんなは頭をひねった。ただひとりドーンをのぞいて。心臓《しんぞう》がバクバク鳴って、任務の名前どころではない。任務……あたしの任務。それも明日から始まる。むかしむかしてきたので胃《い》のあたりをさすった。

これは、最終的《さいしゅうてき》な打ちあわせだった。金曜日の朝、メンバー全員が極秘任務室《ごくひにんむしつ》に集まっていた。かべに地図や写真がべたべた貼《は》ってあって、何かの展示会《てんじかい》のようだ。まずチェリー・ベントリー村の大きな詳《くわ》しい地図があり、カラフルな画びょうで印《しるし》がつけられている。となりには村の航空《こうくう》写真。教会や店、古くてくずれそうなお屋敷《やしき》まで写っている。そして、三人の人物の白黒写真。これはスパイ追跡部《ついせきぶ》の不運なスパイ、マイルズ・エヴァグリーン、ボブ・チョーク、そしてアンジェラ・ブラッドショーの写真だ。でも、どこにもマード・ミークという写真はない。

レッドがふだんより〝えらい人〟っぽいかっこうをしていたので、ドーンはあれっと思った。黄色いしまの入った茶色いネクタイに、サンダルではなく編《あ》みあげブーツ。赤いひげはきれいに刈《か》りこんでいる。今までになく真剣《しんけん》な表情《ひょうじょう》だ。部屋《へや》をながめまわすと、ほかのメンバーの顔つきもこわい。任務の名前を考えるために知恵《ちえ》を絞《しぼ》っているのだ。

「石けり作戦《さくせん》!」イジーがとつぜん言った。

「石けり? ふん、子どもの遊びじゃないか」ソクラテスがあざ笑《わら》う。

「だから提案《ていあん》したんだよ。ちっちゃなドーンちゃんにちなんで、記念《きねん》になる名前にしようと思ってね。任務に子どもを使うのは初《はじ》めてなんだよ。忘《わす》れちゃいないだろうね?」と、イジー。

「もちろん忘れちゃいないが、そんな子どもっぽいのはいやだね。強い意志《いし》を持てて、勇敢《ゆうかん》になれそうな名前……たとえば矢とか銃《じゅう》とか入れたり……」

レッドの顔が輝《かがや》いた。「鉄砲《てっぽう》作戦か。いい響《ひび》きだなあ」

「何を言ってるんだか」イジーは鋭《するど》く言ってしかめっ面《つら》をした。「武器《ぶき》なんていやだからね！　どうして人を傷《きず》つけるものにしたがるんだよ？」

「豆鉄砲作戦《まめでっぽうさくせん》は？」ジャグディッシュが言う。「豆は人を傷つけたりしないぞ。ヒリヒリするだけで」

ソクラテスが、うなって頭を抱《かか》えた。

「馬飛《うまと》びは？　子どものかわいい遊びだよ。馬飛び作戦」

レッドが首を振《ふ》る。「それはだめだな、イジー。士気《しき》が高まりそうもない」

「新人披露《ひろう》作戦はいかがですか？」とエマ。

「それだったら、心身疲労《ひろう》作戦の方がいいわ」トゥルーディがつぶやいた。「だって、太陽の照《て》りつける灼熱地獄《しゃくねつじごく》の中で、一日じゅう芝《しば》を刈《か》るんだもの」

「新人披露……ううむ。悪くはないが」とレッド。

ソクラテスが頭を上げて顔をしかめた。「わたしはきらいだ！」

「なわとび作戦！」

「剣《つるぎ》作戦！」

レッドとイジーがにらみあった。

「名無《なな》し作戦」エディスが無表情《むひょうじょう》に言う。

三十分後、話しあいは終わり、レッドが両手をたたいて高らかに言った。「みなさん、決まりました。やっぱりクエスチョンマーク作戦《さくせん》です！」

天井《てんじょう》では、古い車輪《しゃりん》のような扇風機《せんぷうき》が、だるそうにカタカタ回っている。でもほこりが動くだけで、あまり風は来ない。でもいくら蒸《む》し暑《あつ》くて不快《ふかい》でも、窓《まど》は開けられない。これからレッドが言うことは、下の階や庭にいる人たちにぜったいに聞かれてはならないからだ。

レッドはチェリー・ベントリー村の地図のそばに立ち、作戦の目的《もくてき》と戦略《せんりゃく》について話した。地図についているカラフルな画びょうは、ドーンたちの仕事に関係《かんけい》ある場所だ。たとえば、赤い画びょうはボブが倒《たお》れていた電話ボックス。黄色い画びょうはドーンたちが泊まるコテージ。レッドは、物差《ものさ》しで順々《じゅんじゅん》に画びょうをさわっていった。

最後《さいご》に、レッドはこんなことを打ち明けた。クエスチョンマーク作戦のことは、SHHの長官《ちょうかん》に話していないし、これからも話すつもりはない。知っているのはここにいるメンバーだけで、ずっと秘密《ひみつ》にしておきたい、と。

「つまり、この任務《にんむ》は正式に承認《しょうにん》されていないってことですか？」トゥルーディがぎょっとして言う。

「ああ、もしフィリッパ・キリンバック長官に話したら、まちがいなく中止になるからね。あの人は、マイルズとボブが事故《じこ》にあったのは、ふたりがまぬけなせいだと思っている。マード・ミークが生きているとは信《しん》じようとしないし、たった十一歳《さい》のスパイを雇《やと》うなんて、ぜったいに承《しょう》

ジー。

「でも長官《ちょうかん》に隠《かく》れてこんなことをしていいのかねえ？　もしばれたらどうなることか……」とイジー。

「"もしばれたら"だって？」ジャグディッシュが悲しそうな目をした。「ばれるに決まってるじゃないか。で、わしらはみんな失業《しつぎょう》だ」

「どっちみち、そうなるかもしれないんだ。クエスチョンマーク作戦《さくせん》をやらないにしても」とレッドはつぶやく。

「どういうことだい？」とイジー。

レッドは重々しく口を開いた。「この部署《ぶしょ》は、もう危《あぶ》ないんだ。今年はまだ数人しかスパイをつかまえていないのに、予算をほとんど使いはたしちまったからな。わずかながらドーンに給料《きゅうりょう》を払《はら》ったら、あと五ポンドも残《のこ》らない。長官はおれにどうにかしろと言っている。つまり、だれかをクビにしろということだ」

「で、だれがクビになるんだ？」ソクラテスが陰気《いんき》な声を出した。

「だれもクビになんてしないさ！　考えてもみろ。もしマード・ミークをつかまえたら、今までいちばん大きな獲物《えもの》になるんだぞ！　長官だって大喜《おおよろこ》びのはずだ。そうすれば、クビにするだの予算削減《さくげん》だの、口が裂《さ》けても言えない。そう思わないか？」レッドはそこまで話し、はっと顔色を変《か》えた。「どうした、ピーブルズ？　何があったんだ？」

ピーブルズが、どこからともなくあらわれてテーブルに飛《と》び乗り、レッドめがけてジャンプしたのだ。前足を伸《の》ばして真珠《しんじゅ》のように光るかぎづめを突《つ》き出し、チェックのシャツを通して皮膚《ひふ》を引っかいた。レッドが「いてえっ！」と叫《さけ》ぶ。

「こいつはおどろいた！　こんなピーブルズを見たのは初《はじ》めてだ！」とソクラテス。

「何か起こったのですわ！」エディスがいすから立ちあがった。

「見て！　手紙をつけてる！」と、ドーン。ピーブルズの胴《どう》に巻《ま》いたベルトに、手紙が差《さ》しこまれていたのだ。エマがかぎづめを注意深くレッドのシャツからはずしているあいだに、ドーンがテーブルを回ってその手紙をつかみ取った。レッドは「いててて……」を十回以上《いじょう》言い、ドーンから手紙を受け取って開いた。引っかかれた胸《むね》をさすりながら、のろのろと。

「だれから？」ソクラテスが、がまんできずに聞く。

「かわいそうな子ネコちゃんね」エマがピーブルズを抱《だ》きしめた。「こんなに胸をドキドキさせちゃって……このかわいそうなしっぽを見て」ピーブルズのしっぽが、いつもの倍にふくらんでいる。巨大《きょだい》な毛虫が丸まってピクピク動いているようだ。

レッドが息を飲んで、紙切れをかかげて見せた。

ドーンは一瞬《いっしゅん》、紙の真ん中で虫がつぶれて死んでる、と思った。でもよく見たら、ぐちゃぐちゃの字でこうなぐり書きしてあったのだ。

緊急事態発生！

「まったくネイザンは！」エディスがすぐドアに向かった。「本当に字の書けない子ですわね！なんでここに〝熊《くま》〟が出てくるのかしら。〝事態《じたい》〟でしょう！　みなさま、ここにいてくださいましね！　わたくしが見てまいりますわ！」

「おれも行こう。きみひとりでは対処《たいしょ》できないかもしれないから」と、レッド。

それを聞いて、エディスのうしろ姿《すがた》がかたまった。そして首をかしげて憎々《にくにく》しげにため息をつき、レッドをにらんだ。きっと、ギリシャ神話のメデューサが、見つめた人をすべて石に変《か》えたというのも、こんな目つきだろう。みんなはエディスが「何が起こってもわたくしひとりで対処できますわ！」と、きっぱり言うだろうと思っていた。が、意外にもエディスは礼儀《れいぎ》正しくうなずいた。「ありがとうございます。助かりますわ」

みんな気まずそうにあたりを見わたしている。ふたりの足音が聞こえなくなってから、イジーが口を開いた。「いったいどうしたんだろうね？　あの若僧《わかぞう》の悪ふざけかねえ」

ソクラテスがうなった。「ばか言うな。ネイザンをもっと信用《しんよう》してやれ。あの男はちょっと抜《ぬ》けているが、頭が空《から》っぽってわけじゃない。きっと本当に緊急《きんきゅう》事態なんだろう」

「まあ、火事ってわけではなさそうだな。むろん、ネイザンが火災報知器《かさいほうちき》を切っていたらわからないが」とジャグディッシュ。

トゥルーディが口を開いた。「長官《ちょうかん》がとつぜんやって来たんじゃないの？　こっちの気がゆるんでいるときに、不意《ふい》をつくのがいつもの手じゃないの」

「ひょっとして、クエスチョンマーク作戦《さくせん》がばれちゃったのかしら？」エマが、おそるおそる言う。

「いいや、ちがうな。考えてもみろよ。たしかに長官どのが不意にあらわれたら頭が痛《いた》いが、緊《きん》急事態《きゅうじたい》ってほどのことじゃないだろう？」とソクラテス。

「そう？　わからないわよ。ネイザンは長官を死ぬほどこわがっているから。まあ、わたしだってそうだけど」

「だから長官じゃないって言ってるだろう！　別《べつ》のことだって！」と、ソクラテスが叫《さけ》ぶ。

ドーンは、話を半分しか聞いていなかった。いすから立って、少し開いたままになっているドアに張《は》りついていた。耳をそばだてたら、何か聞こえるだろうと思ったからだ。遠すぎてよくわからないが、せっぱつまった声がしているようだ。

ドーンは、みんなに気がつかれないように外に出て、廊下《ろうか》をしっかりした足どりで歩いた。夢《む》遊病者《ゆうびょうしゃ》のように一点を見つめて。耳に神経《しんけい》を集中させると、遠くの方で声がする。何秒かごとに聞こえる悲痛《ひつう》な叫び声……。助けを求《もと》めているのだろうか？　わからない。ところが窓《まど》に近づくにつれて、人間の声じゃないような気がしてきた。人間というよりは、むしろ……。

ドーンは窓を持ちあげて開けた。目立ってはいけないということをすっかり忘《わす》れ、頭を出して見おろした。やっぱりそうだ！　歩道におすわりして吠《ほ》えつづけているのは、昨日《きのう》も見たきたならしい犬ではないか！

高いところから見ると、犬はぼろ雑巾《ぞうきん》のような灰色《はいいろ》のかたまりだ。鼻づらを空に向けてキャンキャン耳をつんざくように鳴くときにだけ、白とピンクがちらりと見える。立ち止まって犬を見る人や、カーテンを開けてのぞく人はいるが、左右を見わたしても、飼《か》い主《ぬし》と思われる足の細い少年の姿《すがた》はない。

「ちょっと！　シーッ！　静《しず》かにしてよ」ドーンが犬に叫《さけ》んだ。通りがかりの人も犬をしかるのだが、犬は完全《かんぜん》に無視《むし》だ。ウーウーうなりながらうしろ足で立ち、ぼさぼさのしっぽを振《ふ》っている。みんなに注目されてうれしいみたいだ。

「もうたくさんですわ！」さすがの犬もかなわないだろうと思われる大声がした。そして次のしゅんかん、エディスが道路にあらわれ、犬の引きひもをほどいてホテルに引っぱりこんだ。鼻づらをつかんだので、犬はもう吠えることができない。すごい勇気《ゆうき》だとドーンは感心した。

でも静《しず》けさは戻《もど》らなかった。エディスがホテルのドアを閉《し》めるまえに、叫び声が道をこだましたのだ。今度こそ空耳《そらみみ》ではなくて人間の声。少年のどなり声だった。

「また、お子さまの登場？」と、トゥルーディがため息をついた。

ドーンは背伸《せの》びして首を突《つ》き出した。でもみんなが見ているものが見えない。廊下《ろうか》で足音がしたので、みんな極秘任務室《ごくひにんむしつ》から飛《と》び出したのだが、ドーンはいちばんうしろになってしまった。割《わ》りこむなんてとても無理《むり》だし、肩《かた》の上からものぞけない。それで四つんばいになって、みんなの足のすきまからまえに出た。

じゅうたんから目を上げて最初《さいしょ》に見えたのは、茶色い革《かわ》ぐつと、ほうきの柄《え》のように細い日焼《ひや》けした足。十三歳《さい》くらいの少年で、サッカーのユニフォームのような服を着ている近所の少年たちとはちがい、ラガーシャツに、ポケットのたくさんついた薄茶《うすちゃ》のズボンをはいている。カールしたくしゃくしゃの黒髪《くろかみ》に、日に焼けた肌《はだ》。口をとがらせて顔をしかめているが、ハンカチで目かくしされているので、どのくらい怒《おこ》っているのかはわからない。

「この子はだれなんだ、レッド？　なんでまた、ここまで連《つ》れてきた？　ドーンがさっき、犬がいるとか言ってたが、何があったんだ、えっ？」と、ソクラテス。

「初《はじ》めは女の子で、今度は男の子？」トゥルーディがぷんぷんして言う。「次はどんなビックリが待っているんですか？　言わなくてもいいわ！　どうせ小学生の団体《だんたい》さんでもやって来るんでしょ！」

少年が、レッドの手から逃《のが》れようとしながらわめいた。「おれはフェリックス・ポメロイ＝ピットだ！　ここから出たらすぐ警察《けいさつ》に行くからな！」

「その必要《ひつよう》はありませんわ！」エディスの声だ。きたない犬を押《お》さえつけながら階段《かいだん》を上《のぼ》ってくる。犬は、少年の声を聞きつけて耳をぴんと立てた。

こんな毛むくじゃらの犬は、見たことない。何カ月もブラシをかけていないような、泥《どろ》みたいな色の毛。思っていたほど大きくないが、灰色《はいいろ》の短い鼻づらに大きなぬれた鼻で、舌《した》はまるでベーコンのようだ。

犬は全速力で少年に飛《と》びついた。「ホルトウィッスル！　だいじょうぶだったか？」フェリックスは、手さぐりして毛むくじゃらの耳をさわった。犬はおすわりをして、足で体をかいている。

「こいつらに何かやられたのか？　〝はい〟だったら一回、〝いいえ〟だったら二回吠《ほ》えてみろ。まえに教えただろ？」

ホルトウィッスルは、どちらかわからないようだ。あくびしてカーペットに寝《ね》そべり、まえ足をぺろぺろなめている。

「きったない犬だな！」とソクラテス。

「なんだって？」フェリックスが、怒《おこ》ってソクラテスの方に突進《とっしん》しようとしたので、レッドが押《お》さえつけた。「この犬は純血種《じゅんけつしゅ》のチベットテリアで、血統書《けっとうしょ》付きだぞ！　こいつのじいちゃんは、もう少しでドッグショーのグランプリを取るところだったんだから！」

「なにをばかなことを！　まともな人間がこんな犬に賞《しょう》をやるはずがない！」ソクラテスが、ばかにした。

「どんな血を引いていたとしても、この犬に危《き》害《がい》は加《くわ》えていませんよ、安心なさい」と、エディス。

「当たりまえじゃないか！」フェリックスが、目かくしを取ろうと、片手《かたて》で鼻まで下げた。チョコレート色の目と、真ん中でくっつきそうな太くて黒いまゆ。目をパチパチさせてまえにいる人々を見つめている。ドーンは立ちあがって思わずほほえんだ。かんかんに怒《おこ》っているけど、けっこうかっこいい子だ。

「あんたら何者だよ？」突《つ》き刺《さ》すような視線《しせん》が、まんまえに立っているドーンをかすめてレッドに送られた。「おいっ！　ついて来たら教えると言ったよな！　ばあちゃんに何をしたんだよ。早く教えろ！」

「何を言っているんだ、こいつ？」とソクラテス。

「ばあちゃんが、この建物《たてもの》のどこかにいるんだろ？」フェリックスはそう言い張《は》り、大きく息を吸《す》ってどなった。「ばあちゃん！　聞こえる？　ジョンだよ！　心配しないで、助けに来たからね！」

「まいったな。このぼうやはすっかりいかれちまった。自分の名前を忘《わす》れるなんて。さっきフェリックスと言ったのに……」とジャグディッシュ。

イジーが、あわれむようにフェリックスを見た。「あわれだねえ、きっとどこか悪いんだよ。ほらほら、坊《ぼう》や。あんたのばあちゃんはここにはいないんだよ――」

「いるよ！」でも、その言い方はまえほど強気ではなく、しかめっ面《つら》にもとまどいの色が浮《う》かんでいた。「いるんだろ？　だってマッジさんちのばあさんが、バスから見たって言ってたもの。

それでおれたちは歩いて歩いて……で、やっとホルトウィッスルがばあちゃんのにおいをかぎつけたんだ」

「すみませんが、部長」ほおを上気させたエマが、両手を腰《こし》に当ててレッドを見すえた。「いったい何が起こったんですか？　どうしてこの子を連《つ》れてこられたんでしょう？　少し……大胆《だいたん》すぎるのではないかと思うのですが……どう考えても危険《きけん》なのに。あのぅ、説明《せつめい》していただかないと……納得《なっとく》できません」感情的《かんじょうてき》になったのが恥《は》ずかしいのか、くちびるをかんでいる。

「きみの言うとおりだ……」レッドはため息をついて、疲《つか》れた顔でおでこをさすった。「なぜかというと、ほかに方法《ほうほう》がなかったからだ。この子と犬は、ピムリコじゅうがびっくりするほど大《おお》騒《さわ》ぎを起こしちまった」レッドが肩《かた》をすくめる。「人に注目されたらまずいってことは、きみもよく知っていると思う。この子をだまらせるには、言うことを聞くほかなかったんだ」

「それで、スパイ追跡部《ついせきぶ》のガイド付《つ》きツアーを始めたというわけだな」ソクラテスが吐《は》き出すように言い、エディスの方を振《ふ》り向いた。「セキュリティ主任《しゅにん》のきみがいながら、なんてことを！　ほいほいレッドの言いなりになったのか？」

「ちがうんだよ。フェリックスは、真実《しんじつ》を知りたいだけなんだ」とレッド。

「ポメロイ＝ピットですって……？」しばらくだまっていたトゥルーディがつぶやき、レッドが続《つづ》いた。

「おれもこの名字《みょうじ》を聞いたことがあった。だからすぐに、この子がだれなのかわかったんだ」

「じゃあ、だれなんだ？」

「アンジェラ・ブラッドショーの孫《まご》だよ」

廊下《ろうか》じゅう静《しず》まり返った。

レッドが、少年の肩《かた》をやさしくつかんだ。「きみのおばあさんには、秘密《ひみつ》があった。おばあさんは、ここで四十年近くスパイをしていたんだ」

第十章　マード・ミークのファイル

「冗《じょう》談《だん》じゃないよ！」

フェリックスが、信用《しんよう》できないという顔つきで鼻を鳴らした。「ばあちゃんをさがしに行くのが、さっき紅茶《こうちゃ》を持ってきてくれた、あのぼうっとした女の子だって？　こんなばかな話、聞いたことないよ！」

少年の顔が見えなくてよかった。言葉だけでじゅうぶん傷《きず》つく。あの子がかわいそうだと思ったから、温かい紅茶を持ってきてあげたのに！　少年はアンジェラがスパイだったと聞かされて、すごくショックを受けていた。ずっと、祖母《そぼ》は喫茶店《きっさてん》めぐりの本を書いていると思っていたからだ。だけどあんなことを言うのなら、あのカップの中身を、頭にぶっかけてやればよかった……。

レッドがまた話しはじめたので、ドーンはちょっと首を曲げて、かぎ穴《あな》から片目《かため》でのぞいた。ひんやり冷《つめ》たいし、ほお骨《ぼね》にドアの取《と》っ手《て》が当たって痛《いた》いけど、何を話しているか知りたい。レッドは緑色のいすにすわってこちらを向いている。腕組《うでぐ》みをして、今にもかんしゃくを起こしそうな顔でフェリックスを見つめながら。「ドーンほど、この仕事にふさわしいものはいないよ。信《しん》じなさい」

フェリックスが黒髪《くろかみ》をえらそうにゆすって叫《さけ》んだ。「大人《おとな》に行かせてよ！　おれの大切なばあちゃんなんだから！　あんなうすのろを使ったら、失敗《しっぱい》するに決まっているだろ！　あのきれいな金髪《きんぱつ》の人とか、さっきあそこにいた、犯罪者《はんざいしゃ》みたいな顔の不機嫌《ふきげん》なじいさんにやらせたら？ジェームズ・ボンドにはほど遠いけど、まだマシじゃないの？」

また侮辱《ぶじょく》された……。〝ぼうっとした〟の次は、〝うすのろ〟呼《よ》ばわりだ！　ここに着いてから、ドーンはちょっと自分に自信を持ちはじめていた。ほめられ、認《みと》められたおかげで。それなのに少年にけなされて、体の中身が吸《す》いだされたような気分になった。この気分が、おなじみのものだっただけに、なおさら気がめいった。この、無視《むし》されるたびに感じていた、みじめでうつろな感覚《かんかく》……。

ドーンは生まれてからのわずか十年ちょっとで、このいやな心のうずきに慣《な》らされていた。あまりに毎日のことなので、自分のぼろぼろの運動ぐつと同じように、すっかり慣れ親しんでいたのだ。でもここ数日、この感覚をきれいさっぱり忘《わす》れていた。やっぱりいやだ。あの日々に戻《もど》りたくない！

「もう決まったことだ！」レッドが、珍《めずら》しくぶっきらぼうな声を出した。「ドーンはまだ若《わか》いが、一流のスパイ以上《いじょう》に素質《そしつ》がある。先日のテストでもいい点を取った」

「どんなテストだよ？」フェリックスが鋭《するど》く聞き返した。「おれは、学校ではどの科目でもトップなんだ。あんな子よりずっといい点を取れるよ！」フェリックスがいきなり立ちあがったので、かぎ穴《あな》から一瞬《いっしゅん》見えなくなった。レッドのそばに走りよって、興奮《こうふん》してまくしたてている。「もし子どもにスパイをやらせるんなら、おれに行かせてよ！　おれのばあちゃんなんだから、おれが行くべきじゃないか！　通信簿《つうしんぼ》を見せようか？　おれがどんなに頭いいか、わかるよ。スポーツだって得意《とくい》なんだ。それに相棒《あいぼう》のホルトウィッスルがいるし。とてもかしこい犬だから、ばあちゃんはすぐに見つかるよ！」フェリックスは、期待した顔でレッドを見た。

「だめだ！　百万年たってもだめだ！」レッドのきびしい声が飛《と》んだ。

「どうしてだよ？」フェリックスは、あっけに取られている。

「きみには……その……なんというか、きみは向いていない」レッドはようやくそう言い、いすの中で体をもぞもぞさせた。

「なんでだよ？　おれだったらうまくやれるって！　スパイ映画《えいが》もさんざん見たから、何をどうやるのかわかってるよ！」

「ぜんぜんわかっていない！」

「わかってるって！　もう証明《しょうめい》したじゃないか。これを見て！」フェリックスは、ズボンのポケットに手をつっこんだ。そしてしわくちゃの絵はがきをつまみ出して、机《つくえ》にぴしゃりと置《お》いた。

「七月六日にとどいたんだ。ばあちゃんからって書いてあるけど、にせものだってすぐわかった」フェリックスが、指で絵はがきをこづく。「〝親愛《しんあい》なるフェリックスへ〟って書いてあるだろ。もうここであやしいってわかったんだ」

「はあ……そうかい？」レッドが疲《つか》れたようにまばたきする。

「そうだよ！　だって、ばあちゃんはおれのことをジョンって呼《よ》ぶもの」

「そりゃ、またなんで？」

「おれが呼んでって、四歳《さい》のころ頼《たの》んだんだ。『宝島《たからじま》』に出てくるロング・ジョン・シルバーの〝ジョン〟だよ。海賊《かいぞく》のかっこう以外《いがい》しないような、ませガキだったからさ」

「うっそだろう……？」と、レッド。

「うそじゃないよ。家族はみんな知らん顔だったけど、ばあちゃんだけは今でも〝ジョン〟って呼んでくれるんだ」

「はあ……」

フェリックスはレッドの鼻の下で絵はがきをひらひらさせた。「だからこのはがきは、ばあちゃんが書いたんじゃない！　それに、さよならも言わずにバルバドスに行くはずない。それでばあちゃんちにたしかめに行ったんだけど、だれもいなかった。たまたまとなりのマッジさんが、二、三週間まえにばあちゃんがどこかの黒いとびらの家に入っていくのを見かけて以来、一度も会ってないって教えてくれたんだ。マッジさんはそのとき、十四番のバスに乗ってたんだけど、どこの道でばあちゃんを見たか覚《おぼ》えていなかった。それでホルトウィッスルといっしょにバスの路線を歩いていたら、ここまで来たってわけだ」

レッドが疑《うたが》わしそうにつぶやいた。「ここで飼《か》っているネコのにおいをかぎつけただけじゃないのかね？」

フェリックスが、軽蔑《けいべつ》したようにふんっと鼻を鳴らした。そんな質問《しつもん》には答えるのもばからしい、というように。「これで、おれが優秀《ゆうしゅう》だってことがわかっただろ。いいスパイになれるって認《みと》めてくれよ！」

「まあ、かしこいことは認める。だがスパイになるには、ほかにもいろいろな資質《ししつ》が必要《ひつよう》なんだ。目立たないこと、慎重《しんちょう》なこと、五分間だまっていられること――」

フェリックスは、なおも言い張《は》る。「ばあちゃんがスパイだったんだから、おれだってなれるよ！」

レッドは、少し考えてから口を開いた。「たしかに、スパイの才能《さいのう》は遺伝《いでん》することもある。でもきみの場合、明らかにちがう」

フェリックスがふくれっ面《つら》をした。ドアのこちら側《がわ》で、ドーンは自分の肩《かた》を抱《だ》きしめてほくそ笑《え》んでいた。レッドが、フェリックスの説得《せっとく》に負けなかったからだ。一瞬《いっしゅん》ひやりとしたけれど、あいかわらず、ドーンを使う気でいてくれている。ドーンはうれしくてしかたなかった。

「ちょっと！」いらいらした声がして、だれかが肩をたたいた。トゥルーディだ。「明日に備《そな》えて勉強するんじゃなかったの？」トゥルーディは、まゆをつりあげて薄《うす》いファイルを差《さ》し出し、大げさなため息をついた。「まったく、ファイルをさがすのにえらい時間がかかっちゃったわ！　だれかが変《へん》な場所に置《お》いたせいで。わたしが任務《にんむ》に行っているあいだに、いったいどうなることか！」そしてドーンの手にファイルを押《お》しつけた。「ほら、読みなさい。あなたがほしかったマード・ミークの情報《じょうほう》が、すべてここにあるから」

個人《こじん》情報

通称《つうしょう》　マード・ミーク
本名《ほんみょう》　不明
年齢《ねんれい》　二十五歳《さい》～七十歳
外見　？？？（写真は存在《そんざい》せず）
性格《せいかく》　つかみどころがない
国籍《こくせき》　おそらく英国人《えいこくじん》（確証《かくしょう》なし）
犯罪歴《はんざいれき》　多数あり（二～十一ページを参照《さんしょう》のこと）
最後《さいご》の目撃《もくげき》場所　テムズ川の底《そこ》

ほとんど役に立たない。ドーンは一ページめをわきに置《お》いて残《のこ》りを読みだしたが、終わるまでに三十分とかからなかった。もともと読むのは速いし、ひとりっきりで集中できたからだ。ドーンはあごに手を当てて、わかったことを頭の中でくり返した。

ミークは、ずっとSHHの追跡《ついせき》をするりするりとかわしてきたようだ。〝SHHの疫病神《やくびょうがみ》〟とまで書かれているのは、SHHの秘密《ひみつ》をかぎ当てるたびに、高い値《ね》でよそに売ってきたからだろう。つまり、マル秘情報《ひじょうほう》を暴露《ばくろ》してきたのだ。書類《しょるい》にはこう書いてある。

・政府《せいふ》がジェット戦闘機《せんとうき》を買うという情報を、外国に売った。
・文部大臣《もんぶだいじん》が、学生時代にいつも試験《しけん》でカンニングしていたことをばらして、政治《せいじ》生命を絶《た》った。
・世界的《せかいてき》な有名ブランドのマーマレードの、企業《きぎょう》秘密の材料《ざいりょう》を暴露した。
・この十年、ファンがずっと出版《しゅっぱん》を待ちこがれていた小説《しょうせつ》の最終章《さいしゅうしょう》をばらして、何百万人もの人をがっかりさせた。
・スパイ追跡部の秘密の場所をさがし当てて、引《ひ》っ越《こ》しを余儀《よぎ》なくさせた。

世界一の大泥棒《おおどろぼう》というわけだ。リストには、ほかにも盗《ぬす》まれた秘密が二百以上《いじょう》のっていたが、これでも氷山《ひょうざん》の一角《いっかく》のようだ。そう考えると、かなりの金持ちにちがいない。ミークの犯罪歴《はんざいれき》は興味深《きょうみぶか》いけれど、ミーク自身の情報《じょうほう》があまりにも少ないので、ドーンはいらいらした。ファイルのどこを見ても、外見や年のことが書いていない。本名さえもわからない。調査《ちょうさ》が足りないのか？　それとも、ミークがそれだけすばしこいのか？

それでも、スパイ追跡部《ついせきぶ》はいちどだけミークをつかまえかけたことがあり、その記録《きろく》が数ページにわたっていた。十年まえの十二月九日の夜のことだ。関係者《かんけいしゃ》が一ページずつ書いているので、ドーンはアンジェラの記録から読んでみた。

マード・ミークの逮捕《たいほ》失敗《しっぱい》について

目撃者《もくげきしゃ》　アンジェラ・ブラッドショー

あれは七時十五分すぎ、家に戻《もど》る途中《とちゅう》のことでした。わたしは残業《ざんぎょう》して、最後《さいご》に建物《たてもの》を出ました。外がとても寒かったので手袋《てぶくろ》を忘《わす》れたことに気づき、当時、映画館《えいがかん》の中に入っていたスパイ追跡部に引き返そうとしました。

そのとき、映画館のドアのまえで男の姿《すがた》を見かけたのです。わたしが近づいていくと、その男はぱっと振《ふ》り向いて、わたしを見ました。「ちぇっ！　『ミスター・デニング、北に向かう』の最後《さいご》の回に間《ま》に合わなかった」男はそんなことを言って、足早に立ち去りました。暗かったので、ぶ厚《あつ》いオーバーと立てたえりもとしか見えませんでした。

スパイ追跡部《ついせきぶ》に戻《もど》ると、ドアマットの上に封筒《ふうとう》がありました。数分まえにそこを出たときにはなかったものです。あて先には〝おばかでまぬけなスパイ追跡部の連中《れんちゅう》へ！〟と書いてあり、中はクリスマスカードでした。下の方には、鉛筆《えんぴつ》書きのMの字がふたつ。わたしはひとめで、マード・ミークからだとわかり、さっき出会った男がそうなんだと思いました。

さいわい雪が深く積《つ》もっていたので、足あとを追っていくうちに、ミークの姿《すがた》が視界《しかい》に入ってきました。そこでレッドに電話で知らせたのです。ミークはわたしに気づき、どうにかまこうとして川沿《かわぞ》いの古い倉庫に入りました。レッドとピップがやって来たので、正面入り口はわたしが、裏口《うらぐち》はピップが見張《みは》り、レッドが中に入ってミークをさがしました。

五分後、銃声《じゅうせい》とガラスの割《わ》れる音が聞こえました。ピップからの電話で、ミークが逃《に》げてテムズ川の橋に向かったということがわかりました。持ち場を離《はな》れてそこに走っていくと、ピップとレッドが、橋の真ん中から川を見おろしていました。ちょうどそのとき、ソクラテスが、向こう岸から自転車でやって来ました。レッドが川の水を灯《あか》りで照《て》らすと、氷のかたまりのほかに、オーバーとマフラーが浮《う》いていました。でも、ミークの体はどこにもありませんでした。

「何を読んでいるんだ？」ドーンが顔を上げると、ソクラテスが荷物を持って部屋《へや》に入ってきたところだった。アンジェラの記録《きろく》に夢中《むちゅう》になっていて、気がつかなかったのだ。

ハヤカワ文庫の最新刊

●表示の価格は税込定価です。
●発売日は地域によって変わる場合があります。

5
2007

SF1609

宇宙英雄ローダン・シリーズ335

雷神基地

フランシス＆ダールトン／五十嵐 洋訳

《ピノル》艦長の超重族エイモントは、海王星に設置されていた秘密基地に潜入した！

定価588円
［絶賛発売中］

SF1610

永遠の戦士エレコーゼ①

黒曜石のなかの不死鳥

マイクル・ムアコック／井辻朱美訳

伝説の英雄エレコーゼの驚くべき冒険を描く『永遠の戦士』と、表題作の2長篇を収録。

定価987円
［絶賛発売中］

SF1611

名作『銀色の恋人』待望の続篇登場！

銀色の愛ふたたび

タニス・リー／井辻朱美訳

貧しい環境で育ったローレンは『ジェーンの本』を読んで、シルヴァーに恋するが……!?

定価903円
［24日発売］

SF1612

黄金時代のSFのおもしろさが甦る。

ゴールデン・エイジ2 フェニックスの飛翔

ジョン・C・ライト／日暮雅通訳

〈黄金の普遍〉から追放されたファエトンは孤軍奮闘するが……人気の三部作、第二部。

定価987円
［24日発売］

epi41

『わたしを離さないで』著者の異色作が初文庫化

充たされざる者

カズオ・イシグロ／古賀林 幸訳

地方都市に招かれた世界的音楽家が経験するカフカ的不条理。ブッカー賞作家の異色作。

定価1470円

［24日発売］

演劇9

ピュリッツァー賞受賞［解説エッセイ・別役 実］

ソーントン・ワイルダーI わが町

ソーントン・ワイルダー／鳴海四郎訳

小さな町の人々の平凡な日常を描きながら、人間存在の不安と希望を問う著者の代表作。

定価945円

［24日発売］

JA889

ハヤカワコミック文庫――〈夢幻シリーズ〉代表作

夢幻紳士 怪奇篇

高橋葉介

夢幻魔実也が活躍する怪しの名作19篇と描き下ろし1篇を収録。アダルトな怪談集。

定価1050円

［絶賛発売中］

1799

●ハヤカワ・ミステリ最新刊

既刊1699点

上海から来た女

シャーウッド・キング／尾之上浩司訳

元船員の俺は、弁護士からもちかけられた殺人計画に一枚噛むことにする。それは、鏡の迷路のように複雑に仕組まれた罠の入口だった。オーソン・ウェルズ主演・監督で映画化された幻のサスペンス

ポケット判 定価1155円［絶賛発売中］

早川書房の最新刊

●表示の価格は税込定価です。
●発売日は地域によって変わる場合があります。

5
2007

運命に翻弄されたある男の数奇な物語

ミスフォーチュン

ウェズリー・スティス／立石光子訳

何不自由ない幸せな子ども時代から一転、狡猾な親戚の陰謀で私は全財産を奪われた……「娘」として育てられた男の数奇な一生を十九世紀英国の領主館を舞台に詩情豊かに描くディケンズ風サーガ。

四六判上製　定価2730円［24日発売］

ハリネズミの本箱

スパイ少女ドーン・バックル

アンナ・デイル／岡本さゆり訳

平凡でひかえめで目立たない少女ドーン。ところがそれが決め手となって、スパイに大抜擢！　任務を与えられ、ある村に潜入する。『正しい魔女のつくりかた』の著者が贈る、ハラハラドキドキの物語

四六判上製　定価1785円［24日発売］

海外SFノヴェルズ

擬態 ―カムフラージュ―

ジョー・ホールドマン／金子司訳

〈ネビュラ賞／ジェイムズ・ティプトリー・ジュニア賞受賞〉二〇一九年、太平洋の海溝で謎の人工物が発見されたが……不死の異星生命体〈変わり子〉と人類との出会いをスリリングに描く話題作！

四六判上製　定価1995円［[illegible]日発売］

「ああ、マード・ミークのことを読んでて……」

「ミークか？」ソクラテスは顔をしかめた。「あのずるがしこい悪魔《あくま》のことか。頭がいいことを鼻にかけていた。それで墓穴《ぼけつ》を掘《ほ》ったんだけどな」

「どういう意味ですか？」

「やつはずっと、スパイ追跡部《ついせきぶ》の秘密《ひみつ》をあちこちに売りさばいていた。つかまりっこないと、うぬぼれてたんだ」ソクラテスは、いすを引いてすわった。「あのころスパイ追跡部は、小さなきたない映画館《えいがかん》を本部にしていた。ミークはなぜかその場所を見つけて、いかに自分がすごいか自慢《じまん》しようとしたんだ。それで、わざわざ自分でクリスマスカードをとどけようとした……」

「ああ、そのことだったら、今読みました」と、ドーン。

ソクラテスは、ドーンがにぎっている書類《しょるい》をちらっと見た。「なるほど……なら、アンジェラがやつを映画館のまえで目撃《もくげき》したことを知っているな。ミークはどきっとしたにちがいない。だが、さすがプロのスパイだ。アンジェラに聞こえるように、見たかった映画を見逃《みのが》したというようなことを言っている。わかるか、ドーン。いいスパイはいつだって、そこにいる理由を考えておかなくてはならないんだ」

ドーンは、うんうんとうなずいた。

「だが、もしアンジェラがスパイ追跡部の人間だとわかっていたら、ミークはしゃべったりしなかっただろうな。ミークは自分の素性《すじょう》がばれないように、それはそれは気をつかっていた。だいたい、やつがどんな見かけなのか、ＳＨＨはまるでつかんでいなかった。でもアンジェラに話しかけたことで、声だけは知られてしまったんだ」

「そして十年後に、アンジェラはその声を聞いたんですね！」

「それはちがーうっ！」ソクラテスは、頭を激《はげ》しく振《ふ》った。「それはアンジェラの勘《かん》ちがいだ。マード・ミークは死んでしまったんだから！　ミークが橋から飛《と》びおりたのは、ピップが目撃《もくげき》しているし、わたしたち全員がそのときの水しぶきを聞いている」ソクラテスが、ファイルの中の書類《しょるい》をさぐった。「ここらへんに書いてあるはずだが……」

「読みました。みなさん、橋の上だったんですよね。ピップとレッドとアンジェラが片方《かたほう》の岸からミークを追いつめ、あなたがもう片方から自転車で追いつめた……」

「そう。あの橋は工事中で通行禁止《きんし》になっていたんだ。工事の連中《れんちゅう》ががらくたを置《お》いたままだったから、もうちょっとですっころぶところだった。ともかくミークは追いつめられ、どこにも行けるはずがなかった」

「行けるのは橋の下だけ……ってことですね」ドーンが顔をしかめる。

「そうだ。橋の真下を流れるテムズ川に落っこちるしかなかったんだ！　十メートルぐらい下の凍《こお》った川に落っこちて……それがやつのあわれな最期《さいご》ってことさ」

「本当にそうだったんですか？　川岸に泳ぎ着いたってことはないんでしょうか？」

「やつは浮《う》かんでこなかった」ソクラテスが断固《だんこ》として言う。「もし懐中電灯《かいちゅうでんとう》で照《て》らしそこなったとしても、バシャバシャという音は聞こえたはずだ。それに川岸は垂直《すいちょく》なレンガのかべだった。とても登れるようなものじゃない」

「死体は見つかったんですか？」

「いや。たぶん海に流されてしまったんだろうな」ソクラテスがしかめっ面《つら》をした。「ともかくそれから十年、ミークはあらわれなかった。つまりあいつは死んでしまったってことだ。よく覚《おぼ》えておくんだぞ」

ドーンは顔をゆがめた。マード・ミークの死体が、流木のように海に流されていくところを想《そう》像《ぞう》しないようにと思っても、つい想像してしまう。

「ところで」ソクラテスがドーンの手にふれた。「わたしはミークのことを話しにきたんじゃないんだ」そして、持ってきた荷物をドーンに差《さ》し出したのだ。「はいよ。きみにプレゼントだよ」

ドーンの胸《むね》が高鳴った。プレゼントの包《つつ》み紙を破《やぶ》る気になれず、茶色い紙をていねいに開いた。すると、あの貝の形の電話が出てきたのだ！　貝の表面にある斑点《はんてん》のひとつを押《お》すと通話ができて、別《べっ》の斑点を押すと通話が終わるらしい。ソクラテスが、ドーンのために直してくれたのだ。

包みには、レーズンチョコの箱と鉛筆《えんぴつ》も入っていたので、ドーンは思わず声をあげた。でもどうやら本物のお菓子《かし》と鉛筆ではなさそうだ。レーズンチョコは、マッチ箱型《がた》のミニカメラを子どもも向けに直したものらしい。とすると、鉛筆は……？　ソクラテスが、鉛筆の頭についているプラスチックのクマの人形と、にせものの芯《しん》の先のはずし方を教えてくれた。そうするとレンズがあらわれて、フィルムを拡大《かくだい》して見ることができるのだ。

「ぜんぶすごい！　ありがとう、ソクラテス！」

ベッドカバーの上には、ドーンの新しい持ち物が散《ち》らばっている。真ん中には、エマからわたされた空色のスーツケース。赤いおんぼろのスーツケースには、ふたの内側《うちがわ》に〝ドーン・バックル〟とマジックで書いてあるから、持っていけないのだ。明日からは、ドーン・バックルではない。「あたしは、キティ・ウィルソン！」ドーンは新しい名前を口にした。

キティ。ドーンが望《のぞ》んでいたようなかっこいい名前じゃないけど、悪くはない。きっとキティと呼《よ》ばれても、自然《しぜん》に反応《はんのう》するようになるだろう。いちばんの問題は、トゥルーディを〝お母さん〟って呼べるかということだった。こっちはトゥルーディのことをまるで知らないし、向こうは子どもぎらいのようだし……。

頭に母親のベヴァリーの姿《すがた》が浮《う》かんできた。目のまえがかすみ、ドーンはベッドにつっぷした。とつぜん家に帰りたくなったのだ。やっぱりこんなのいやだ！　スパイになんてなりたくない！　でも気持ちが変《か》わったなんてレッドに言ったら、きっとすごく怒《おこ》られる！

ドーンの指が、ベッドの上のごちゃごちゃの中から奇跡的《きせきてき》にクロップをさがし当てた。持ちあげると、糸で縫《ぬ》った目が、ドーンの涙《なみだ》にぬれた目をきびしくにらんでいるように見える。抱《だ》きしめても、いやがっているように、どさっと頭を向こう側《がわ》に倒《たお》してしまう。

「どうしたの、クロップ？　なに怒《おこ》ってんのよ？　やめちゃいけないっていうの？」

　クロップの頭がまえに倒れた。まるでうなずいたかのようだ。

「そうだよね……」ドーンはロバのぬいぐるみにほほえんだ。クロップとおしゃべりして、なぜか自信《じしん》が戻《もど》ってきたのだ。「わかったよ。あんたの勝ち。ちゃんと任務《にんむ》に行くことにするから」

　ドーンは、ベッドの上のものをひとつずつ拾って、空色のスーツケースにつめこんでいった。いろいろな服がある。きっとイジーが必死《ひっし》になって作ってくれたんだろう。ジーンズ、デニムのシャツ、木綿《もめん》のワンピース、それにガールスカウトの制服《せいふく》まで。新品の服なのに、なぜか着古したように見える。イジーが、なんらかの手を加《くわ》えたんだろう。ドーンは、翌日《よくじつ》出発するときに着る服を選《えら》び、わきに置《お》いた。水色の木綿のワンピースとサンダルだ。

　スーツケースの中に、ほかのものをすべて入れた。長ぐつ、キティと名前がついている歯ブラシと歯が少し欠《か》けたヘアブラシ入りの洗面《せんめん》用具入れ、懐中電灯《かいちゅうでんとう》、お人形、イニシャル入りの便《びん》せんと封筒《ふうとう》、クマ人形付《つ》き鉛筆型《えんぴつがた》レンズを入れた筆箱、ノート、貝タイ電話、それとレーズンチョコ型ミニカメラだ。

　荷物を積《つ》みこんでいるうちに、だんだん涼《すず》しくなってきた。ドーンはパジャマに着がえてクロップをひざに置き、緊張《きんちょう》しながらベッドにすわった。ホテルじゅうが、死んだように静《しず》まりかえっている。

あのうるさいフェリックスという少年と、同じくらいやかましい愛犬《あいけん》は、もうとっくに帰っていった。ここで知ったことをだれにも話すなと、レッドがきびしく言い聞かせたらしい。もし言ったら最後《さいご》、おまえのばあちゃんはにどと戻《もど》ってこないだろう、と、おどしたのだ。

エディスはまだ下の階にいるようだが、ほかのメンバーはみんな帰っていった。ひょっとしたらエマが荷造《にづく》りを手伝《てつだ》ってくれるのではと期待したのだが、いっしょに夕飯《ゆうはん》を食べたあと、買い物がいっぱいあると言って帰ってしまった。ピーブルズまでいない。たぶん、ホテルにうるさい犬が乗りこんできたショックで、消えてしまったんだろう。

「あんたとあたしだけだね、クロップ」ドーンは、そう言いながら着ていた服をたたんで、家から持ってきたハイソックスや『山羊飼《やぎか》いの娘《むすめ》パンジー』の本といっしょに、赤いスーツケースに入れた。自分自身の持ち物は持っていってはいけないと、きつく言われたのだ。ふたを閉《し》めるまえに、それらをもういちど見つめてみる。みんな、ドーン・バックルが大事にしてきたものばかり。まるで、自分自身をスーツケースにしまってどこかにやってしまうみたいな気がする。ドーンはスーツケースをたんすの下にしまった。

ドーンがベッドによじのぼると、クロップが、小さな体を大の字にして、枕《まくら》の上で寝《ね》そべっている。よく寝てちょうだいね、クロップ。明日は大変《たいへん》な一日になりそう。だから、今のうちにゆっくりしておいてね。

ドーン・バックルは、イジーが用意してくれたような人形は好《す》きではない。きっとキティ・ウィルソンだって同じはず。ドーンは、いけないことと知りつつ、クロップをチェリー・ベントリー村に連《つ》れていくことにした。いけなくたってかまわない。服の中に入れてでも、ぜったいにクロップを持っていこう。

第十一章　問題発生！

ドーンは、エディスのあとについて廊下《ろうか》を歩いた。長ぐつがふくらはぎにパカパカ当たる。もしじろじろ見たら、片方《かたほう》の長ぐつの下半分だけ、ふくらんでいるのがわかっただろう。レッドの部屋《へや》に入り、ドーンは窓《まど》に打ちつける雨をありがたく見つめた。

ドーンはその朝早く起き、二十分もかけて、どうやったらだれにも見つからずにクロップを持っていけるだろうかと考えた。頭にのせて帽子《ぼうし》で隠《かく》すのは、足が出てしまうので、だめ。おなかに入れてクロップの足を背中《せなか》で結《むす》ぼうとしたけど、そこまで足は長くない。そのとき雨が降《ふ》ってきたので、すぐに解決《かいけつ》した。「雨ばっかりのイギリスの天気に感謝《かんしゃ》しなきゃ！」ドーンはサンダルを脱《ぬ》いで、長ぐつをはいた。クロップはうまい具合《ぐあい》におさまった。

「なんてこった。ひどい雨だな！」レッドは、エディスとドーンにいすをすすめた。トゥルーディはもう来ている。白いポロシャツにジーンズをはき、うんざりした顔で。

「荷物のチェックはしたかい？」レッドがエディスに聞いた。

「しました」エディスは、ドーンの空色のスーツケースをいすのそばに置《お》いた。「すみからすみまで調べましたけど、ドーンの持ち物はひとつもありませんわ」

「ふん、あんたはいい子ちゃんね！」トゥルーディが不機嫌《ふきげん》に言う。

「まあまあ、意地悪言わないで」レッドがドーンにウィンクした。「じつはね、トゥルーディはルールを守っていなかったんだ」レッドは、机《つくえ》の上の山を指さした。トゥルーディがスーツケースに忍《しの》ばせておいたものらしい。絹《きぬ》のスカーフ、マニキュア、ハイヒールのくつ、それに口紅《くちべに》が七本。

「エマが見つけてくれたんだが」レッドが首を振《ふ》った。「まったくがっかりしたよ」

ドーンはショックを受けたふりをした。クロップの毛糸のたてがみで足がちくちくするけど、がまんしよう。

「さて、きみたちが行くまえにわたしたいものがある」レッドが封筒《ふうとう》を開けると、カードや証明書《しょうめいしょ》、書類《しょるい》などが出てきた。「これは図書館のカード、そしてバス定期」

ドーンは、うれしくなってながめまわした。両方とも、キティ・ウィルソンと書いてある。バス定期には、ドーンの新しい髪型《かみがた》の写真が写っていた。学校の通信簿《つうしんぼ》、ガールスカウトの証明書、それになんと子ども鳥類《ちょうるい》研究所の会員カードまである。ジャグディッシュのおかげで、すべてが本物そっくりだ。

ドーンは証明書類《しょうめいしょるい》とレッドがくれたお金を、首にかけていたビーズのお財布《さいふ》にしまった。「ありがとうございます！」

「まだ終わっていないよ」レッドが床《ゆか》から小さなリュックを持ちあげ、ひもをゆるめて中をあさった。

息を止めて見守る。まるでクリスマスみたいにプレゼントだらけだ。「お弁当箱《べんとうばこ》と水筒《すいとう》だ！」

「いや、じつはそうじゃないんだ」レッドが水筒のプラスチックのふたを開けると、中に双眼鏡《そうがんきょう》が入っていた。もっとおどろいたことに、弁当箱の中には、小さな無線機《むせんき》とヘッドホン、それに説明書《せつめいしょ》までそろっていたのだ。

「わあ！」今すぐにでも試《ため》したい！

「そしてこれも……」レッドがポケットからトランプを取り出した。「ダイヤの五以外《いがい》は、まったくふつうのトランプだ。もしマード・ミークが十年まえの事件《じけん》でおぼれ死なずに助かったとしたら、チェリー・ベントリー村に越《こ》してきたのはこの十年以内《いない》ということになる。調査部《ちょうさぶ》がつかんだ情報《じょうほう》によると、村に住んで十年たっていない男性《だんせい》は、十一人しかいない。つまり、この十一人が容疑者《ようぎしゃ》というわけだ。このダイヤの五のトランプには、表面の紙をはがしてみると、十一人の名前が書いてある」

ドーンは、トランプをスーツケースに入れた。

「あともうひとつ……」レッドが、うしろに立っているエマにうなずいた。エマはかがんで大きな段《だん》ボール箱を持ちあげ、ドーンのひざに置《お》いた。ドーンは、なぜか穴《あな》がいくつも開いている段ボール箱のふたを開けてみた。

エマが言う。「チェリー・ベントリー村の八十八パーセントの子どもが、ペットを飼《か》っているわ。それであなたにウサギでも買ってあげたいと思ったんだけど、あいにく予算がなくて……」

ドーンはちょっとがっかりした。ずっとまえから、耳がたれてふわふわした大きなウサギを飼いたいと思っていたからだ。なんだろうと思って箱の中を見ると、スパイ追跡部《ついせきぶ》の中でいちばん毛むくじゃらのメンバーが、こちらを見あげているではないか！

「ピーブルズ！」ドーンは、頭をなでようと手を箱に入れた。「本当にピーブルズを連《つ》れていってもいいんですか？」

「いいわよ」エマがちょっと残念《ざんねん》そうに言う。「でもこの子も名前を変《か》えなくちゃね。新しい名前をつけてあげて」エマは、紙を開いて読みあげた。「ええと、調査部《ちょうさぶ》からの情報《じょうほう》によると、チェリー・ベントリー村の飼いネコの名前の二十一パーセントがタイガー、九パーセントがスマッジ、八パーセントがクッキー、六パーセントがソックスだそうよ。ほかには、哲学者《てつがくしゃ》やジャズミュージシャンの名前、あと魚の名前もあるわ。あなたが決めていいわよ」

ドーンは、哲学者もジャズミュージシャンも知らないし、魚も三種類《しゅるい》くらいしか思いつかない。「サーディン（イワシ）でもいいですか？　ときどきオイル漬《づ》けのイワシを、トーストにのせてケチャップをかけて食べるけど、好《す》きなんです」

「いいんじゃない？」エマがほほえむ。

トゥルーディがせき払《ばら》いをした。「もうそろそろ出かける時間よ」

「最後《さいご》に、これをふたりに……」レッドが差《さ》し出した手のひらには、二粒《つぶ》の錠剤《じょうざい》があった。ドーンとトゥルーディが、けげんな顔で見つめる。

レッドが言った。「酔《よ》い止めのミントキャンディーだよ。ひとり一粒しかなくて悪いが」

ドーンは〝気をつけて行ってきてね！〟と書かれたカードをもういちど読むと、半分にちぎって食べてしまった。残《のこ》りの半分をトゥルーディにわたしたが、頭を振《ふ》っていらないと言う。「これ、チョコ風味のライスペーパーですよ。けっこうおいしいのに……」

スパイ追跡部《ついせきぶ》のみんなはこの〝食べられるカード〟に食紅《しょくべに》でサインをして、ドーンにわたしてくれたのだ。握手《あくしゅ》したり抱《だ》きしめたりされて、ドーンはすっかり感激《かんげき》してしまった。

ホテルの外には、十二年ものの白いおんぼろ車が停《と》まっている。荷物を積《つ》むのは、たいした手間《てま》ではなかった。スーツケースがふたつにドーンのリュック、食べ物が入ったかご、あとは園芸《えんげい》用品くらいしかないからだ。

ドーンは、残りのわずかなカードを、折《お》りたたんで口に放《ほう》りこんだ。食べられるメッセージをくれたのは、いいアイディアだ。食べてしまえば、だれにも読まれる危険《きけん》はない。ピーブルズの入った段《だん》ボール箱をひざに置《お》いて、シートベルトをしめる。

エンジンがかかった。ドーンはいつのまにか、雨の打ちつける窓《まど》ごしにホテルを見つめていた。つい三階の窓にだれかいないだろうかとさがしてしまう。だれの姿《すがた》もないけれど、これは当たりまえ。勘《かん》の鋭《するど》い通行人に、ただの親子がどこかに出かけるだけなのに、何を大騒《おおさわ》ぎしているのだろうと思われたらまずいからだ。ドーンは灰色《はいいろ》のレンガの建物《たてもの》を、名残《なご》りおしい思いで見あげた。庭の草花の上に、雨つぶがダイヤモンドのようにきらめいている。これ以上《いじょう》はないというくらい美しい。

ギィーッ！　ギアを動かしたとたんにすごい音がした。「しょうがないわね！」トゥルーディがため息をつきながら、ギアシフトと格闘《かくとう》している。「こんなポンコツ車じゃ、通りのはしまでも行けそうにないわ。ましてや百キロ以上先のチェリー・ベントリー村なんて、ぜったい無理《むり》に決まってる」

車がそろそろとまえに進んだ。さあ、出発だ。胸《むね》がドキドキする。

パンッ！

トゥルーディが、手のひらでハンドルをたたいて悪態《あくたい》をついた。

ドーンは、思わず段《だん》ボール箱を抱《だ》きしめた。「いったいどうしたんですか？」箱の中から、カリカリと引っかく音がする。ドーンはふたを開けて、ピーブルズにだいじょうぶだからね、とささやいた。

「うーん……わたしは機械《きかい》には弱いけど、これってタイヤがパンクした音なんじゃないの？」トゥルーディがうなり声をあげて、エンジンを止めた。

ふたりは車から降《お》り、かがんでまえのタイヤをつついてみた。「おかしいわね……どこも悪いようには見えないけど」トゥルーディが頭をかく。「ボンネットも開けないとだめだわ」

「これ、なんだろう？」タイヤの下に何かはさまっている。平べったいオレンジ色のものだ。

「なんだ。ゴミか……」

トゥルーディがつっかい棒《ぼう》でボンネットを支《ささ》え、中を点検《てんけん》して閉《し》めた。「どこもおかしくなさそうだわ。ドーン、車に乗って。もういちどエンジンをかけてみるから」

「……キティですけど」ドーンはおそるおそる言ってみた。

「生意気《なまいき》なこと言っていないで、さっさと乗りなさい！」

ふたりは車に乗りこんだ。今度はおかしな音もせずになめらかに動きだす。

「レッドがもっといい車を借《か》りてくれたらよかったのに」トゥルーディがうめいた。交差点《こうさてん》で停《と》まって窓《まど》を開けながら言う。「屋根は開かないしCDプレイヤーはないし、おまけになんだか、びしょぬれの犬のにおいがするじゃないの！」

ピーブルズは、車の旅がきらいみたいだ。ずっと箱の中でがさごそ動きまわり、ミャアミャア鳴きつづけている。ドーンはぎゅうっと箱を抱《かか》えた。ふたを少し開けるたびに、ピーブルズはかぎづめを出してドーンの服を破《やぶ》こうとする。

でもピーブルズのこと以外《いがい》は、快適《かいてき》な旅だった。ロンドンの通りに立ち並《なら》ぶ建物《たてもの》はどれを見てもおもしろいし、歩道には人がいっぱい。口の中のミントも、ロンドンを出るまで、ずっと長持ちしてくれた。

ロンドンから離《はな》れると、道はばが広くなり、まっすぐになった。左右に高いかべがあるので、首を伸《の》ばしても何も見えない。ドーンは外をながめるのをやめ、レッドの言った注意事項《ちゅういじこう》を思い出していた。そしてしばらくして、チェリー・ベントリー村に着いた。

ドーンは地図や写真を見ていたので、どんな村なのか知っていた。でも本物のチェリー・ベントリー村は、ずっときれいなところだ。せまい道の両わきに木がおい茂《しげ》り、標識《ひょうしき》や看板《かんばん》などはない。緑に輝《かがや》いている芝生《しばふ》が、食べてしまいたいほどみずみずしい。いろいろな家が見える。小さな格子戸《こうしど》があるわらぶき屋根のコテージとか、煙突《えんとつ》が五、六本あるレンガ建《だ》ての立派《りっぱ》なお屋敷《やしき》とか、黒っぽいスレートの屋根の〈片目《かため》イタチ〉という名のパブとか。塔《とう》のある石造《いしづく》りの大きな教会は、お城《しろ》のようにも見える。

トゥルーディは緑でいっぱいの野原の近くでスピードをゆるめ、カウ・パースリー通りが出てきたら教えて、と、ドーンに頼《たの》んだ。ドーンはあたりをきょろきょろ見まわしたが、右にある広々した芝生につい目を奪《うば》われてしまう。野原のまわりには、背《せ》の高いライムとカシの木がそびえ立ち、はしっこにはシダレヤナギに囲《かこ》まれた池がある。池で泳いでいるのはカモだ。

「あった！　カウ・パースリー通りです！」ドーンは、トコトコ列になって歩いているカモのひなたちから、やっとの思いで目を離《はな》して叫《さけ》んだ。トゥルーディがウインカーを点滅《てんめつ》させ、ハンドルを鋭《するど》く切る。車のトランクで、スーツケースがガタンと鳴った。

ようやく、ふたりが泊《と》まるダッフォディル・コテージに到着《とうちゃく》だ。小さくてかわいらしいコテージで、バニラアイスの色のかべに白い玄関《げんかん》ドア、そこへ続《つづ》く上がり段《だん》が三段ある。庭にはデイジーの花が咲《さ》き、石だたみの道の割《わ》れ目から、タンポポが芽《め》を出している。ドーンはすぐにここが大好《だいす》きになった。車が停《と》まるやドアを開け、段ボール箱を抱《だ》いて歩きだす。

「ちょっと、どこに行くつもりなの？　荷物運びを手伝《てつだ》ったらどうなのよ？」

「あっ、ごめんなさい！」ドーンはピーブルズの箱を下に置《お》いて、車に戻《もど》った。「チェリー・ベントリー村って、すてきなところですね！　空気が澄《す》んでて、いいにおいがするし。おうちもかわいくて！　こんなに空が広いなんて知らなかった――ずっと高いビルばかりの町に住んでいたからだろうな」

「ふうん……」トゥルーディが興味《きょうみ》なさそうにつぶやいて、トランクを開けた。

そのとき、信《しん》じられないことが起こった。おんぼろの玄関マットのようなものがしゅっと飛《と》びだして、トゥルーディにおおいかぶさったのだ。ドーンは思わず言葉を失《うしな》い、トゥルーディはショックのあまり、あらんかぎりの声で叫びながらうしろにひっくり返った。

「やれやれ！　やっと出られるよ！」男の子の声。なんと、赤い顔のフェリックスがスーツケースのあいだにすわっている！

「さすがにちょっとせまかったな……」フェリックスは、のんきにそう言いながら、まぶしそうに手を目にかざした。バッグをつかんで、食べ物の入ったかごを飛《と》び越《こ》える。「ようっ！」まるで、自動車のトランクからあらわれるのが、ものすごく自然《しぜん》なことのような言い方だ。「ここはいったいどこなんだ？」

「ちょっと！　この毛むくじゃらの生き物をどうにかしなさいよ！」トゥルーディがホルトウィッスルを押《お》しのけようともがいている。犬はトゥルーディのほっぺたをなめまくって、動こうともしない。

「ホルトウィッスル、どけ！」フェリックスが命令《めいれい》して、犬の首輪《くびわ》を引っぱる。「このコテージを探検《たんけん》しに行こうぜ！」ホルトウィッスルは、ようやくトゥルーディから離《はな》れ、庭の方に歩きだした。

「ちょっとあんた、なんてことをしたのよ！　ああ……なんてくさい生き物なの！」トゥルーディが、犬の毛を払《はら》いながら叫《さけ》んだ。

「フェリックス、ここでいったい何してるの？　レッドが来るなって言ってたじゃないの！」ドーンは、やっとのことで声をふりしぼって叫んだ。

「ふん！　言うとおりにするとでも思ってたのか？　あいつ、ばかだよな。今日あんたたちが出かけるなんて、言っちまってさ。おれたちは早起きして、あんたたちがホテルから出てくるまで隠《かく》れてた。その間にすっごいことを思いついたんだ。ポテトチップスの袋《ふくろ》をふくらませて、タイヤの下にはさんでみようって。あんのじょう、タイヤが動きだしたとたん、みごとに破裂《はれつ》してくれた。で、あんたたちがじたばたしているすきに、トランクに忍《しの》びこんだと、ま、こういうわけだ」

「そうだったの！」ドーンは、まえのタイヤがゴミを踏《ふ》んでいたことを思い出した。あのとき、その重要性《じゅうようせい》に気がつけばよかったのに……。

「おまえら、パンクだと思っただろ？」

「……思った」

「だったよなあ！」フェリックスがすまして言う。「すっかりだまされて、地面に這《は》いつくばっていたもんな！」

「そのうすら笑《わら》いをやめなさい！」トゥルーディが、フェリックスを冷《つめ》たくにらんだ。「そのいやらしい犬といっしょに早く車に乗って！　ロンドンに連《つ》れて帰るから！」

「いやだね！」

「何を言ったってむだよ！」

「シーッ！」ドーンがあわててささやいた。ぽっちゃりしたおばあさんがこちらに歩いてきたのだ。もう雨は上がったのにレインコートを着てフードをかぶり、長ぐつをはいている。片手《かたて》には杖《つえ》、もう一方の手には、かぎのたばを持って。おばあさんのすぐうしろを、毛のごわごわした小さい犬が二匹《ひき》、早足でついてきた。何か水びたしのものを取りあっているようだ。

「ようこそ」おばあさんが、杖《つえ》を振《ふ》りながら言った。「キッチンの窓《まど》から、ご到着《とうちゃく》するのを見てましたのよ！」お化粧《けしょう》したやわらかそうな顔はピンク色で、マシュマロみたいだ。「わたくし、このコテージの大家《おおや》のカディーと申《もう》します。ブルーベル・ヴィラという名前の家に住んでますのよ。この子たちはわたしのかわいいペットちゃん。ハニーバンチとランブキンっていいますの」

おばあさんは、いとおしそうに犬たちを見つめた。ドーンはなでようと手を伸《の》ばしたが、うなり声がしたのでやめた。犬たちが取りあっていたボロぎれが、ビリッと破《やぶ》けた。

「これこれ！　仲良《なかよ》くなさい！」カディーさんは犬たちに注意した。

「お会いできてうれしいですわ」トゥルーディが、手を差《さ》し出した。「サンドラ・ウィルソンです。こちらは娘《むすめ》のキティ」

ドーンがまえに進み出た。

「キティ？　そういえばコテージを予約《よやく》されたとき、娘さんの名がありましたわね」カディーさんは、トゥルーディにかぎをわたして握手《あくしゅ》した。「でも……そちらのハンサムな男の子はどなたかしら？」

「息子《むすこ》です」フェリックスが、即座《そくざ》に答えた。

「ウェインっていいます」トゥルーディが付《つ》け加《くわ》える。

「ウェイン？」フェリックスが口の中でもごもご言って、目を丸くした。

「そしてあなたの犬？　というか……この子、犬なのよねえ？」

「はい。名前は……フレッドです」ドーンがすばやく答えた。フェリックスが、ホルトウィッスルのおじいちゃんの自慢話《じまんばなし》を始めるまえに、答えなきゃと思ったのだ。

「かわいいわねえ」カディーさんはうなずいた。

「ウェインとフレッドのことをお伝《つた》えしていなくて、すみません」トゥルーディが、なめらかに言う。「ぎりぎりまで、来るかどうか決まらなくて」

「別《べつ》にかまいませんのよ。よくあることですわ。どうかおくつろぎくださいね。もし何か必要《ひつよう》なら、お電話くださいまし。それではごきげんよう」カディーさんはくるりとうしろを向き、犬たちをしたがえて通りに出た。

「ハッハッハ！」フェリックスが、バッグを背中《せなか》で揺《ゆ》すりながら大笑《おおわら》いする。「これでもう、おれたちと離《はな》れられないぞ！」

「さあ、どうかしらね」トゥルーディが吐《は》きすてるように言う。

「そうに決まってるよ。おれたちがとつぜんいなくなったら、カディーさんに気がつかれるもの。そうしたらどう言いわけする？　ひょっとしたら殺《ころ》したと思うかもしれない！」

「そんなこと言うと、本当にそうしたくなるわ！」

「あーあ、それにしても、ウェインかよ！　よくもまあ、そんなひどい名前を思いついたな」フェリックスは、いかにもいやそうに顔をしかめる。

トゥルーディがにやりと笑った。「あんたにぴったりじゃない！」

ドーンは、ふたりの口げんかを上《うわ》の空《そら》で聞いていた。通路に置《お》きっぱなしの段《だん》ボール箱に、いつのまにかホルトウィッスルがくっついている。箱のにおいをかいで、くんくん鼻を鳴らしているのだ。

「向こうに行きなさい！」ドーンが叫《さけ》んだ。ホルトウィッスルはしっぽを振《ふ》っているが、中からは、フーッと怒《おこ》ってうなる声が聞こえてくる。「ピー……じゃなかった……サーディンから離《はな》れなさい！」犬をどかそうとしたが、大きな岩のようでびくともしない。「ちょっと、あんたの犬を呼《よ》んでよ！」ドーンは、段ボール箱を両手で抱いた。

「ホルトウィッスル、おいで！」と、フェリックス。

「フレッドって呼ばなきゃいけないの！」トゥルーディがしかり飛《と》ばした。

「いやだよ！　そんな名前にこいつが答えるわけないじゃないか」

トゥルーディは、はじかれたように笑《わら》った。「どうせ本当の名前だってわかっちゃいないわ。なんて呼んだっておんなじよ。バカ犬なんだから！」

フェリックスは、かんかんになった。「訂正《ていせい》しろ！　この犬はものすごくかしこいんだ。七十三種類《しゅるい》の命令《めいれい》にしたがうし――」

「ちょっと、頼《たの》むから声を小さくして！」トゥルーディは車のトランクを閉《し》めると、スーツケースを両手に持って小道を歩きだした。「素性《すじょう》がばれちゃまずいの。急いで中に入りなさい！」フェリックスを、エリックスを、おそろしい顔でにらむ。

トゥルーディが玄関《げんかん》を開けたとき、ドーンはとつぜん不安になってうしろを振《ふ》り向いた。だれか見ていなかっただろうか？　盗《ぬす》み聞きされなかっただろうか？　心臓《しんぞう》が急に重くなる。クエスチョンマーク作戦《さくせん》がむずかしいことは初《はじ》めからわかっていたが、このしゃくにさわるフェリックス・ポメロイ＝ピットの登場で、なおさらむずかしくなった気がしたからだ。

第十二章　いっこうに進まない……

「ダッフォディル・コテージなのに、なんで水仙《ダッフォディル》が咲《さ》いてないいんだよ？」フェリックスが、裏庭《うらにわ》の芝生《しばふ》をぶらつきながら吐《は》き捨《す》てるように言う。さっきコテージの中を見たときに、いちいち文句《もんく》をつけていたのと同じ言い方だ。「原始時代のやかんじゃねえの？」とか、「趣味《しゅみ》悪いものを飾《かざ》ってるな」とか、「キャベツみたいなにおいがする！」などと、手をズボンのポケットに入れ、まるで自分の領地《りょうち》を調べている貴族《きぞく》のようにえらそうに言ってのけたのだ。

「どこにも水仙《すいせん》なんて咲いていないじゃないか。それより雑草《ざっそう》ばっかだから、雑草コテージって名前に変《か》えよう」

「これは雑草じゃないの。野草《やそう》よ」と、トゥルーディが言う。「それに今は水仙の季節《きせつ》じゃないでしょ。あれは春の花なんだから」

ドーンは手を止め、感心してトゥルーディを見つめた。きっと一生けんめい草花について勉強したのだろう。しかも、笑《わら》いながらウィンクしてきたので、びっくりしてしまった。フェリックスは、水を飲みたいとかなんとかつぶやいて、家の中に消えた。

ミャアッと元気な鳴き声がしたので、ドーンはやりかけていたことを思い出した。段《だん》ボールを置《お》いてふたを開き、中に向かって「出ておいで」と声をかける。ピーブルズが頭を出して、ぐるりと首を回した。ドーンは抱《だ》っこしようとしたが、ピーブルズはそんな気分ではないようだ。腕《うで》をすり抜《ぬ》けると、すごいスピードで芝生《しばふ》を横切って、アジサイの茂《しげ》みに隠《かく》れてしまった。運よくホルトウィッスルは、ご主人さまにしたがって家に入っている。だから危険《きけん》はないのに。

「だいじょうぶよ、ええと……キティ。長旅だったから、あの子もいらいらしているのよ」

「ええ。それに、ホルト……フレッドとまた会っちゃって、がっくりきてるのかな」

トゥルーディがうなずいた。「かわいそうなピーブルズ」

「サーディンです」ドーンがこっそり訂正《ていせい》した。

「だから、車の中であんなに騒《さわ》いでいたのね」家に向かいながら、トゥルーディが続《つづ》ける。「きっと、車にあいつらがもぐりこんでいることを教えてくれようとしたのよ。言葉が通じればよかったのにねえ」

「そうですね……」

ドーンは、ひとりと一匹《ぴき》がくっついてきたことを、レッドに知らせた。めちゃめちゃ恥《は》ずかしい。レッドにはがっかりされてしまった。ソクラテスにも失望《しつぼう》されてしまい、自分が情《なさ》けなくなった。

「ポテトチップスの袋《ふくろ》が破裂《はれつ》したのを、パンクだと思ったんだって？」ソクラテスは、電話の向こうであきれていた。「目と鼻の先で相手にもぐりこまれたなんて、信《しん》じられない……。スパイは、どんなときでも注意を怠《おこた》ってはいけないんだ。わたしが教えたことを思い出せ！」

レッドは、フェリックスたちをすぐにロンドンに連《つ》れて戻《もど》るようにと指示《しじ》を出した。フェリックスの両親が、息子《むすこ》が家出したとか誘拐《ゆうかい》されたとか思うとまずいからだ。もし両親が警察《けいさつ》にとどけたら、クエスチョンマーク作戦《さくせん》は終了《しゅうりょう》で、アンジェラ・ブラッドショーの失踪《しっそう》の謎《なぞ》はわからないままになってしまう。ところがフェリックスは、そんな心配はないと言い張《は》る。両親は、休暇《きゅうか》を使ってニュージーランドで山登りの真っ最中《さいちゅう》だし、お手伝《てつだ》いさんには、仲良《なかよ》しのジョシュのところに数週間泊《と》まりに行くと言っているらしいのだ。それで結局《けっきょく》、フェリックスをそのまま置《お》いておくことになった。

レッドは今まで聞いたことのないようなこわい声で、ドーンにこう言った。フェリックスに目立たない服を送るから、それまでコテージの中でじっとさせるように。そのあともあまり外出させないように。任務《にんむ》には決して関《かか》わらせないように、と。ドーンはそのとおりにフェリックスに伝《つた》えたが、ちゃんと守ってくれるだろうか。言われたことをきちんと守るタイプには見えない。

「キティ！」トゥルーディがまた庭にあらわれた。買い物袋《ぶくろ》とかさを持っている。「ちょっと郵《ゆう》便局《びんきょく》に行ってみるけど、どうする？」

「いっしょに行く……お母さん！」ドーンは、庭のへいの向こうでだれか聞いているかもしれないと思い、そう叫《さけ》んだ。トゥルーディをお母さんと呼《よ》んだのは、これが初《はじ》めてだ。変《へん》な感じがする。

行くまえに、長ぐつからクロップを出さなきゃ。ドーンは寝室《しんしつ》に行き、窓《まど》わくにクロップを置《お》いた。午前中ずっと長ぐつの中を見るはめになったクロップは、今度は窓ガラスに鼻を押《お》し付《つ》けて通りをのぞくことになった。

いざ出かけようとしてリビングを通ったとき、フェリックスたちが腹這《はらば》いになってチェス盤《ばん》をはさんでいるのが見えた。テレビのとなりの戸棚《とだな》には、チェスを初め、ボードゲームがいっぱい置《お》いてある。フェリックスによると、ホルトウィッスルは、チェッカーゲームならもうできて、あと少しでチェスのルールも覚《おぼ》えるらしい。まさかと思ったのは、ドーンだけではなかった。

「あの子はすっごいほら吹《ふ》きね」トゥルーディが、玄関《げんかん》ドアを閉《し》めながら言う。「やたらとあの犬をほめたたえるけど、ホルトウィッスルが大ばかだってことは、だれの目にも明らかじゃない！　チェスどころか、棒《ぼう》を投げたって拾いそうにないもの」

「フレッドです」ドーンがささやいた。

「ああ、そうだったわね」

ドーンは、あれっと思ってトゥルーディを見た。フェリックスたちの予想もしなかった出現《しゅつげん》で、トゥルーディの態度《たいど》が変《か》わってきたからだ。かみつくような言い方は影《かげ》をひそめ、声がやわらかくなり、それどころか、ときどき仲《なか》よしのような振《ふ》る舞《ま》いまでする。とつぜん親しげにされて、ドーンはちょっとめんくらった。たぶん、あたしのことをそうきらいじゃなくなってくれたんだろうな……もちろんフェリックスとくらべてだけど。

「間引《まび》きですって？」郵便局《ゆうびんきょく》のカウンターの女の人が、トゥルーディがわたした宣伝用《せんでんよう》のカードから目を離《はな》して、こちらを見あげた。「どんなお仕事とおっしゃったかしら？」

「庭師《にわし》なんです」

「ああ、苗《なえ》の手入れのことね。わたしはまた、動物を殺《ころ》すとか、そういうお仕事かと思ったわ」

ちがってよかった……とドーンは思った。

「じゃあ、雑草《ざっそう》を抜《ぬ》いたり、土を掘《ほ》り返したり、枝《えだ》を切り落としたり、芝刈《しばか》りをしたりするってこと？」女の人の目が、カードに書いてある文字の上を行き来する。「すごい肉体労働《にくたいろうどう》じゃない！」女の人は、トゥルーディを品定《しなさだ》めするようにじろじろ見た。「本当にこんなことぜんぶなさるの？　ずいぶんやせてらっしゃるのに。くわなんて持ちあげられないように見えるわ。ましてやそれで穴《あな》を掘るなんて……」

「こう見えても、案外《あんがい》タフなんです」トゥルーディが、かさの柄《え》をぎゅっとにぎりしめながら言い張《は》る。トゥルーディが切れて、女の人をかさでなぐりませんように……！

「ええと……」女の人は、真《しん》ちゅう色《いろ》の髪《かみ》をなでながら慎重《しんちょう》に考えているようだった。「少し料金がかかるけど、窓《まど》の掲示板《けいじばん》に貼《は》っておけますよ」

トゥルーディは五ポンド紙幣《しへい》をわたして、ドーンの手を引っぱった。白と黒のタイルの床《ゆか》を横切ってすみっこに向かい、小声で「しゃくにさわる女ね」とののしっている。

ドアの上でチリンと鈴《すず》が鳴った。ドーンはだれが入ってきたのか見ようと、トゥルーディの手から抜《ぬ》け出した。

中年のおばさんだ。ラベンダー色のぺろんとしたサンドレスに、籐《とう》の買い物かご。とがった鼻でほお骨《ぼね》のあたりに紅《べに》をさし、目のまえが見えないほど麦わら帽《ぼう》のへりを下げている。ほかに郵《ゆう》便局《びんきょく》には、さっきからずっと封筒《ふうとう》のパックを調べているオーバーオール姿《すがた》のやせた男の人と、荷物にひもをかけている、白いあごひげをきれいに刈《か》ったおじさんくらいしかいない。

「おはようございます、アーブスノットさん」郵便局の女の人が言った。

アーブスノットさん！　アンジェラ・ブラッドショーが最後《さいご》の電話で言っていた名前だ！　この人のキュウリが家庭菜園《さいえん》ショーで一等賞《しょう》を取ったって、マード・ミークが言っていたのだ！

ドーンは棚《たな》からぬり絵帳《ちょう》を取り出して、さりげなくページをめくりはじめた。でも体じゅうの細《さい》胞《ぼう》を使って、話を聞くつもりだった。

「本当にいいお天気ね、フリンチさん」アーブスノットさんが何か言うたびに、帽子のへりが上下する。「ちょうどいい雨が降《ふ》ってくれたから、畑に水やりしなくてもすみそうよ」

「新しい住人の助けがいらない人が、さっそく見つかったわ」フリンチさんが、わけ知り顔で言う。

「どういうこと？」

フリンチさんは、とがったあごをすごい速さで動かしながら、トゥルーディを紹介《しょうかい》した。「こちらは、サンドラ・ウィルソンさん。チェリー・ベントリー村にいらしたばかりで、庭師《にわし》さんなの。たった今、窓《まど》の掲示板《けいじばん》にカードを貼《は》ったばかりよ。でもキュウリを育てる腕前《うでまえ》では、アーブスノットさんの勝ちじゃないかしらねえ。いったい何年続《つづ》けて一等を取っていらっしゃるのかしら？」

「九年だろう」白ひげの男が、カウンターに小包《こづつみ》を置《お》きながら言った。「そうだよね、ベス？」

「いえ……十年目よ」アーブスノットさんがしとやかに答えた。

「十年とはすごいな！　それに、記念《きねん》写真の写りもすばらしかったよ！」

「まあ、あなたこそ、ラリー。わたしだって〝おもしろ野菜〟部門で入賞したいっていつも思っているんだけど、わたしのキュウリは変《へん》な形には育ってくれないの。大根をごつごつした形に育てるなんて、大変な技術《ぎじゅつ》だわ」

「いやあ、あれはまぐれですよ」

「今年の家庭菜園《さいえん》ショーも、ぜひ行きたかったんだけどねえ」フリンチさんがつぶやいた。「毎年、夏の午後、植物や野菜をいっぱい見て回るのを楽しみにしているのに、今年はちょうどわたしの誕生日《たんじょうび》に当たっちゃったのよね。それでネビルがロマンチックなところに出かけようって誘《さそ》ってくれたのに、戦車博物館《せんしゃはくぶつかん》なんて行くんで、ぜんぜんおもしろくなかったわ。まあ、そのあとのピクニックは楽しかったけど……」

「来られなくて残念《ざんねん》だったね。でも公民館《こうみんかん》にいい写真がたくさん飾《かざ》ってあるから、ひまなときにぜひ見てくださいよ」と、ラリーさん。

「あら、まだ飾ってあるのね」フリンチさんが、あくびをかみ殺《ころ》しながら言う。「もうそろそろ、はずしてもいいころなのにね。だってもうみんな見ちゃっているもの」

気まずい沈黙《ちんもく》が流れた。

「さて、もう行かなければ」ラリーさんが紙袋《かみぶくろ》を揺《ゆ》すりながら言う。「カモにエサをやる時間になってしまった。ダイアナ、この小包《こづつみ》を、お昼の便《びん》に乗せてもらえるかな。それではご婦人方《ふじんがた》、失礼《しつれい》します」ラリーさんは礼儀《れいぎ》正しく頭を下げて出ていった。

ドアについている鈴《すず》が鳴りやむと、ダイアナ・フリンチさんはアーブスノットさんにささやいた。「ねえ、ひどい話があるのよ」

「あのぅ、わたしの順番《じゅんばん》だったんだけど……」

フリンチさんはアーブスノットさんを無視《むし》して、白ひげの男が出ていったドアを指さした。

「ラリー・グレアムズさん、池のカモがいなくなって、すごくショックを受けてたでしょう？」

「そういえば、犯人《はんにん》が見つかったって話は聞かないわね」

「そうなの。でもこんなうわさがあるのよ」フリンチさんはカウンターに身を乗り出し、秘密《ひみつ》めかして両手を口もとに当てた（でも大声のままなので、意味はなかった）。「あのカモがいなくなってすぐ、とつぜんあるパブで、カモのローストのサンドイッチがメニューにのったんですってよ！」

「まさか！」アーブスノットさんは、びっくりして叫《さけ》んだ。「〈片目《かため》イタチ〉のご主人は、そんなことをする人じゃないわよ！」バスケットをかきまわしてお財布《さいふ》を取り出し、早口で言った。

「第二種《しゅ》の切手を五枚《まい》お願《ねが》いね、フリンチさん」

「……少々お待ちを」フリンチさんはむっつり言い、切手のシートを取り出してはしっこをびりっと破《やぶ》いた。そして顔を上げずにどなった。「セス・ライトフットさん！　いつまで封筒《ふうとう》を見てるの？　早く決めて。買うの買わないの？」

オーバーオール姿《すがた》の男の人が息を飲んで、持っていた封筒のパックを放り投げた。そして急いでドアに向かい、くつひもを踏《ふ》んでよろめいた。ピラミッド型《がた》に飾《かざ》ってあった糊《のり》のびんがくずれたが、男の人はまったく拾わずに走り去った。

「ありがとうございました！」ダイアナ・フリンチさんは、まったくありがたくなさそうにどなり、封筒にきたない指紋《しもん》をつけられたとか、せっかくのピラミッドをくずしちゃってとか、ぶつぶつ文句《もんく》を並《なら》べたてた。一方、ベス・アーブスノットさんも、切手代を払《はら》うとライトフットさんと同じくらいすばやく出ていった。

「わたしたちも行きましょう」トゥルーディが、ドーンのひじをそっとついた。「もう一分でもあのでしゃばり女の話を聞いたら、この口がだまってられなくなりそうだから！」

わあっ、よかった。公民館《こうみんかん》が開いている！　ドーンは、古い赤レンガの建物《たてもの》に近づきながら思った。がっしりしたカシの木製《もくせい》のドアがふたつと、アーチ型《がた》の窓《まど》がついている。ドアのまえで、ひとりのおじいさんがプラスチックの入れ物をひざにおいてすわっていた。口のはしから、つまようじが飛《と》び出ている。ドーンは、ドアに貼《は》ってあるポスターを読んで、トゥルーディに聞いた。

「この作品展《さくひんてん》、見てもいい？」

「いいわよ。でもわたしは、イモで作ったハンコなんて、別《べつ》に見たくないわ。あなたが見ているあいだ、池のほとりにあるベンチにすわっているわね」

「はい、お母さん」

トゥルーディはかすかに笑《わら》って、ドーンの手を離《はな》した。緊張《きんちょう》して疲《つか》れているみたいだ。なんとなく青ざめている。ドーンにもその気持ちはよくわかった。ちがう人物になりきるって、へとへとになるほど大変《たいへん》なのだ。ちょっとのあいだだけでも、脳《のう》みそのスイッチを切り替《か》えて、トゥルーディといっしょに太陽の下でくつろぎたい——でもそれはできない。やらなくてはならないことがあるのだ。

「作品展を見たいんですけど」ドーンは、二十ペンスの入場《にゅうじょう》料《りょう》をおじいさんの入れ物に入れた。おじいさんはつまようじを吸《す》いながらかすかにうなずき、入るように手で合図した。

ドーンは、村の小学生の作品を感心しながら見て歩いた。そのうち、片《かた》すみの黄色い大きな紙に、写真が貼《は》ってあるのを見つけた。ポケットのレーズンチョコ型《がた》ミニカメラをさわりながら、ぶらぶらと近寄《ちかよ》ってみる。

〝家庭菜園《さいえん》ショー〟という文字が書いてある。もっとも、かっこつけて書きすぎて、かえって読みにくくなっていたが……。その文字を囲《かこ》むように写真が貼ってあるので、ドーンはぐるりと首を回しながら写真を見た。どの写真にも、トロフィーを抱《かか》えた人が写っている。片手にトロフィーと飾《かざ》りリボン、もう一方の手に立派《りっぱ》なカボチャやスイートピーのたばを抱え、歯を見せて笑《わら》っている。

その一枚《まい》に、ベス・アーブスノットさんの姿《すがた》があった。レースのえりがついた服を着て、細いつば付《つ》きの帽子《ぼうし》をかぶり、白い手袋《てぶくろ》をはめている。腕《うで》に、スーパーマーケットではお目にかかれないほど大きな、つやつや光るキュウリを抱えて。

ドーンはレーズンチョコ型ミニカメラのはしっこを指で開き、アーブスノットさんの写真に向けてシャッターを切った。続《つづ》けてほかの写真も撮《と》る。ラリー・グレアムズさんがうれしそうに変《へん》な形の大根を抱えている写真もあった。郵便局《ゆうびんきょく》をあわてて出ていったセス・ライトフットさんも、何枚《まい》かに写っていた。みすぼらしいかっこうで、地面を見つめている。ドーンは、ミニカメラをしまって公民館《こうみんかん》を出た。ちゃんと写真も撮れて、うれしい。

〝お母さん〟は、どうしているだろう？　公園のベンチでうたた寝《ね》しているだろうか？　それとも、ラリー・グレアムズさんが池のカモにエサをやるのを見ているのだろうか？　池に行ってみると、トゥルーディがセス・ライトフットさんと仲《なか》よく話しているので、びっくりした。ふたりは、トゥルーディの荷物をはさんでベンチにすわり、セスさんは片腕《かたうで》を道路《どうろ》掃除《そうじ》のカートにかけている。カートの取《と》っ手《て》にはちりとりとブラシがかかっていて、まえにはよごれたパンダの人形がぶらさがっている。おんぼろのパンダには、耳がひとつない。でも誇《ほこ》らしげな表情《ひょうじょう》なので、ドーンは船のへさきについている船首像《せんしゅぞう》を思い出した。

「最悪《さいあく》なのはチューインガムなんですよ」セスさんがしかめっ面《つら》で言っている。

トゥルーディは、同情したようにうなずいた。

「べたべたしているうちは、まったく取れません。かたくなるまで待たなきゃね。霜《しも》がおりるような朝がいちばんいいんです。寒いとかたまるから。かたまったらへらを取り出してつっつくんです。そうしたらぶ厚《あつ》いかさぶたみたいに、すっきり取れるんですよ」

「まあ、そうやって取るんですか」

セスは、こほんと控《ひか》えめにせき払《ばら》いをした。「知っていれば簡単《かんたん》ですよ」

「何年くらい道路掃除の仕事をされているんですか？」

「公式には、〝廃棄物処理専門家《はいきぶつしょりせんもんか》〟という仕事なんです。そうですねえ……じつはこの火曜日でちょうど九年になります。そのまえは、大型《おおがた》客船の清掃《せいそう》をしていたんですよ。世界じゅうを旅しながら」

「まあ、すてきだわ！　観光《かんこう》もできたでしょう」

「それが、船酔《ふなよ》いをして大変《たいへん》でしたよ。波が高くなるとねえ……」

トゥルーディはうなずきながらも、少し心配そうな顔をしている。そのときドーンの姿《すがた》を見つけ、ほっとした表情《ひょうじょう》になった。「ああ、娘《むすめ》が来たわ。キティ、作品展《さくひんてん》はよかった？　こちら、ええと……ライトフットさんよ」

「セスでいいですよ」

トゥルーディが言う。「セスさん、今日はお会いできてよかったわ。でも、もう行かなくては……」

「ああ、そうですね。わたしもじつは、あっちに落ちている発泡《はっぽう》スチロールのカップを拾いたくてたまらなかったんです。それじゃあまた、お話ししましょう」セスさんは立ちあがって、ドーンに声をかけた。「お嬢《じょう》ちゃん、またね」

ドーンはすぐに答えられなかった。セスさんが思っていたより老《ふ》けていたのでびっくりしたのだ。二十五歳《さい》くらいかと思っていたが、近くで見ると目のまわりと口のはしにしわがあり、十歳以上《いじょう》は年上のようだ。ダッフォディル・コテージに戻《もど》ったら、さっそくダイヤの五のカードを見てみよう。ひょっとしたら名前がのっているかもしれない。

「なんですって、ドーン！　ネイザンがオートバイで来てるっていうの？　本当？」トゥルーディが、階段《かいだん》の下で叫《さけ》んでいる。

ドーンはベッドの窓《まど》わくにひじを置《お》いて、クロップを見つめた。クロップがしっかりと見つめ返してくれたので、ドーンは自信《じしん》を持ってこう答えた。「うん！　あれはぜったいにネイザンよ！」

ドーンは無線機《むせんき》の説明書《せつめいしょ》を読んでいたのだった。するとオートバイの低《ひく》いエンジン音がコテージのまえで停《と》まったので、ベッドから飛《と》びおりて、クロップといっしょに窓の外を見たのだ。背《せ》のひょろりと高い若者《わかもの》が、両側《りょうがわ》にもの入れのついたオートバイにまたがっている。若者は電話番号の書いてあるヘルメットを脱《ぬ》いだ。Tシャツにはあざやかな色で〝ナイス・スライス・ピザ・カンパニー〟と書いてあり、赤と白のしまのズボンをはいている。ドーンは、これはネイザンだとぴんときた。

トゥルーディがドーンの横にあらわれた。「なんでまた！　でもたしかにネイザンだわ。いったい何をしに来たのかしら？」

「ピザの宅配《たくはい》とか？」ネイザンは、平たい四角の箱をみっつ取り出して腕《うで》に抱《かか》え、元気に口笛を吹《ふ》きながら門のかけ金《がね》をはずしている。

一階で物音が聞こえたと同時に、何かが家具と飾《かざ》り物のあいだをすごいスピードで通り抜《ぬ》けた。

「フェリックス！」ドーンとトゥルーディが、同時に顔を引きつらせた。

ふたりが玄関《げんかん》に着いたときには、フェリックスはもうドアを開け、ネイザンが持っている箱をじいっと見ていた。「ペパロニのピザだったらいいなあ！」と、舌《した》なめずりしながら。

「そりゃお気《き》の毒《どく》さま」ネイザンはそう言って、フェリックスが差《さ》し出した腕《うで》に箱を置《お》いた。

「ご苦労《くろう》さま！　さようなら！」トゥルーディがぶっきらぼうに言って、フェリックスを中に引っぱりこむ。

「何かメッセージがあるんですか？」と、ドーンはネイザンに聞いた。レッドが、ネイザンをメッセンジャーとして使うと言っていたからだ。

「今回は別《べつ》にないよ。それより、イジーが猛烈《もうれつ》に働《はたら》いて作ったんだから、ちゃんと着るように言ってね」

ドーンはなんのことだろうと思いながら、にっこり笑《わら》って玄関《げんかん》ドアを閉《し》めた。

「夕食にピザを頼《たの》むなんて、気がきいてるじゃん！　すっごく腹《はら》が減《へ》ってたんだ」フェリックスがうれしそうに笑いながら、ひとつの箱を開けた。「トッピングはなんだろう。おれ、ペパロニが好《す》きなんだ。でもまあ、スパイシー・チキンとかも……」とつぜん顔がくしゃくしゃになった。

「Tシャツだ！　それからジーンズと運動着……」

ドーンは、箱のすみずみまで見まわした。こういうことだったのか。「スパイ追跡部《ついせきぶ》が、あんたにこれを着ろっていうのね」

フェリックスは、すごくいやそうな顔をしている。「じゃあ、あいつはピザ屋じゃないの？」

「そう。気がつかなかった？　あれはネイザンよ」

Pizza
Pizza

「こっちの箱には何が入っているのかしら？」トゥルーディが下の箱をつついてふたを開けた。

「ありゃまあ、ソックスと下着だわ」

「やめろよ！」フェリックスがかんかんになって、箱を取り返した。

「きっとイジーが、必死《ひっし》になって作ったんでしょうね。向こうで着がえてきなさいよ」

「あとで！」フェリックスがにらみながら言い、箱を廊下《ろうか》のテーブルにどさっと置《お》いた。「何か食《く》ってからだよ」

「好《す》きにしたら？　だけど、着がえてからじゃないと外に出ちゃだめだからね！」


ドーンは、シラカバ林の中で弁当箱《べんとうばこ》を切《き》り株《かぶ》に置き、こそこそあたりを見まわした。もつれあった細い枝《えだ》と、透《す》きとおるように薄《うす》い葉の向こう側《がわ》に、フェリックスが見える。イラクサのやぶを、小枝で大まじめにつっついているのだ。何か手がかりをさがしているらしい。手がかりをさがしたりドーンのあとをつけたりしてはいけない、と、五回以上も注意されたのに。

視界《しかい》にトゥルーディが入ってきた。フェリックスに近づいて鋭《するど》い口調《くちょう》で何かを命令《めいれい》したのが、この距離《きょり》でもわかる。フェリックスは手を止めて枝を地面に放《ほう》り投げ、色あせた青いTシャツのおなかのあたりで手をふいた。何時間か抵抗《ていこう》したあと、ようやくそのTシャツを着たのだ。ドーンは目をそらした。これ以上《いじょう》時間をむだにできない。真っ暗になるまえにやらなければ。

ドーンは地面にひざまずくと、注意しながら弁当箱を開けた。中に入っている無線機《むせんき》の小さなダイヤルとスイッチをしばらく見つめ、指でアンテナのコードをときほぐした。説明書《せつめいしょ》によると、アンテナはできるだけ高い位置《いち》に上げなくてはならない。それで近くの木の枝《えだ》の股《また》のところに、落ちないように置《お》いた。次にヘッドホンをはめて大きな黒いダイヤルを回し、無線《むせん》の正しい周波《しゅうは》数《すう》をさがしだした。腕《うで》時計を見ると、九時十五分。スパイ追跡部《ついせきぶ》に通信《つうしん》する時間だ。

「エビよりフジツボへ」ドーンはマイクに向かって、レッドに言われたとおりの暗号名を小声で口にした。「フジツボ……応答願《おうとうねが》います」

ザーッと雑音《ざつおん》がした。ドーンは黒いダイヤルを少し左に回した。

「エビですか？」だれかの声がする。よく聞こえないがレッドだろう。「こちらフジツボ。何か報告《ほうこく》がありますか？　どうぞ」

ほとんどない。ドーンはうしろめたい気持ちになったが、それを認《みと》めるのもしゃくにさわる。今朝《けさ》の大失敗《だいしっぱい》のあとだけに、少しでもうまくいったように見せたい。

「容疑者《ようぎしゃ》のリストから、ふたり消えました。ふたりとも家庭菜園《さいえん》ショーに来ていないので、マード・ミークのはずはありません」レッドのせき払《ばら》いが聞こえた。「ええと……どうぞ」発言の最《さい》後《ご》につけることになっている〝どうぞ〟という言葉を忘《わす》れかけて、自分に腹《はら》が立った。

「ふたりの名前は？　どうぞ」

「ネビル・ショーとマーティン・ゴフです。ネビルは、恋人《こいびと》のダイアナ・フリンチと戦車博物館《せんしゃはくぶつかん》に行っていました。マーティンは、泊《と》まりがけで釣《つ》りに出かけていました。さっきマーティンの奥《おく》さんが玄関《げんかん》を掃除《そうじ》していたときに話したんですが、マーティンは〝釣りバカ〟なのだそうです。ほかにも容疑者《ようぎしゃ》ふたりと話しましたが、容疑を打ち消すにはいたっていません。そのふたりは、セス・ライトフットとラリー・グレアムズです。どうぞ」

「ほかには？　どうぞ」

「……もうありません」ドーンはしょんぼりと〝どうぞ〟と言おうとした。

そこでふとうしろを振《ふ》り向くと、草が激《はげ》しく揺《ゆ》れている。そよ風しか吹《ふ》いていないのにおかしい。ドーンは急いでヘッドホンをはずした。だれかがこっちに来る！

「エビ！」レッドが叫《さけ》んでいる声が、弁当箱《べんとうばこ》に投げこんだヘッドホンからかすかに聞こえた。

「エビ、どうしたんだ？　おい！」

「通信《つうしん》終わり！」ドーンはマイクにささやいてスイッチを切った。アンテナをひったくるようにして木から下ろしたとき、鉛筆《えんぴつ》くらいの大きさのトゥルーディとフェリックスが走ってくるのが見えた。胸《むね》の鼓動《こどう》が激しくなる。ということは、林の中にいるのはまったく知らない人物だ！

急いで弁当箱を閉《し》めないと、せっかくスパイになったのに、これで終わりになっちゃう！

第十三章　ヒント

フェリックスは、犬に腕《うで》を回してドーンをにらんだ。「ホルトウィッスルは、ばあちゃんのにおいをかぎ当てたんだ。それをたどっていったら、おまえがいたんじゃないか！」

ドーンは、あお向けにひっくり返っていた。まるで、猛獣《もうじゅう》に襲《おそ》われたショックで起きあがれなくなったカメのように（じっさい、そのとおりなのだ）。体はかたまったままだが、目はどうにか動く。フェリックスからホルトウィッスルへ、そしてまたフェリックスへと視線《しせん》を走らせながら、こいつらのどちらが、より憎《にく》たらしいだろうと考えていた。

「ドーンの……せいに……するんじゃ……ないの！」トゥルーディはまだ息を切らしている。ホルトウィッスルがものすごい力でドーンに飛《と》びつくまえに、トゥルーディが野原の向こうから走ってきながら、悲鳴をあげて教えてくれた気がする。

「無線《むせん》は……？」ドーンは首を回して、手から離《はな》れてしまった無線機《き》をさがした。トゥルーディが拾って空中にかざして見せてくれた。運よくコケがクッションになったのでへこんでいない。ドーンは胸《むね》をなでおろした。よかった！　これ以上《いじょう》へまをしでかしたら、クビにされてしまう！

「けがはない？」トゥルーディがひざまずいて聞く。きつい声だけど、親切にしてくれるのはうれしい。「どこか折《お》れた？」

「だいじょうぶだと思う……」ドーンは起きあがって、ひじにできた傷《きず》を調べた。「いたっ！」

ヒリヒリする。

「ホルトウィッスルもだいじょうぶだ！」フェリックスがどなった。「聞いてくれてありがとうな！」

トゥルーディが、おそろしい目つきでフェリックスをにらんだ。エディスと同じくらいおっかない顔だ。「とっとと消えなさい！」

フェリックスがふんぞり返って言う。「いやだね！　そんなわけにいかないだろ？　どこへも行くなって言ったのは、あんたじゃないか。あんたがそのちっこい目で、ずっとおれのことを監《かん》視《し》するんだろ？」

トゥルーディがおどすようにうなったので、さすがのフェリックスもびくっとした。ホルトウィッスルも、しっぽをだらんと足のあいだにたらしている。

「そこにすわんなさい。動いちゃだめよ！」

フェリックスは言いつけにしたがったが、地面が湿《しめ》っているだの、ホルトウィッスルは本当は悪くないだの、ぶつぶつ文句《もんく》を言っている。「ホルトウィッスルは、ばあちゃんのにおいをかぎつけたんだ。きっとばあちゃんは、この森を抜《ぬ》けたんだよ。もう少し放《ほう》っておいたら、においのあとをたどっていくのにさ」

ドーンはようやく立ちあがり、服のよごれを払《はら》った。だれが、あんたのたわごとを聞くもんか！

そのとき、大きな鳥が羽を伸《の》ばして、すーっと頭の上を通りすぎていった。「あの鳥は何？」

「メンフクロウよ。エサをさがしているんでしょう。三十分もしないうちに真っ暗になるわ。もう帰らなくちゃ。ほら、そこの！」トゥルーディはフェリックスに向かってどなった。「すぐに立って！　あんたのバカ犬はどこ行ったのよ？」

「バカ犬じゃないよ！　あいつは、ばあちゃんのにおいをかぎつけたんだ。見ろよ！」

茂《しげ》みを見わたすと、ホルトウィッスルが落ち葉に鼻をうずめていた。鼻づらを上げて、何かをかんでいるのか、あごを動かしている。そして、うつむいて黒いあめ玉みたいなものを舌《した》ですくいあげた。

トゥルーディが軽蔑《けいべつ》したように、フェリックスに言った。「あんたのバカ犬がさがし当てたのは、ウサギのフンの山じゃないの！」

「やめてよ！　この犬、フンを食べてるの？」ドーンは、胸《むね》がむかむかしてそっぽを向いた。

さっき頭の上を飛《と》んでいたメンフクロウが、シラカバの茂みを越《こ》えて野原の上を優雅《ゆうが》に漂《ただよ》っている。やがて急な坂の方に向かったので、ドーンはつま先立ちして、枝《えだ》の向こう側《がわ》をよく見ようと首をかしげた。メンフクロウは、今や五ペンス玉くらいの大きさだ。

そのとき、ちらちらする光が坂道を上《のぼ》っているのが見えた。丘《おか》の上には、ひとつの建物《たてもの》が影絵《かげえ》のように浮《う》かんでいる。そういえば会議《かいぎ》のとき、レッドが物差《ものさ》しの先っぽで黒い画びょうをさわりながら説明《せつめい》してくれたっけ。あれは、パレソープ屋敷《やしき》という荒《あ》れはてた館《やかた》だろう。

ドーンは教会に行ったことがない。でも日曜の朝、ガールスカウトの制服《せいふく》を着て聖《せい》エルモ教会に行くことにした。塔《とう》の西側《にしがわ》のドア付近《ふきん》に、同《おな》い年《どし》くらいの少女たちがいる。みんなドーンと同じ、茶色と黄色の制服姿《すがた》なので、簡単《かんたん》にまぎれこむことができた。ちょうど月にいちどのパレードがあるので、ボーイスカウトたちといっしょに出番を待っているのだ。

教会の鐘《かね》がうるさかったが、近くにいる女の子の話に聞き耳を立ててみた。でもエドとジェイという男の子の話をひっきりなしにするだけで、役に立つ情報《じょうほう》はひとつもない。ボーイスカウトたちは、変《へん》な顔をしたり帽子《ぼうし》をたたき落としたりして騒《さわ》いでいる。だれもドーンの存在《そんざい》に気づかず、あれこれ聞いてきたりしないので気が楽だ。

出番になった。まじめな顔をした背《せ》の高い子が、旗《はた》をかかげて先頭を歩きだした。おしゃべりがやんで、みんなしずしずと教会に入っていく。ドーンは歩きながら、教会の鐘つき隊《たい》の人たちがロープを引っぱっているのをながめていた。鐘つき隊はそでをまくりあげた若《わか》い人が多い。でも中には、チェック柄《がら》のケープを巻《ま》いた帽子《ぼうし》のおばさんと、つやつやの黒髪《くろかみ》で鼻の高い、ちょっと目立つおじさんもいた。

礼拝《れいはい》は退屈《たいくつ》だった。牧師《ぼくし》さんは若《わか》い女の人で、すごく背《せ》が低《ひく》く演壇《えんだん》に乗っても髪《かみ》の毛しか見えない。その髪型《かみがた》がまた変《か》わっていて、頭にぺったり貼《は》りついているみたいなのだ。でも声には迫力《はくりょく》があって、このすきま風だらけの広い教会のかべのひび割《わ》れにまで響《ひび》きそうなほど。ドーンは、はしっこの席《せき》に陣《じん》どって話をいいかげんに聞きながら、教会じゅうを見まわしていた。ダイヤの五のリストにのっている男が、この中にいないだろうか？

ドーンのとなりにすわったのは、十五個《こ》もガールスカウトのバッジをつけているジェシカ・キングズリーという、うぬぼれ屋の女の子だった。運のいいことに、ジェシカは礼拝を取り仕切っている大人《おとな》をよく知っていたので、みんなが讃美歌《さんびか》を歌っているあいだにいろいろと教えてくれた。おかげで一時間の礼拝が終わったころ、リストにのっていた男をふたり消していいことがわかった。クライヴ・ド・モインとウィンストン・エッジという聖歌隊《せいかたい》のメンバーで、家庭菜園《さいえん》ショーがあった七月一日は、テニストーナメントに出ていたのだという。ジェシカはトーナメントを見に行ったので、ふたりともサーブがへたくそなのよ、と教えてくれた。

牧師や教会関係者《かんけいしゃ》がぞろぞろと退出《たいしゅつ》しはじめる。ドーンはジェシカのわきのあたりをそっと突《つ》いて最後《さいご》の質問《しつもん》をした。「あの大きな鼻の黒髪の人は、鐘《かね》つき隊《たい》なの？」

「チャールズさんのこと？ そうよ。チャールズ・ノーブルさんは鐘つき隊のリーダーで、家庭菜園《さいえん》ショーで賞品《しょうひん》をわたす人なの」

「チャールズさん……そう」ダイヤの五のトランプに書いてあった名前だ。ドーンはチャールズ

・ノーブルさんが退出《たいしゅつ》するまで、こっそり見つめていた。

「ちょっと、また電話なの？」トゥルーディはうなり声をあげて紅茶《こうちゃ》のカップを置《お》き、ひじかけいすから身を起こした。廊下《ろうか》で電話を取り、しばらくしてメモ帳《ちょう》を振《ふ》りながら戻《もど》ってきたが、しかめっ面《つら》をしている。「もう四件《けん》めよ！」

「ほんと？　また庭仕事の予約《よやく》が入ったの？」ドーンは、手紙から目を上げて聞いた。金《きん》メッキの万年筆《まんねんひつ》で、レッドに暗号の手紙を書いていたのだ。

「そうなのよ」トゥルーディはメモ帳を見つめてつぶやく。「まず、ジーさんのうちに九時でしょ。次はミルデュー・ミードさん。シャクナゲを何本か引っこ抜《ぬ》いてほしいんですって。ところで、この人のご主人はリストにのっていなかった？」

「ブライアン・ミードさんでしょ、のってる」ドーンがうなずく。

「ちょうどいいわね。木曜の午後が都合《つごう》いいって言っておいたわ」そう言いながら、トゥルーディはひじかけいすに沈《しず》みこみ、ぷうっとほっぺたをふくらませた。

「ドーン、一刻《いっこく》も早くアンジェラをさがしてね。こんなに庭仕事ばかりやっていたら、週末《しゅうまつ》が来るまでにボロボロになっちゃうわ」トゥルーディはメモ帳を足置き台に放《ほう》り投げ、紅茶をがぶが

ぶ飲んだ。

「がんばります……」ドーンは肩《かた》をすくめて言い、手紙の先を続《つづ》けた。レッドからもらったクリーム色の便《びん》せんに、〝ノアの箱舟《はこぶね》〟と呼《よ》ばれる暗号を使って書いているのだが、むずかしくて、ものすごく集中しないと書けない。フェリックスたちには、クリケットのバットとテニスボールをわたして、庭に出てもらった。木の枝《えだ》のところでひなたぼっこをしているピーブルズをおどかさない、と約束《やくそく》させて。

五分して、ドーンはペンを置《お》いた。

「終わったの？」とトゥルーディ。

「ぜんぜん」ドーンはため息をついた。「レッドに、容疑者《ようぎしゃ》の情報《じょうほう》を送ってほしいって書いただけで、まだこれからなの」

「こんなに時間がかかっちゃだめね。調査《ちょうさ》だってほとんど進んでいないのに」トゥルーディがそっけなく言って紅茶《こうちゃ》を飲み干《ほ》し、興味《きょうみ》しんしんの顔でドーンを見た。「そういえば……あれから何かわかったの？」

「ふたり容疑からはずれたの」テニスをしていたふたりのことだ。昼ごはんのときにトゥルーディに言ったはずだが。

「三人よ。ザッカーマンさんのことを忘《わす》れているでしょう？」

「ああ、そうだ！」ドーンは手紙を書きなおした。ハロルド・ザッカーマンさんは、今朝《けさ》ドーンが教会に行っているあいだにトゥルーディに仕事を頼《たの》んできたのだ。庭に、趣味《しゅみ》のいい彫像《ちょうぞう》を置《お》いてほしいと言って。トゥルーディによると、ものすごいアメリカなまりだったらしいが、アンジェラは、マード・ミークにアメリカなまりがあったとは言っていない。ドーンは、ザッカーマンさんの名前に線を引いて消した。

「ほかにどんなことを報告《ほうこく》するの？　ちっとも手がかりをつかめないこととか？」

ドーンはその言葉を無視《むし》して万年筆《まんねんひつ》をつまみあげた。「昨日《きのう》の夜、丘《おか》に登っていった光のことを伝《つた》えようと思うの。だれかが懐中電灯《かいちゅうでんとう》を持って、パレソープ屋敷《やしき》に向かったみたいだから」

「あの荒《あ》れはてたお屋敷？　どうしてあんなところに行きたい人がいるっていうの？」

「それはわからないけど……ともかく行ってみようかと思って」

「今夜？」トゥルーディがいすのひじかけをつかんだ。さすがに気になったようだった。「あなたひとりで？」

「明日まで待とうかと思ってる」ドーンは自分の自信《じしん》ありげな声に、われながらおどろいた。「明日は満月《まんげつ》だから。ソクラテスに、懐中電灯を使うと見つかりやすいって聞いたの。でも月の光さえあれば懐中電灯なしでも平気だから、満月の夜がいちばんなんだって」

「パレソープ屋敷は本当に荒れはてているよ。長いあいだ、だれも手入れしていないからな。おれだったら、あんなところには行かない。レンガや石が頭に落ちてもかまわないなら別《べつ》だが」

セス・ライトフットさんは、そう言いながらほうきとちりとりをフェリックスに向かって振《ふ》ってみせ、溝《みぞ》に落ちているほこりまみれのポテトチップスをはいた。「パレソープ屋敷《やしき》は遊びで行くところじゃないぞ。子どもは足を踏《ふ》み入れちゃだめだよ」

「……そ、そうですよね」そう言いながらドーンは、セスさんに気がつかれないようにフェリックスの足首をけった。「お兄ちゃん、行こう。おしゃべりしてたらお昼になっちゃうよ」ドーンはフェリックスの手を引っぱって、カモ池を通りすぎた。

野原の途中《とちゅう》で、フェリックスがそのドーンの手を振り切った。「おまえ、女のくせにすげえ乱暴《らんぼう》だな！」手首をなでてから、電話ボックスに寄《よ》りかかって足首を調べた。「なんで足なんかけったんだよ？　ここに来てからずっとひどい目にあいっぱなしだ」

「何言ってんの？　だまんなさいよ！」ドーンがかんかんに怒《おこ》って言う。「このサンダルでけったってそんなに痛《いた》くないはずよ。どっちにしろ、あんたが悪いんだからね！」

「ホルト……じゃなくてフレッドが見てなくて、ラッキーだと思うんだな！」フェリックスが犬の毛皮をくしゃくしゃっとなでる。「もしこいつが見てたら、おまえに飛《と》びかかってたぜ！」

「ふうん……」ドーンは、ホルトウィッスルをじろりと見た。飛びかかるどころか、ドーンのつま先をペロペロなめている。こんなに人なつこい犬が、人を襲《おそ》うわけがない。うるさく吠《ほ》えているときでも、楽しそうにしっぽを振っているし。どうしてこの飼《か》い主《ぬし》は、自分の犬をこうも知らないんだろう？

「うう……」フェリックスが顔をしかめた。足首に体重をかけたら痛かったようだ。

ドーンは、悪いことをしたとちょっぴり思いはじめた。「もしあんたが、あの人としゃべらなかったら、けることもなかったのに。なんでまた、パレソープ屋敷《やしき》のことなんか聞いたりしたのよ？」

「そりゃあ興味《きょうみ》があったからさ。何が悪いんだよ？　ちょっとしゃべっただけじゃないか。悪い人じゃなさそうだし」

「相手はセス・ライトフットさん。容疑者《ようぎしゃ》のひとりなんだからね！　そんな人に、あたしたちがあの屋敷に興味を持っているってばらしてどうするのよ？」

「それがどうしたっていうんだ？」と、フェリックス。「おまえが何も教えてくれないのが悪いんだろ。しゃべっちゃいけないなんてわかりっこないよ」

ドーンは、答える気をなくした。今夜出かけることだけは、ぜったいばれないようにしなくては。満月《まんげつ》の光だけを頼《たよ》りにこっそり歩くのに、おせっかい男とバカ犬がついてきたらだいなしだ。

ドーンは、フェリックスのさぐるような目つきを無視《むし》して、電話ボックスの横を調べはじめた。

「ちょっと見て！　ガラスが一枚《まい》ない！」電話ボックスのかべの小さな四角いガラスが、一枚欠《か》けている。

「それで？」フェリックスがふてくされて言う。

ドーンは、ぽっかり開いた四角い穴《あな》に腕《うで》を通してつぶやいた。「ここは、ボブが倒《たお》れていたところなの。ボブっていうのは、あんたのばあちゃんをさがしにこの村にやって来た、ふたりめのスパイのこと。ボブはそれ以来《いらい》、ようすがおかしくなっちゃって、ひとことも話せないの。ひょっとしたらこのなくなったガラスが、何か関係《かんけい》があるかもしれない」

「そりゃあかわいそうなやつだな」フェリックスは、痛《いた》い足を引きずりながら電話ボックスに入り、あちこち熱心《ねっしん》に見まわした。「よし、何か手がかりがないかさがしてみよう」

「ちょっと待って!」ドーンは中に入ると、首にかけていた財布《さいふ》を開けていくつかコインを取り出した。「通行人に、何をしているんだろうってあやしまれるかもしれない。コインを入れて、あんたが電話でしゃべっているように見せかけよう。そのときにコインを何枚《まい》か落としてくれる? あたしは、拾うふりして床《ゆか》を調べるから」

「そこまでやるの?」

「やるの。ごちゃごちゃ言わず、言うとおりにして!」

「まいったな」フェリックスは受話器《じゅわき》を上げて、くすりと笑《わら》った。「初《はじ》めて会ったときはただの弱虫だと思っていたけど、印象《いんしょう》が変《か》わってきたよ」

「今までどこ行ってたの?」トゥルーディが、冷《つめ》たい目でドーンをにらみ、コケにおおわれたレンガのへいから離《はな》れた。手押《てお》し車のハンドルを不満《ふまん》そうににぎりしめている。「グレアムズさんに九時半に仕事を始めるって言ったのに、十五分も遅《おく》れて!」

「本当にごめんなさい」

「まあ、いいわ」トゥルーディの声が少しやわらいだ。

「どうせあの子のせいでしょ？」と、とがめるようにフェリックスをにらむ。フェリックスは、街灯《がいとう》のところでホルトウィッスルにおしっこさせている。

「ううん。ウェインのせいじゃない。遅《おそ》くなったのは、手がかりをつかんだからなの」

「まあ、よかったじゃない！　それはいったい何？」トゥルーディはやさしく言った。

「ガラス板《いた》が一枚《まい》なくなってたの」ドーンは、もうひとつの発見の話はしないことにした。電話ボックスの床《ゆか》に、灰色《はいいろ》の羽が落ちていたのだ。手がかりにはならないだろうけど、かわいいしおりになると思って、ポケットにしまってあった。

「ガラス板がないことが、なんで重要《じゅうよう》なの？」とトゥルーディ。

ドーンは答えなかった。だれか近づいてきたからだ。「うわあ、お母さん。きれいなお花の苗《なえ》じゃない！」と大声を出して、手押《てお》し車に目をやった。園芸《えんげい》用具や小さな袋《ふくろ》入りの泥炭《でいたん》のわきに、茶色いプラスチックのポットに入った花の苗がある。「グレアムズさんも大喜《おおよろこ》びしてくれると思うよ」

「ああ……そうでしょう？」トゥルーディは、新聞を小わきに抱《かか》えた男の人が近づいてきたので、緊張《きんちょう》したようだった。「今朝《けさ》、〈買い物天国〉って園芸店で買ったのよ。パンジーとキクのどっちがいいか悩《なや》んだけど、結局《けっきょく》両方とも買っちゃったわ」

「お天気がよくてよかったねえ！」男の人が、楽しそうに笑《わら》いながら通りすぎ、ザクザクと砂利《じゃり》を踏《ふ》みながら、となりの家に入っていった。あのつややかな黒髪《くろかみ》とかぎ鼻には、見覚《みおぼ》えがある！昨日《きのう》教会で見かけた鐘《かね》つき隊《たい》のリーダーだ。容疑者《ようぎしゃ》リストにのっていたはずだと思って、チェックしたら、たしかにのっていた。チャールズ・ノーブルさんだ。

「いったいどこのことよ？」チャールズ・ノーブルさんの足音が消えたあと、トゥルーディがドーンのひじを突《つ》いてたずねた。「ガラス板《いた》がなかったのは、どこかって聞いてるの」

「電話ボックスだよ」ドーンが口を開くまえに、フェリックスが答えた。ホルトウィッスルはおしっこを終えて、手押《てお》し車のタイヤのにおいをかいでいる。

ドーンが説明《せつめい》した。「ボブが発見されたところなの。ガラス板がないことはそれと関係《かんけい》あると思う。どういう意味かは、まだわからないけど」

「そんなことか……」トゥルーディはがっかりしながら手押し車を押して、せまい木の門のところで立ち止まった。向こうには、ラリー・グレアムズさんの赤レンガの家がある。

ドーンは門を開けて、トゥルーディを先に通した。フェリックスが、わくわくした顔で立っている。いっしょに入っていいと言われるのを待っているのだろう。トゥルーディはまゆを上げて、かたい声で言った。「帰りなさい、ウェイン」

フェリックスは、がくりと下を向いた。

「寄《よ》り道して途中《とちゅう》でトラブルを起こすんじゃないわよ。そのまま、まっすぐ帰ること！　だれかとしゃべったりするのもだめだからね！」

フェリックスはむっつりしながら犬の引きひもを引っぱり、野原の方にとぼとぼ歩きながらつぶやいた。

「おいで、フレッド。お呼《よ》びじゃないってさ……」

第十四章　なくなったサンダル

ラリー・グレアムズさんの庭は、動物保護区《ほごく》のようなところだった。ひらひら舞《ま》う蝶《ちょう》に、矢のように飛《と》んでくる虫。木々のあいだに見え隠《かく》れする小動物。小鳥たちが、三つあるエサ入れを細いくちばしで揺《ゆ》らしている。ずんぐりしたムクドリが十羽ほど、芝生《しばふ》の真ん中にある石造《いしづく》りの水浴《みずあ》び台に下《お》りたった。頭を水につっこんではつややかな黒い体を動かし、きらきら光る水滴《すいてき》でおしゃれしている。

ラリー・グレアムズさんが庭に誇《ほこ》りを持っているのは、目の輝《かがや》きからわかる。特《とく》に家庭菜園《さいえん》がご自慢《じまん》のようだ。でもこのごろは、草むしりをしていない。もう若《わか》くないので、地面に長いあいだかがむのがつらくなったからだ。それで郵便局《ゆうびんきょく》の掲示板《けいじばん》を見て、トゥルーディに草むしりを頼《たの》んだのだった。

トゥルーディが雑草《ざっそう》を引き抜《ぬ》いてバケツに入れているあいだ、ドーンはラリーさんから目を離《はな》さないようにしながら、いちおうこてを持って庭じゅう行ったり来たりした。

ラリーさんは、親切で、空想好《くうそうず》きな人のようだ。ドーンのおじいちゃんより、一、二歳若《さいわか》いかもしれない。濃《こ》い赤茶色の服に、ツイードの帽子《ぼうし》とスカーフ。おしゃれで、白いひげをきれいに整《ととの》えている。トゥルーディとドーンが庭仕事を始めると、家の中に入ってしまった。

木々がうっそうと茂《しげ》っているので、簡単《かんたん》に姿《すがた》を隠《かく》して動きまわれる。庭には、腐《くさ》った野菜《やさい》のにおいがする堆肥《たいひ》の山と、クモの巣《す》だらけの薄暗《うすぐら》い納屋《なや》がある。いちばんおもしろい発見は、ラベンダーのそばで眠《ねむ》っていたカメだ。でこぼこの甲羅《こうら》をさわろうとしたとき、ラリーさんがお盆《ぼん》を持って近づいてきた。

「おや、そこにいたのかい？　ピルウィンクスを見つけたんだね」ラリーさんが、眠っているカメに向かってほほえんだ。「かわいいだろ？　この子はギリシャ生まれのカメなんだ。友だちのレックス・ハットンがギリシャに行ったので、連《つ》れていってもらおうかとも思ったんだが、いざとなったら別《わか》れられなくなってしまった。ピルウィンクスにとっては、自分のふるさとに戻《もど》る方がいいんだろうけどね。でも、かわいくてかわいくてとても……」

「お友だちは、ギリシャに引《ひ》っ越《こ》してしまったんですか？」ドーンは、できるだけさりげなく聞いた。レックス・ハットンという名前も、ダイヤの五のカードにのっていたからだ。

「そうなんだよ。行ってからもう一カ月半になるかな。老後《ろうご》を暖《あたた》かくてすごしやすいところで暮《く》らしたいと言ってね」

「そうなんですか」ドーンは、落ち着いた顔をよそおって答えた。六月にギリシャに行ったのなら、マード・ミークのわけはない。これで、十一人の容疑者《ようぎしゃ》リストから、六人消えたことになる。あと数人消せばいいだけだと思いながら、ラリーさんがすすめてくれたライムのジュースとクリームサンドのビスケットを口に入れた。

「池のカモにエサをやりに行きたいのだけど、お母さんときみを残《のこ》して行ってもいいかね？　毎朝エサをやっているんだ。年寄《としよ》りのくせにと思われそうだけど、鳥が大好《だいす》きなものでね」

ドーンは、郵便局《ゆうびんきょく》での会話を思い出した。「いなくなったカモは見つかりましたか？」

「いいや。かわいそうなバーナード……」ラリーさんのほおを涙《なみだ》が伝《つた》ったので、ドーンはびっくりした。

「バーナード？」

「わたしが名前をつけたんだ。バーナードは、いちばんの年寄りカモだったんだよ。羽につやがないしよろよろしていたが、まさかいなくなるなんて……さびしいよ」涙がまたこぼれそうになったので、ドーンは急いで話題を変《か》えた。

「あのぅ、パンジーをどこに植えたらいいか、迷《まよ》ってるんですけど……」

「ああ、どこでもいいよ」心ここにあらずという声だ。「お盆《ぼん》をわたしてしまっていいかね？本当に急がなくちゃならないんだ。カモたちが待っているかもしれないから」

「はい。わかりました」ドーンはにっこり笑《わら》った。

こうしてラリーさんが行ってしまい、家を捜索《そうさく》するまたとないチャンスがおとずれた。うまい具合《ぐあい》に、裏口《うらぐち》のかぎが開いている。うっかりカーペットに泥《どろ》でもつけたらまずいので、ドーンはサンダルを脱《ぬ》いで、お盆《ぼん》を持ったまま家に上がった。万が一見つかったら、お盆をキッチンに置《お》きにきたと言えばいい。

ドーンは、すべての部屋《へや》を慎重《しんちょう》に見てまわった。目を皿のようにして、かべに飾《かざ》ってある絵や、本でいっぱいの本棚《ほんだな》や、流行おくれの家具を観察《かんさつ》した。陶器《とうき》の動物たちが、いたるところに飾ってある。きれい好《ず》きの人のようで、どの部屋もきちんと片《かた》づけてあってほこりひとつない。乱《みだ》さないように気をつけながら、ふたを持ちあげたり、引き出しを開けたり、食器棚《しょっきだな》をのぞいたりしたが、ラリーさんが無害《むがい》の老人《ろうじん》らしいということ以外《いがい》、何もわからなかった。

さて、そろそろ戻《もど》る時間だ。ドーンは静《しず》かに裏口へ行き、ドアを開けてサンダルをはこうとした。ところが、ちゃんとそろえて脱いだはずのサンダルが、なぜか片方しかない。ドーンはうろたえて、ひたいにしわを寄《よ》せた。「あれ、なんで？」

心臓《しんぞう》が、激《はげ》しく鳴りだした。庭を片方のサンダルで歩くのが変《へん》だからではない。足の裏に、泥や草の汁《しる》がつくのがいやだからでもない。いったいだれの仕業《しわざ》だろう、と不安になったのだ。トゥルーディのわけはないが、いちおう聞いてみた。

トゥルーディは、軍手《ぐんて》をはめた手で汗《あせ》びっしょりのひたいをふいて言った。「知らないかもしれないけど、わたしはすっごく忙《いそが》しいの！　それになんでまた、あなたの汗くさいサンダルを片方だけ取らなきゃならないわけ？」

だれか庭に入らなかったかとドーンが聞くと、トゥルーディは首を振《ふ》って、タンポポのたばをバケツにつっこんだ。

ドーンは、トゥルーディのしかめっ面《つら》を無視《むし》してもうひとつ聞いた。「ラリーさんは？　ラリーさんは帰ってない？」

「知るわけないでしょ」トゥルーディはとげとげしく言い放った。「あの人を見張《みは》るのは、わたしの仕事じゃないの。どうせただの庭師《にわし》ですからね！　スパイはあなたでしょう？」

ドーンは、まず芝生《しばふ》と花壇《かだん》をさがした。そして、堆肥《たいひ》の山をつついたり、家庭菜園《さいえん》をさがしまわったり、クモの巣《す》だらけの納屋《なや》をのぞいたりしてみたのだが、やはりサンダルは見つからない。

庭の片《かた》すみに立って、あたりを見まわしてみる。ラリーさんが帰ってきて、ドーンが家じゅうをつっつきまわしているのを見たのだろうか？　でもそれなら、どうしてそう言わないんだろう？どうしてサンダルなんか盗《ぬす》むんだろう？　いや、ラリーさんじゃないのかも。でも、それならいったいだれが？　サンダルが勝手に歩きだすわけがない。

ドーンの目が、そばの生垣《いけがき》でぴたっと止まった。枝《えだ》が折《お》れて穴《あな》があいているところがある。そこをじっと見ると、折れたところがまだ湿《しめ》っている。たった今、折れたばかりのように。そのとき、ほかのものが目に飛《と》びこんできた。短《みじか》いサンザシの小枝が三、四本、地面に落ちていたのだ。かがんでよく見ると、細い茎《くき》に黒っぽい毛が巻《ま》きついている。たしか『影《かげ》のように身をひそめて』に、こういう小さなことが獲物《えもの》を追う大きな手がかりになると書いてあった。だれかがここから出入りしたんだ。まちがいない。ドーンは振《ふ》り返ってだれも見ていないことを確認《かくにん》すると、体をくねらせて生垣《いけがき》の穴《あな》をくぐり抜《ぬ》けた。つまり、となりの庭に侵入《しんにゅう》したのだ。

となりの家の芝生《しばふ》は、まるで掃除《そうじ》したてのカーペットのようにきれいだった。芝刈り機《き》で刈《か》ったあとが、薄《うす》い緑と濃《こ》い緑のしまもようになっている。岩や石がところどころに置《お》かれていて、池の真ん中には石造《いしづく》りの魚があり、口から噴水《ふんすい》が上がっている。ドーンは高い針葉樹《しんようじゅ》に身を寄《よ》せて、あたりをうかがった。

庭の向こうに建《た》っている家は、変《か》わった感じだった。下半分は少し古風《こふう》なつくりで、オレンジ色のレンガのかべに小さい格子窓《こうしまど》がある。屋根《やね》は珍《めずら》しい円すい形をしていて、八角形の窓がついている。灯台《とうだい》のてっぺんみたいだ。屋根の上には風向計《ふうこうけい》がついていて、風が吹《ふ》くたびに緑の龍《りゅう》が身をよじっている。見かけは奇妙《きみょう》だが、相当なお金持ちでなければこんな家に住めないだろう。

一階の窓からチャールズ・ノーブルさんの顔が見えたので、ドーンはぴたっと木に張《は》りついた。あの人がサンダルを取ったのだろうか？　髪《かみ》の毛の色が、サンザシの枝《えだ》に巻《ま》きついていた毛と同じだ。チャールズさんがマード・ミークなのだろうか？　ここにいることがばれたら、どうなってしまうだろう？　見つかったら、足を痛《いた》めた野生のウサギを追いかけてきたんです、と言うことにして、ドーンは一生けんめい心配そうな表情《ひょうじょう》を作った。ところが噴水《ふんすい》のあたりをひとめ見て、ドーンは口をあんぐり開け、顔を引きつらせた。

あれが犯人《はんにん》だ！　サンダル泥棒《どろぼう》！　くすねたサンダルが、そいつの足もとに転がっている。顔は見えないが、頭をたらして池の水をぴちゃぴちゃ飲む音が、ずっと聞こえてくる。

「ホルトウィッスル！　ちょっと、あんた！」ドーンは、もうかんかんだった。どなりたい気持ちをおさえて、チャールズさんが見ていないか木のうしろからのぞいてみる。ラッキーなことに、チャールズさんは窓辺《まどべ》を離《はな》れていた。犬の注意を引こうとして、ドーンは指を鳴らした。「フレッド！　ほら、フレッド。こっちにおいで！　このモンスターめ！」

犬は飲むのをやめて頭を上げた。毛むくじゃらなのどに水をたらしながら、こちらを見る。ドーンはひざをたたいて笑《わら》いかけた。

「おいで。ビスケットだよ！」ドーンは、ほんのひとかけらのビスケットで、気を引こうとした。ところがホルトウィッスルはちょっとためらってから、ふざけるようにドーンのサンダルをくわえて納屋《なや》に入りこんだのだ。

「ふんっ！　追いつめたわ！」ドーンは怒《いか》りで歯をギリギリかみしめながら追いかけた。

ドーンはカビくさい納屋のドアを閉《し》め、二、三歩入った。かべに道具がかかっていて、いすがはしっこに積《つ》んである。自転車も三台、チェーンでつながれている。ここは、物置《ものお》きであり、作業部屋《さぎょうべや》でもあるんだろう。高いところにあるふたつの窓《まど》からかすかな光が差《さ》しこんでいるが、ぜんたいが薄暗《うすぐら》い。折《お》れたはしごが置かれたベンチの下で、何かが動いた。ホルトウィッスルだ！

ホルトウィッスルはのそのそと光の中にあらわれ、おとなしくドーンに向かってしっぽを振《ふ》った。落としたサンダルが、コンクリートの床《ゆか》にコツーンとうつろな音を立てた。ドーンはサンダルに飛《と》びついて急いではいた。それからホルトウィッスルのぼさぼさの首《くび》を手さぐりしたが、首輪《わ》がない。

とつぜん、ホルトウィッスルはドーンを倒《たお》すほどの勢《いきお》いで飛びあがったかと思うと、ベンチに前足を置《お》いてはしごのにおいをかいだ。そしてはしごの横木をいきなりなめはじめたので、ドーンはあきれて頭を振《ふ》った。

「本当にあんたってバカ犬ね」そう言って、思わずほほえんだのもつかのま、外から音が聞こえてきた！

「だれか来る！」ドーンはホルトウィッスルを両手で抱《だ》きしめ、全身の力を使って暗いすみっこに引きずりこんだ。そして積《つ》み重なったいすのうしろで、床に押《お》さえこんでにらみつけた。「シーッ！」くちびるに指を当てたとき、ドアがぎいっと開いた。

二種類《しゅるい》の足音だ。ドーンがいすの足のあいだからのぞくと、チャールズ・ノーブルさんと、家庭菜園《さいえん》ショーのとき公民館《こうみんかん》の入り口で入場料《にゅうじょうりょう》を集めていたおじいさんが、ドア口に立っている。

「ノーブルさん、本気ですかい？」おじいさんの声。

「ああ、もちろん本気さ、レグ」チャールズさんが答えた。

レグじいさんが頭をかいた。「そんなことしちまっていいのかねえ。こんな立派《りっぱ》なはしごをばらばらに切るなんて」

「何カ所も折《お》れてしまったんだから、しょうがないよ」

ふたりは、はしごを置《お》いているベンチに近づいた。ドーンはホルトウィッスルの鼻づらを強く押《お》さえた。

「いい木だねえ。直せるかもしれませんぜ」

「いいや。そう言ってもらえるのはありがたいんだが、暖炉《だんろ》にくべるくらいの大きさに切ってもらいたいんだ。運の悪い事故《じこ》があったものだから、それ以来《いらい》、見る気がしなくてね。かわいそうに、これを使ったやつが両足を折ってしまったんだ」

「ああ、そうでしたなあ」レグじいさんはどうにか思い出そうとするように、ゆっくりと言った。「窓《まど》ふき職人《しょくにん》でしたっけね?」

「ああ」チャールズさんはそう言いながら、ドアの方に戻《もど》った。「それじゃわたしは行くけど……それが終わったら、さっき頼《たの》んだ修理《しゅうり》の方もしてくれるかい?」

「いいっすよ。やりましょう」レグじいさんは、頭の上に引っかけてある大きなのこぎりを下ろした。

「それはよかった。書斎《しょさい》にいるから、何かあったら声かけてくれ」チャールズさんは、そう言ってドアの取《と》っ手《て》に手をかけた。「クロスワードパズルを終わらせたいんだ。いつものように、十一時にお茶を持ってくるから。砂糖《さとう》はみっつでよかったかな?」

「よっつ、おねげえします」レグじいさんが鼻をすすりながら言う。そしてはしごを片手《かたて》で押《お》さえて、のこぎりでギザギザの溝《みぞ》をつけた。

ドーンは、ビー玉のように目を丸くしていた。犬がもがくのを腕《うで》で押さえて、必死《ひっし》で考えていたのだ。あたしってばか！　マイルズの事故《じこ》が起こったのが、チャールズ・ノーブルさんの家だったことを、すっかり忘《わす》れてた！　レッドが地図を見せて教えてくれたのに！

レグじいさんのひじが行ったり来たりするたびに、はしごがばらばらになっていく。たしかに、このはしごを暖炉《だんろ》にくべるのはちょっともったいないが、それ以上《いじょう》に、調査《ちょうさ》には大打撃《だいだげき》だ。もしひとめでこのはしごの重要性《じゅうようせい》がわかっていたら、手がかりがないか調べることができた。でも今となっては、だれかが細工《さいく》したのか、それともマイルズが単《たん》にバランスをくずして落ちたのかわからない。

そのとき、ホルトウィッスルがドーンの顔のすぐまえで、ほら穴《あな》のような口を開けて大あくびをした。あまりにとつぜんだったのでよけることもできず、犬のくさい息を顔じゅうにあびてしまった。ドーンは本能的《ほんのうてき》に指で鼻をつまんだ。

もしこの犬がちょっとでも利口《りこう》だったら、逃《に》げるためにわざとあくびをしたんじゃないかと思っただろう。押さえつけていた手を思わず離《はな》したすきに、ふさふさのしっぽを振《ふ》りながらドアから出ていってしまったからだ。運のいいことにレグじいさんは仕事に熱中《ねっちゅう》していて、犬と、いらいらしている十一歳《さい》の女の子が出ていったことに、まったく気づかなかった。

外に出ると、遠くから声が聞こえてきた。「フレッド！　フレッド！　フレッド！」ドーンは絶望的《ぜつぼうてき》な気分であたりを見まわしたが、もうホルトウィッスルの姿《すがた》はない。いつチャールズさんに会ってもおかしくないと覚悟《かくご》しながら、家にかけよってかべに背中《せなか》をくっつけ、横歩きで角にたどり着いた。向こうをのぞくと、犬がやかましく吠《ほ》えながら、両手を広げたやせっぽちの少年のもとに走っていくのが見える。

ドーンは門の外で追いつき、ヒステリックにささやいた。「あんた、いったい何やってんのよっ！」

「そんな目でにらまなくてもいいだろ」フェリックスがまゆをしかめなら、ホルトウィッスルの頭をなでた。犬は安心したようにくんくん鳴いている。「首輪《くびわ》を取ったのか？　悪いやつだなあ」フェリックスはポケットから別《べつ》の首輪を取って犬の頭にかけ、引きひもに取りつけた。

ドーンは目を細めた。フェリックスとこんな場所で口げんかしたらまずい。ドーンは、ここを離《はな》れようとフェリックスをうながした。チャールズ・ノーブルさんに窓《まど》から見られて、変《へん》に思われたくなかったからだ。

「おまえ、事件《じけん》を解決《かいけつ》したのか？」フェリックスがえらそうに言う。

「まだよ。あんたのせいでね！　そのバカ犬をずっと追いかけてたせいで、時間をむだにしちゃったじゃないの。あんたがそいつを管理《かんり》してくれないと困《こま》るのよ！」ドーンはにらんだ。「さっさとコテージに戻《もど》ってよ。ここにいちゃいけないってわかってんでしょ？」

「おまえこそ、ここにいちゃまずいんじゃないか？」フェリックスがうすら笑《わら》いを浮《う》かべた。

「おまえのお客さんが、いったいどうしたのかと思ってるぞ。トゥルーディが、なんとかごまかしていたらいいけどな」

「えっ？」ドーンの目が丸くなった。「ラリーさんが帰ってきたの？　あんた、いつ見たのよ？　もう、あんたが足を引っぱるから……」

フェリックスは悪《わる》びれず言った。「がにまたで、あごひげを生やしたじいさんだろ？」

ドーンはうなずいた。気持ちが落ちこんできた。

「そいつなら見たぜ……五分くらいまえに、茶色い紙袋《かみぶくろ》を持って玄関《げんかん》に入っていった」

第十五章　個人情報《こじんじょうほう》

「おいっ！　夕食のフィッシュ・アンド・チップス、買ってきてくれた？」フェリックスが、ダッフォディル・コテージの階段《かいだん》をドタドタかけおりた。ホルトウィッスルがいちばん下の段で飛《と》びかかろうとしていたのを、奇跡的《きせきてき》によけながらもういちど聞く。「ねえ。買ってきたのか？」フェリックスは廊下《ろうか》に着地してドーンのリュックを奪《うば》い取り、勝手にファスナーを開けた。「もう飢《う》え死《じ》にしそうだ！　おれの分の魚フライは、特大《とくだい》サイズにしてくれたよな？」そう言ってリュックの中をかきまわす。

「あんたには、礼儀《れいぎ》ってもんがないの？」ドーンが弱々しくつぶやいた。こいつをこてんぱんにやっつけるエネルギーが、もう残《のこ》っていない。筋肉《きんにく》が痛《いた》み、足はよごれ、鼻の頭をさわるとヒリヒリする。

フェリックスはうなり声をあげた。「おれのメッセージを聞かなかったのかよ？　ところで鏡《かがみ》をのぞいてみたか？　鼻が日焼《ひや》けしているぞ。日焼けじゃなかったら、すごいよごれがついてるぞ」

ドーンはため息をついた。一日じゅうちゃんと帽子《ぼうし》をかぶっていたというのに。きっとつばが短かったのだろう。「メッセージっていったい何のこと？」

「おまえにテレパシーを送ったのに、わからなかったのか？　帰りがけに、フィッシュ・アンド・チップスを店で買って来いって送ったんだぞ」

「ああそうですか……そんなメッセージ、とどいてませんよ」ドーンは〝バッカじゃないの？〟とつけ加《くわ》えたい衝動《しょうどう》をおさえながら言った。

「トゥルーディは、夕飯《ゆうはん》作ってくれるのかなあ。キッチンには、食《く》えるものが何ひとつないんだ。パンのかけらと変《へん》なチーズとプラムジャムと卵《たまご》一個《こ》だけ。おれたちの〝やさしい母さん〟はどこにいる？」

ドーンは、リビングをのぞきこんだ。泥《どろ》だらけのくつと園芸用《えんげいよう》の手袋《てぶくろ》と野球帽を身に着けたまま、トゥルーディがだらしなくソファーで寝《ね》ている。「もう寝ちゃったよ」小さなあくびをしながらドーンは言った。「無理《むり》もないよ。四つの庭で丸一日働《はたら》いたんだもの。雑草《ざっそう》を抜《ぬ》いたり水をまいたり、芝生《しばふ》を刈《か》ったり穴《あな》を掘《ほ》ったり。あたしはそんなでもないけど、トゥルーディは大変《たいへん》だったんだから」

「四つめはだれの庭？」

「セス・ライトフットさん。あの人、ちょっと変《か》わっているけど親切だったよ。トゥルーディとも気が合うし、アイスティーやビスケットをたくさん出してくれたし」

「パレソープ屋敷《やしき》には近づくなって言ったやつだろ？　容疑者《ようぎしゃ》だと思っていたのに」

「そう。容疑者にはちがいないけど、部屋《へや》をぜんぶさがしてもあやしいものは見つからなかった」

「それじゃあ、なんのために穴《あな》を掘《ほ》ってと頼《たの》んできたんだ？」

「自分で作った芸術的《げいじゅつてき》な柱を、立てるためだって」

「変人《へんじん》！」とフェリックス。

「セスさんは、リサイクルしたゴミで、柱を作りあげたの」ドーンは感心した声で言った。「いろんな飾《かざ》り物《もの》なんかも作っているの。ひとつ作品をくれたんだ」

「おれはまた、リュックの底《そこ》になんでゴミがあるんだろうと思ってたんだ」フェリックスは、リュックから変《か》わった形のものを取り出した。ボールを細い針金《はりがね》でかさの骨《ほね》の部分につるしたものだ。ボールはかべ紙を貼《は》る糊《のり》のにおいがして、新聞紙が貼りつけてある。「これ、いったいなんなんだよ？」

「天体の模型《もけい》よ。真ん中の大きなボールが海王星《かいおうせい》で、まわりのボールは、月みたいに海王星を回っている衛星《えいせい》だって」

「捨《す》てていい？」

「だめっ！　寝室《しんしつ》に飾《かざ》るんだから」ドーンはフェリックスの手から、模型《もけい》を奪《うば》い取った。

「好《す》きにしろよ。そうだ。あのラリーってやつに今日のことをどう説明《せつめい》したんだ？　庭にいるはずなのに、こっそり抜《ぬ》け出したことを怒《おこ》っていなかった？」

「ふたり分のアイスを買いに出かけたら途中《とちゅう》で溶《と》けたので、両方とも食べてたって言ったら、信《しん》じてくれた」

「アイスクリームか！　今ならバケツいっぱいぐらい食《く》えそうだなあ」フェリックスがおなかをさすった。

「そんなに食べたら気持ち悪くなるよ」ドーンはリュックを取り返して、階段《かいだん》を上《のぼ》った。フェリックスとちがって、ぜんぜんおなかがすかない。四人のお客さんがみんな、ビスケットやらパンやらジャムタルトやらを出してくれたからだ。夕飯《ゆうはん》を食べたいなんて、ちっとも思わなかった。

それよりゆっくりお風呂《ふろ》に入って眠《ねむ》りたい。庭仕事も大変《たいへん》だったが、見つかったらどうしようと思いながら人の家をかぎまわるのが、何よりもしんどかった。でも九時までには、何があっても平気なように、しゃきっとしていなくては。月明かりの下で、パレソープ屋敷《やしき》に向かうからだ。

ドーンは、サンダルを脱《ぬ》いでベッドによじのぼった。このマットレスは、家にあるゴツゴツのものとちがって、かたくて音がしない。家のマットレスはすわるたびにギイギイ音がするけど、かえって安心できた。ドーンは両手を伸《の》ばして、セスさんの作品を天井《てんじょう》の小さなフックにぶらさげた。ななめになってボールどうしがぶつかった。

「クロップ、どう思う?」ドーンは明るくクロップに聞いてみた。

ドーンは、クロップのことをアート好《ず》きだと勝手に思っている。ドーンが、発泡《はっぽう》スチロールの宇宙船《うちゅうせん》やら、粘土《ねんど》でできたぶかっこうな怪獣《かいじゅう》やら、卵《たまご》のからを貼《は》った絵やら持って帰るたびに、ほめてくれた気がしたからだ。でもクロップのびっくりした顔をひとめ見て、セスさんの作品を安っぽいと思っていることがわかった。

「そんなに悪くないよ!」ドーンはいちばん大きなボールをつつきながら言った。「この部屋《へや》が太陽系《たいようけい》だとするとね、このボールが海王星《かいおうせい》で、こっちのボールは衛星《えいせい》で……セスさんが名前を教えてくれたんだ……ええと、これがトリトン……これがネレイド、そしてこれが……ええっ、うそ!」ドーンは三つめの衛星をつかんで、はっと息を吸《す》いこんだ。ほっぺたが、みるみるうちに鼻の先みたいなピンク色に染《そ》まった。

衛星に貼ってあった新聞紙の切れはしに、小さな藤色《ふじいろ》の三角形の紙がまじっていたからだ。ふちは金色で、こうタイプされている。

ただし羽毛恐怖症《きょうふしょう》である

＊

ドーンは、いい香《かお》りのお湯《ゆ》につかりながら考えこんでいた。洗面台《せんめんだい》の棚《たな》にあった花の香りの入《にゅう》浴剤《よくざい》をたっぷり入れたので、お湯が薄紫《うすむらさき》になっている。スパイ追跡部《ついせきぶ》で使っている、ノートや便《びん》せんの色に似《に》ている。

なんて偶然《ぐうぜん》だろう！　ボブ・チョークのファイルから破《やぶ》り取られた紙が、あの海王星《かいおうせい》の衛星《えいせい》に貼《は》られていたなんて！

かたい藤色《ふじいろ》の紙が、スパイ追跡部の紙だということは、一瞬《いっしゅん》でわかった。でも、それがボブのファイルだとわかるまでには、少し時間がかかった。だれかが三角のはしっこをわざと破いて、スパイ追跡部の敵《てき》にわたしたにちがいない。

それをなんでセスさんが持っていたのだろう。何も知らずに道を掃除《そうじ》していて見つけたのだろうか？　それともスパイ追跡部本部の棚から盗《ぬす》んだのだろうか？　頭の中がごちゃごちゃだ。整理しなければ……。

羽毛恐怖症《きょうふしょう》。

クイズ番組好《ず》きのおじいちゃんのおかげで、正確《せいかく》に意味を知っている。羽でくすぐられることがこわいという、恐怖症の一種《いっしゅ》だ。スパイ追跡部に出かける日の朝、おじいちゃんに教えられたときには、そんなことを知って役に立つ日が来るなんて、思ってもみなかった。退屈《たいくつ》なお説教《せっきょう》をする代わりに、いつか役に立つぞと言って変《か》わった言葉を教えこもうとする変《へん》なおじいちゃんがいてくれて、なんてラッキーなんだろう！

ボブのファイルの〝きらいなもの、アレルギー〟の欄《らん》には、〝無《な》し〟と書いてあったが、そのあとに〝ただし羽毛恐怖症《きょうふしょう》である〟という言葉があったのだ。合気道《あいきどう》が得意《とくい》のたくましい男が、まさか、鳥の羽をこわがるだなんて。

鳥の羽。ボブがおかしくなって見つかった電話ボックスにも、鳥の羽が落ちていた。大きな灰《はい》色《いろ》の羽だ。いすに放り投げておいた短パンのポケットから、先っぽが飛《と》び出しているはず。どうして見つけたときに重要《じゅうよう》だって気がつかなかったんだろう。でも今ようやくわかった。だれかがボブの個人情報《こじんじょうほう》を入手して、弱点を知ったのだ。

きっとボブが電話ボックスに入るようにしむけて……それから？　ドーンははずれていたガラスを思い出した。敵《てき》はそこから羽を使ってボブをくすぐり、逃《に》げないようにドアをふさいだんだ。もちろんたった一枚《まい》の羽で、屈強《くっきょう》なスパイをやっつけたわけではないだろうけど。

だんだん謎《なぞ》がとけてきたが、まだわからないことだらけ……。ドーンは石けんとタオルを取ろうとして、体をまえにかたむけた。タオルを取ったとき、何かほかのものも落ちてきて、薄紫《うすむらさき》色のお湯にぽっこり浮《う》かんだ。ドーンはほほえんだ。ゴム人形の小さなカモが、いっしょにお風《ふ》呂《ろ》に入りたかったらしい。オレンジ色のくちばしがにっこり笑《わら》っている。

カモ……？

ドーンは体をぶるっと震《ふる》わせ、石けんを手から取り落とした。「バーナード！　いなくなったカモ！」バーナードは、頭は緑色だけど、体は灰色の羽でおおわれている――ドーンが見つけたような羽で。ドーンはお風呂《ふろ》から飛《と》び出して、ぬれた足あとをピタピタ床《ゆか》につけながら走った。いすに近づいて短パンのポケットから羽を取り出し、やさしくなでてみる。

その日に何が起こったのか、想像《そうぞう》するのはつらかった。だれかがバーナードを連《つ》れ去り、悲しいことに二度と鳴けないようにしてしまった。そのあと謎《なぞ》の人物は、バーナードの羽を引き抜《ぬ》いて、ボブを苦しめるのに使ったのだろう。

浴槽《よくそう》に戻《もど》ると、いろんな疑問《ぎもん》が次々にわきあがってきた。だれがスパイ追跡部《ついせきぶ》に忍《しの》びこんで、情報《じょうほう》を盗《ぬす》んだのだろう？　マード・ミークが影《かげ》であやつったのだろうか？　カモ殺《ごろ》しもその人物なのだろうか？　それは、セス・ライトフットさん？　それともほかの容疑者《ようぎしゃ》？　でも今、考えている時間はない。まずはパレソープ屋敷《やしき》に行かなければ。

これで、ボブ・チョークが倒《たお》れたのは事故《じこ》でないことがわかった。マイルズ・エヴァグリーンも、敵《てき》にはめられたのかもしれない。でもそんな証拠《しょうこ》はないし、マード・ミークのしわざかどうかもわからない。ともかく今は、万全《ばんぜん》の注意を払《はら》ってパレソープ屋敷に行ってみよう……。

ドーンは、いちばん黒っぽい色の服を着て、こっそり階段《かいだん》を下りた。廊下《ろうか》の鏡《かがみ》で自分の姿《すがた》を確《かく》認《にん》してみる。鼻の頭がまだピンク色だ。トゥルーディの保湿《ほしつ》クリームを借《か》りて塗《ぬ》ったのに……。まあ、暗やみの中ではどうせ見えないだろうと思い、鏡の中の自分に向かって肩《かた》をすくめた。

キッチンにそっと入っていくと、カウンターの上に食べ物の残骸《ざんがい》がある。フェリックスがシェフになってがんばった証拠《しょうこ》だろう。空《から》っぽのジャムびん、卵《たまご》のから、包《つつ》み紙があって、皿には茶色いパンのサンドイッチがふた切れ。まったくおいしそうじゃないけれど、失敬《しっけい》することにした。スパイはいつも、食べ物を持ち歩かなければならないと言われたからだ。ぜいたくは言っていられない。ドーンはサンドイッチを紙袋《かみぶくろ》に入れ、リュックにつめた。中には懐中電灯《かいちゅうでんとう》（いちおう何かあったときのために）と無線機《むせんき》、双眼鏡《そうがんきょう》、貝タイ電話にミニカメラ、と、ひとそろい入っている。

トゥルーディは、まだソファーで寝《ね》ていた。くつを脱《ぬ》いでクッションを頭の下に当てている。激《はげ》しく揺《ゆ》すぶったが、なかなか目を覚《さ》まさない。「……納屋《なや》に閉《と》じこめないでよ！……あら、あんただったの」トゥルーディは悪夢《あくむ》にうなされていたようで、目をぱちくりさせた。

「九時になるから、もう行こうと思って……。今夜、パレソープ屋敷《やしき》を探検《たんけん》するの」

「いっしょに行こうか？」トゥルーディはどうにか体を起こし、ものすごく大きなあくびをした。

「ううん、平気。くたくたなんでしょ？」ドーンは、ソクラテスが言っていたことを思い出した。

「それに、ひとりで行動した方がばれにくいから」

「そうお……あんたがそう言うなら」トゥルーディはがっかりしたようだった。「危険《きけん》なことをしないでよ、ドーン。もし真夜中までに戻《もど》ってこなかったら、さがしに行くからね」

「ありがとう」ドーンはほろりとしたが、ひょっとしたら、子どもにはできっこないと思ってそう言ったのかもしれない。

「フェリックスは？」トゥルーディは、とつぜん気になったようだった。

「心配しないで。二階にいるよ。寝室《しんしつ》から、ピーッとかドカンッとか聞こえてたから、たぶんゲームボーイで宇宙人《うちゅうじん》でもやっつけているんじゃないの？」

「ひょっとしたら、あの〝お利口《りこう》な犬〟がやってるのかもよ」トゥルーディはあからさまに皮肉《ひにく》を言って、クッションに寄《よ》りかかった。「それじゃあ、ドーン、健闘《けんとう》を祈《いの》るわ」そう言ったかと思うと、あっというまに眠《ねむ》りに落ちてしまった。

大きな砂糖菓子《さとうがし》がゆっくりとろけるように、日が沈《しず》んでいく。もうすぐ夜だ。ドーンはリュックを背負《せお》ってダッフォディル・コテージの玄関《げんかん》にたたずんだ。通りの左右を見て、人がいないかたしかめる。

まず、聖《せい》エルモ教会の牧師《ぼくし》さんが、自転車で通りすぎた。それから、髪《かみ》の毛をつんつん立てた若者《わかもの》が、ポテトチップスの袋《ふくろ》に手をつっこみながら、ベンチで本を読んでいる。そのうしろにいるのは、カディーさんだ。ベランダの踏《ふ》み台に乗って、植木鉢《うえきばち》に水をやっている。みんなコテージの玄関にいる女の子になんか、気づかない。ドーンはほっとしながら、いつものようにゆっくり歩きはじめた。いつもとちがうのは、目的意識《もくてきいしき》があることだけだ。

そのときピーブルズが、用心深く通りを横切った。何かいたずらしようとしているんだろう。あんのじょう、本を読んでいる若者のくつひもに飛《と》びつき、そのあと低《ひく》いへいにジャンプして、ブルーベル・ヴィラのまえで止まった。ヴィラでは、カディーさんが水やりを終わらせて、家の中に戻《もど》ったところだった。とつぜん、ふたつの小さな白い頭が窓《まど》にあらわれて、キャンキャン吠《ほ》えはじめた。カディーさんの愛犬《あいけん》のハニーバンチとランブキンだ。ピーブルズは、犬たちを無視《むし》して、昼寝《ひるね》でもするように足を体の下にしまいこむ。吠え声はますます激《はげ》しくなり、ドスン、ドスンと音がした。二匹《ひき》の犬が、ガラス窓に体当たりしたのだ。

みんなが注目しはじめた。道のはしに到着《とうちゃく》していた牧師《ぼくし》が、どうしたんだろうと振《ふ》り返りながら自転車を降《お》りる。ガウンを着た女の人が玄関《げんかん》を開けて、首を伸《の》ばして見つめている。カーテンが開いて、顔がいくつもあらわれた。その中でいちばん赤いのが、カディーさんの顔だった。カディーさんは窓を杖《つえ》でたたいたり腕《うで》を振ったりして、ネコを追い払《はら》おうとしたが、ピーブルズは知らん顔だ。ベンチの若者《わかもの》だけが、まったく動揺《どうよう》しないで本を読みつづけている。よっぽどおもしろい本なんだろう。

村の人たちに見つけられないよう、ドーンは下を向いて歩調《ほちょう》を速めた。どうやらみんなみんなブルーベル・ヴィラに注目しているようだが、危険《きけん》はおかせない。

行き方は調べてあるのでだいじょうぶだ。問題は尾行《びこう》されていないかどうか。ドーンは、ソクラテスに教えてもらった方法《ほうほう》でチェックすることにした。道をわたるときに、振り返ってじっくりうしろを見る。とつぜん足を止めて、ゴミ箱にものを捨《す》てる。わざと落としたものを拾ったりする。犬の散歩《さんぽ》をしているカップルが一キロ近くついてきたので、尾行されているのかと思ったが、郵便局員《ゆうびんきょくいん》のダイアナ・フリンチさんと立ち話を始めてからは、もう会うことはなかった。

太陽が地平線の下に沈《しず》み、光がどんどん薄《うす》れていく。空に浮《う》かんでいるのは、思っていたとおり、真ん丸の月だ。ドーンは感謝《かんしゃ》の気持ちで月を見あげ、森へと続《つづ》く坂道を下っていった。そして、木々のあいだでリュックを下ろし、弁当箱《べんとうばこ》を開けて無線機《むせんき》を取り出した。暗くなって無線無線のスイッチが見えなくなるまえに、レッドに連絡《れんらく》しなくてはと思ったのだ。アンテナをつかんでの取り付《つ》けるための枝《えだ》をさがしたが、どの木も背《せ》が高くてまっすぐで、ちょうどいい枝が見つからない。昨日《きのう》のシラカバの茂《しげ》みから連絡したかったが、ソクラテスに、同じ場所から連絡してはいけないと言われている。敵《てき》をかわすためには、連絡場所をつねに変《か》えないといけないのだ。ドーンは、しかたないのでアンテナを自分の手に持って、無線のスイッチを入れた。

「エビからフジツボへ。応答《おうとう》してください。どうぞ」バリバリバリ、ブーンといやな音が聞こえてきたので、ドーンはアンテナの向きを変えた。「エビからフジツボへ」真剣《しんけん》な声を出して、イヤホンを耳に押《お》しつける。

レッドの声が、もごもごと聞こえてきた。あまりよく聞こえない。ドーンは、だれもいないのをたしかめるために、鋭《するど》い視線《しせん》でぐるりと森を見まわしながら話した。

「いくつか連絡があります。今日、エドガー・パーマーの家に庭仕事をしに行き、パーマーが七月一日にオートバイの競技会《きょうぎかい》に出ていたことがわかりました。容疑者《ようぎしゃ》リストからはずしてください。あと、ボブが羽でくすぐられて倒《たお》れたのだという、決定的《けっていてき》な証拠《しょうこ》を見つけました。どうぞ」

「容疑者が減《へ》ったのですね。わかりました。でも最後《さいご》のところが聞こえなかっ……ガーガーガー……どうぞ」

「ボブです！」一音ずつ、はっきりと区切って言った。

「羽でくすぐられて倒《たお》れたんです。どうぞ！」

「ピーピーガーガー……もういちど……」

ドーンは必死《ひっし》にアンテナをまた動かした。もう国名を使って言うしかない。「ボリビア、ブラジル、ハンガリー、カナダ、モンゴル、ノルウェー、ハンガリー、ネパール、デンマーク、クウェート、スペイン、グアテマラ、ラオス、レバノン、マリ、シンガポール、タイ！」ドーンは一気に言った。「ボブは羽毛恐怖症《きょうふしょう》でした。破《やぶ》けてなくなっていた書類《しょるい》の切れはしを見つけたら、そう書いてあったんです」

「ジージーガーガー……ボブ？　カモにくすぐられた？　最後《さいご》はなんだって？　どうぞ」レッドはとまどっているようだ。

ドーンは困《こま》ってひたいをさすった。無線《むせん》での連絡《れんらく》はできるだけ短い方がいい。今夜はあきらめて、明日また試《ため》してみよう。「また明日連絡します。あたしはこれからパレソープ屋敷《やしき》に向かいます。通信《つうしん》終わり」

ドーンは弁当箱《べんとうばこ》に無線機《むせんき》をしまってリュックに入れ、また歩きはじめた。森の東側《ひがしがわ》をまわり、野原のはしを通って丘《おか》に着くと、てっぺんのパレソープ屋敷が、暗く不気味《ぶきみ》にあらわれた。

第十六章　パレソープ屋敷《やしき》

丘《おか》を登るのは、思っていたより時間がかかった。月が明るく輝《かがや》いているのに、坂が急で、どこに足を下ろせばいいのかわからなかったからだ。ドーンは二回も転んでしまった。まずウサギの巣穴《すあな》に足を引っかけ、十分後には足をすべらせて運悪くアザミを踏《ふ》んでしまったのだ。でも自分はプロなんだと肝《きも》に銘《めい》じていたので、声も出さずにほこりを払《はら》い、丘《おか》に横たわる廃墟《はいきょ》を見あげ、黙々《もくもく》と登りつづけたのだった。

方向をたしかめるために屋敷を見あげるたび、頭がジンジンしびれるような感じになる。月明かりの中では巨大《きょだい》な黒い四角形にしか見えないが、一生けんめい見つめていたら、生きているようにゆらゆらふくらんだ気がしたのだ。悪夢《あくむ》に出てくるようなこんな屋敷に、わざわざ行くなんて……。

それでも勇気《ゆうき》をふりしぼって登りつづけるうちに、ぼろぼろの針金《はりがね》の囲《かこ》いが見えてきた。せんさく好《ず》きな村人を、入れないためだろう。ドーンは、振《ふ》り返って坂の下を見つめた。月が斜面《しゃめん》を銀色の薄《うす》がすみでおおっている。だれもついてきていない。

ドーンは屋敷《やしき》に入るまえにひと休みすることにして、地面にあぐらをかいた。こんなへとへとのときには、甘《あま》くておいしいもの、チョコレートなんかが食べたい。そのとき、フェリックスの作ったサンドイッチを思い出して、リュックから取り出した。ぶかっこうにつぶれている。それに、なんだか変《へん》なにおいがする。ドーンは中身を見て、すぐに気がついた。フェリックスはチーズだと思って、ラード（豚《ぶた》の油）をパンに塗《ぬ》ったのだ。「キッチンに変なチーズがある」と言っていたからまちがいない。こんなもの、そっくりそのまま皿の上に残《のこ》っていて当然《とうぜん》だ。

フェリックスは学校の成績《せいせき》はいいのかもしれないけど、キッチンでは役立たずだ……そう思いながら、ドーンはまずそうなサンドイッチをリュックの底《そこ》に押《お》しこんだ。それでもなお、ラードのにおいが鼻の中にこびりついている。へんてこで不愉快《ふゆかい》なにおい……つい最近《さいきん》かいだことがあるような……

ホルトウィッスルのあくびだ！

ドーンはあっと口を開けた。三枚《まい》の静止画像《せいしがぞう》が、頭《あたま》の中でトランプの持《も》ち札《ふだ》のように扇型《おうぎがた》に広がった。一枚めは、ラードのかたまり。二枚めは、はしご。そして最後の一枚は、ホルトウィッスルの舌《した》。

ホルトウィッスルは、チャールズ・ノーブルさんの納屋《なや》で、どう考えてもおかしなことをしていた。はしごの横木をなめるなんて、たとえ犬でもふつうはしない。だけど、ホルトウィッスルはふつう以下《いか》のバカ犬なんだからしょうがない、と、ドーンは思っていた。でもその直後のあくびは、フェリックスがまちがってサンドイッチに塗《ぬ》ったラードとまったく同じにおいだった。ドーンは料理《りょうり》をよくやるので、ラードのことも知っている。ラードはやわらかくてべとべとしている。何かに塗ると、つややかで透明《とうめい》になる。もしだれかが、わざとはしごの横木にラードを塗ったのだとしたら？　その人は、マイルズがすべって地面に落ちるとわかっていたのだ。

チャールズ・ノーブルさんは、〝事故《じこ》〟のあと、はしごをばらばらにすることに異常《いじょう》なほどこだわっていた。レグじいさんが、あれほどもったいないと言っていたのに。チャールズさんは本当に、窓《まど》ふきの男がけがをしたといういやな思い出を忘《わす》れたくて、はしごをこの世から消そうとしたのだろうか？　じつは、ラードを塗った証拠《しょうこ》を消したかったのではないだろうか？

そのとき、屋敷《やしき》の二階で光が揺《ゆ》れ、ドーンの頭から、きれいさっぱりはしごのことが消えた。ドーンは地面に這《は》いつくばって柵《さく》に近づき、肩《かた》を柵に押《お》しつけながら、どこかもろいところがないかさがした。

数分後にぐらぐらの柱が見つかり、ドーンはたれた針金《はりがね》をもっと下げて、うまい具合《ぐあい》にすり抜《ぬ》けた。心臓《しんぞう》が爆発《ばくはつ》しそうだ。窓の向こうで動きまわる光を見ながら、しばらくかがんでいたが、いきなりポーチに向かって走りだした。〝危険《きけん》〟とか〝立入禁止《きんし》〟などと書かれた看板《かんばん》が落ちていて、足を取られて転びそうになった。

きっと、昔はすばらしいお屋敷《やしき》だったのだろう。玄関《げんかん》には四本のどっしりした柱が立っていて、さわるとなめらかで冷《つめ》たい。そのあいだをくぐり抜《ぬ》けながら、ポーチに散《ち》らばっているがらくたをよける。月がさえぎられ、光がとどかなくなってきた。やみが深まり、何もかも真っ黒だ。ドーンは、父親のこぶしくらい大きな取《と》っ手《て》をひねってドアを開け、廊下《ろうか》に足を踏《ふ》み入れた。

外から見てもおそろしいのに、中はもっと不気味《ぶきみ》でおばけが出てもおかしくない。かべに沿《そ》って手さぐりで進みながら、全身の毛が逆立《さかだ》つのがわかった。

二階からこもったような音が何度も聞こえ、ドーンは息を飲んだ。あごを上げて、二階の方をじっと見つめる。いったいだれがいるんだろう？ 何をしているんだろう？ こんな夜中に、のろわれたような屋敷に忍《しの》びこんで？ そういえば二日まえの晩《ばん》、だれかが懐中電灯《かいちゅうでんとう》を持って丘《おか》を登っているのを見た。天井《てんじょう》を通して聞こえる足音は、その人のものなのだろうか？

ある考えが浮《う》かんで、ドーンの心臓《しんぞう》の鼓動《こどう》が速まった。アンジェラ・ブラッドショーが閉《と》じこめられているのだとしたら？ それなら納得《なっとく》できる。法律《ほうりつ》をちゃんと守る正気《しょうき》の人間が、今にもくずれそうな廃墟《はいきょ》にいるわけがない。だがずるがしこい犯人《はんにん》が誘拐《ゆうかい》した人を閉じこめるには、もってこいの場所ではないか。

ドーンは、何かかたいものにつま先を打ちつけた。危険《きけん》を承知《しょうち》で懐中電灯で照《て》らしてみたら、上に行く階段《かいだん》のようだ。上《のぼ》るのはたいしたことじゃない。木の階段はむき出しだけど、ドーンは生まれつき音を立てずに動けるし、くつ底《ぞこ》はやわらかい。うまく上りきって懐中電灯を消し、耳をそばだてる。低《ひく》い単調《たんちょう》な音が耳に入ってきた。閉《し》めてあるドアの向こうでしゃべっているのだ。すぐにドーンは、これがどんなに重要《じゅうよう》なことか気がついた。つまりひとりじゃないんだ！　そう思いながら、じりじりと声に向かって近づいていく。

めざす場所は、わかっている。光がドアのすきまからもれて、ドアを金色にふちどっているからだ。ドーンはできるだけそっと取《と》っ手《て》を回して押《お》し開け、すきまからのぞいてみた。

興奮《こうふん》のあまり息苦しくなりながら、ドーンはゆっくりポケットに手を伸《の》ばし、レーズンチョコ型《がた》ミニカメラを取り出した。あたしの疑《うたが》いが正しければ、この部屋《へや》にいるのはマード・ミークで、あたしがミークの写真を撮《と》る初《はじ》めての人間になれる。

初めのうち、懐中電灯《かいちゅうでんとう》の黄色く明るい光しか見えなかった。そのうしろに男がいるが、顔だちは影《かげ》になっていて見えない。チャールズ・ノーブルさん？　いや、わからない。男が少し動いて手を下げたので、懐中電灯の光が裸《はだか》の木の床《ゆか》に落ちた。その瞬間《しゅんかん》、顔が見えてだれなのかわかった。

ドーンはカメラを目に押しつけて、シャッターを切った。セスさんだ。セス・ライトフットさんだ。

パレソープ屋敷《やしき》に行くなと、念《ねん》を押した人だ。あたしたちが危険《きけん》だから忠告《ちゅうこく》してくれたのではなく、自分がやっていることを見つけられたくなかっただけ？　ドーンはがっかりした。今日の昼間、セスさんはとても親切にしてくれて、貴重《きちょう》な作品までくれたからだ。ボブのファイルの切れっぱしだって、ゴミ集めのときに偶然《ぐうぜん》に見つけたのだと思いたかったのに。でも今となっては、どうなのかわからない。マード・ミークかもしれない男に心を許《ゆる》しかけていたんだと気づいて、ドーンは身ぶるいをした。

セスさんは、何かぼそぼそつぶやいている。運の悪いことに、向こうを向いてしまったので何を言っているのかさっぱりわからない。ドーンはカメラをにぎりしめ、部屋《へや》にいるもうひとりの人物を撮《と》るために身がまえた。部屋のすみずみを見まわしてみる。アンジェラ・ブラッドショーはどこにいるんだろう？　一カ月も幽閉《ゆうへい》されて、気《き》の毒《どく》にどんな姿《すがた》になっているだろう？　でも見たかぎりでは、セスさんしかいない。そんなわけないのに。

セスさんが、とつぜん振《ふ》り向いて声を発《はっ》した。その言葉に、ドーンは根が生えたように動けなくなった。

「そこにいることはわかっているんだ。出てこい」

ドーンにはふたつの選択肢《せんたくし》があった。階段《かいだん》をかけおりて、セスさんの足がのろいことを祈《いの》るか、どうにかはったりをきかせて作り話をするか。ふたつめの方が少しだけマシだと思い、ドーンはミニカメラをポケットに押《お》しこんで、恐怖《きょうふ》におののきながらドアを開けた。

「ほう！」セスさんが大声をあげた。懐中電灯《かいちゅうでんとう》を顔に向けられ、ドーンはぱっと目を閉《と》じた。

「やめてください」ドーンはわざと怒《おこ》っているような声を出した。本当はこわくて震えているのだが、それは見せてはいけない。

「おやおや」セスさんは、がっかりしたようにため息をついた。懐中電灯《かいちゅうでんとう》がほかの場所に向けられたので、ドーンのまぶたの裏《うら》が暗くなった。「ひょっとしたらと思ったんだが……おい、あんたは庭師《にわし》の娘《むすめ》だな？　こんなところで何やっているんだ？」

ドーンは目を細めてセスさんを見つめ、うなずいた。「そう。キティ・ウィルソンです。じつは、あのぅ……メンフクロウを追いかけてきて……」

「お母さんは？」セスさんのまゆをひそめた顔が、不吉《ふきつ》に見える。

「いませんよ」ドーンは軽い調子で答えた。「お母さんは、メンフクロウには興味《きょうみ》ないもの。まえにもこの丘《おか》のあたりを飛《と》んでいるのを見たんです。それで、この古い家の中に巣《す》を作っているんだろうと思って。メンフクロウは、人の住んでいない小屋でひなを育てるから」

「へえ、鳥の専門家《せんもんか》みたいだね」

セスさんは疑《うたが》っているようだ。もっと話に肉付《にくづ》けしなくては。ドーンは財布《さいふ》のチャックを開けて、〝子ども鳥類《ちょうるい》研究所〟の会員カードをセスに見せた。「まだ専門家ってほどじゃないけど、でもけっこういろいろ本も読んでます」

「どんな本？」

「ええと……『鳥たちをさぐる』とか」じっさいに図書館で借《か》りたことのある本だ。『裏庭の鳥たち』や『つばさ』も」これは口から出まかせだった。

「ほう。そりゃあすごいな」セスさんは信《しん》じたようだった。「だけどキティ、寝《ね》る時間をとっくにすぎているんじゃないかな。お母さんは、きみがここに来ていることを知らないの？」

「知ってますよ」ドーンはパニックになりそうなのを押《お》さえながら言った。「お母さんは平気。あたしは好《す》きなときに寝《ね》ていいことになってるんです。決まりとかルールは、あんまりたくさん作るべきじゃないって考えだから。子どもだって自由にした方がいいって」ドーンは、一生けんめい平気なふりをしてそう言った。こんなうそにだまされてくれるだろうか？

「それはおかしいな」セスさんは、懐中電灯《かいちゅうでんとう》のはしっこであごをたたいている。「今日、お母さんとはずいぶんしゃべったけど、そういうタイプには見えなかった。まさか、夜に子どもがひとりでうろつきまわるのを認《みと》めるようには……」

「えっ？　そ、それは……」ドーンは口ごもった。うそを見抜《みぬ》かれた！　どうしよう。困《こま》ったことになった！

「だってキティはひとりじゃないもの」廊下《ろうか》から声が聞こえた。「おれといっしょだもん。それからこいつと」クーンと鼻を鳴らしたあとに「ワン！」という鳴き声。

「なるほどな」とセス。

ドーンは振《ふ》り返った。まさか、フェリックスと会えてうれしいと思う日がやって来るなんて！　ホルトウィッスルがドアにしっぽをバサバサ打ちつけている。うれしくて抱《だ》きしめたい気持ちを、どうにかこらえた。

「お兄ちゃんのウェインです」ドーンはフェリックスに感謝《かんしゃ》してほほえんだ。

「こいつはフレッドだよ」ちゃんとホルトウィッスルの別名《べつめい》を覚《おぼ》えていたので、ドーンはまたにっこりした。「妹が鳥を見に出歩くときには、よくついていくんだ。おれ自身は鳥じゃなくて蝶《ちょう》のたぐいが好《す》きなんだけど」

「蛾《が》も?」セスさんはびっくりしたようだ。

「当たりまえだろ」フェリックスがもったいぶって言う。

「ふうん。でもこの屋敷《やしき》には、蝶も蛾もメンフクロウもいないよ。フクロウの巣《す》も、見たことがないなあ」セスさんは目を細めた。「だから早く帰った方がいい。まえにも言ったけど、ここは遊び半分で来るところじゃないんだ」

ドーンは、セスさんにしたがおうと思った——少なくとも見かけだけは。それでドアに近づきながら、軽い調子で言った。「はあい、そうします。フクロウは見まちがいだったんだね」

「ちょっと待てよ、キティ」ドーンはあわてて、フェリックスのそでをぐいと引っぱり、目で訴《うった》えた。でもフェリックスは、おかまいなしでセスさんにこう言ったのだ。「ちょっと聞きたいことがあるんだけど」

「なんだ? 早く言ってくれ」セスさんは腕組《うでぐ》みした。

「あんたはこの屋敷で何しているんですか? ここが今にもくずれそうで危《あぶ》ないって教えてくれたのはあんたなのに、その本人がいるなんておかしいじゃないか」

ドーンはフェリックスの腕をそっとつねってささやいた。「行こう。だいなしにしないでよ」

思ったとおりセスさんは不機嫌《ふきげん》になった。「おせっかいはやめてくれ。関係《かんけい》ないだろう」

「あんたが他人の土地に入りこんでいるって警察《けいさつ》が知ったら、どうなるだろうね」フェリックスがえらそうに言う。

「きみのお兄さんは、本当にしょうもないねえ」セスさんは、ドーンに弱々しくほほえんだ。ドーンもそう思ったが、ここでうなずいてはいけないだろう。「わかったよ。理由を言うけど、秘密《ひみつ》にしておくれ。もしばれたら大騒《おおさわ》ぎになって、どこかへ行っちまうだろうから」

「だれが?」

「もちろん幽霊《ゆうれい》だよ」セスさんは懐中電灯《かいちゅうでんとう》を腕《うで》の下に抱《かか》えこんで、指を動かした。「きみの妹があらわれたとき、おれは幽霊があらわれるのを待っていたんだ」

「幽霊ですか……?」ドーンはフェリックスににじり寄《よ》った。

「ばっかばかしい。幽霊なんかいやしないよ!」フェリックスが腕をドーンの肩《かた》に回し、怒《いか》りに燃《も》える瞳《ひとみ》でセスさんを見た。「変《へん》なことを言うから、妹がおびえているじゃないか!」

「だけど、言えと言ったのはきみだろ? それに本当のことなんだ。おれは夏の気持ちのいい夜には、ここらへんまで散歩《さんぽ》に来ることにしている。おばけ屋敷《やしき》のようなところだけどね。それで何週間かまえ、窓辺《まどべ》で長い白髪《しらが》の女の幽霊を見たんだ。あんまり悲しそうな顔なので、こちらの胸《むね》までつぶれそうになったよ。つまりここは、本当におばけ屋敷だったんだ!」

「くっだらない! あまりにくだらない。キティ、帰るぞ!」

ドーンはフェリックスを追いかけた。フェリックスはドーンの懐中電灯《かいちゅうでんとう》を取りあげ、階段《かいだん》を下りていく。ドーンは指をホルトウィッスルの首輪《くびわ》にからませながら、自分に言い聞かせた。……犬の方が暗い中で道をさがすのがうまいから、こうやってるだけだよ。別《べつ》に、幽霊《ゆうれい》と出くわすのがこわいとか、ホルトウィッスルの暖《あたた》かいもじゃもじゃの体にくっついていると、ほっとするってことじゃないんだからね。

「どうやってあたしをつけてきたの？　うしろを振《ふ》り返ったとき、いちども姿《すがた》が見えなかったのに！」月明かりの丘《おか》を急ぎ足で下りながら、ドーンはたずねた。

「そうか？」早足でまえを歩いているフェリックスが言う。

ドーンは小走りでフェリックスに追いついて、肩《かた》をたたいた。「ねえ、もっとゆっくり歩いてよ。スパイが闇夜《やみよ》を歩くときは、特《とく》に気をつけてゆっくり歩かなきゃいけないって、ソクラテスも言ってたよ」

「いい懐中電灯だな。使わなきゃ損《そん》だよ。使ったら、おまえのカタツムリ歩きが、ちっとは速くなるんじゃねえの？」

「まえにも言ったでしょ。外で懐中電灯を使うと、遠くからわかっちゃうの。もっとスピードを落としてったら！」ドーンは疲《つか》れた声を出した。

「わかったよ」フェリックスはそう言って、ホルトウィッスルの引きひもをぐいと引っぱった。

「おい、ホルトウィッスル。こののろまがついて来られないんだってよ」

ドーンは文句《もんく》を言おうとして口を開けたがすぐに閉《と》じた。恥《は》ずかしいことに、くちびるが震《ふる》えだしたのだ。

今夜の自分を評価《ひょうか》するとしたら、げんこつにした両手をポケットにつっこんだにしても、へまをしすぎた。フードをかぶり、十点満点《まんてん》の三点か四点ってとこだ。致命傷《ちめいしょう》にはならなかったまずスパイ追跡部《ついせきぶ》にうまく連絡《れんらく》できなかったし、セスさんに見つかってしまったし、じょうずなうそをつけなかったし。最悪《さいあく》なのは、あのフェリックスとものすごく目立つ犬にあとをつけられていたのに、まったく気がつかなかったことだ。生まれつきスパイに向いているらしいのに、どうしてこんなにダメなんだろう？

フェリックスが、ドーンのひじをそっと突《つ》いた。「むっつりしてどうしたんだよ？」フードがフェリックスに払《はら》いのけられ、肩《かた》に落っこちる。「セスの言っていた幽霊《ゆうれい》が、まだこわいの？」

「別《べつ》に」

「ふうん……じゃあ、おれたちがあとをついてきたから怒《おこ》っているんだな？」

ドーンは頭を振《ふ》った。ふたりがあらわれてうれしかったってことは、ぜったい言いたくない。

「まったく、あんたたちが一キロ半もあたしを尾行《びこう》してたのに、何も気づかなかったなんてね……」消えいりそうな声でつぶやく。

「ああ、それを気にしているのか」フェリックスはちょっと笑《わら》い、冗談《じょうだん》っぽくドーンの肩を突いた。「ばっかだなあ、気にすることないの！　おまえが気がつかなかったのは当然《とうぜん》だよ。おれたち、尾行《びこう》なんてしてないもの」

「えっ？」ドーンは、頭が混乱《こんらん》してきた。

「じゃあ、なんで屋敷《やしき》に行くってわかったのよ、だろ？」フェリックスがうれしそうに言う。

「おまえ、昨日《きのう》の午後、スパイ追跡部《ついせきぶ》に手紙を書いているあいだくらいは静《しず》かにしろって、おれたちを家から追い払《はら》っただろう？」

「そんなこと言ってないよ。ちょっと部屋《へや》を出てくれないかなって、礼儀《れいぎ》正しくお願《ねが》いしただけじゃない！」ドーンは、頭にきて言い返した。「あんたは、ホルトウィッスルと庭でクリケットをやるからいいよって言ったでしょ」

「言ったよ。だけど出ていくふりをして、おまえが屋敷に行くってトゥルーディに言ってるのを聞いちまったんだ。それでおれたちも行くことにしたの」フェリックスは、犬をぽんとたたいた。

「だからおまえをつけてきたんじゃなくて、おまえがこのあいだホルトウィッスルにぶつかったあのシラカバ林を通ってきたんだ」

「ぶつかってきたのは、あんたの犬でしょ！」

「おれが言いたいのは、おまえはそれほどひどいスパイじゃないってことさ」フェリックスが歯をきらりと光らせて笑《わら》った。ドーンはちっともうれしくない。

「じっさい、初心者《しょしんしゃ》にしちゃあ、よくやったと思うよ。でっちあげ話もうまかったし。メンフクロウの話にはびっくりしたぜ。おれの次にうそがうまいんじゃない？」フェリックスは低《ひく》い垣根《かきね》をたたいて、ホルトウィッスルを飛《と》び越《こ》えさせようとしている。

「あ……ありがとう」フェリックスにほめられるのには、慣《な》れていない。「何をしているのか聞かれる可能性《かのうせい》はいつだってあるんだから、つねに理由を用意してなきゃだめだってソクラテスに言われたの」

「あのゴミ屋の男の作り話よりよっぽどマシさ。あいつ、しょうもないうそをついて……」フェリックスが垣根《かきね》を乗り越えながら言う。「おれたちのことをばかにしているんだよ。幽霊《ゆうれい》話をこわがるガキだろうって。いったい何をたくらんでいるんだろうな？」

「信《しん》じてないの？」

「そりゃそうさ」

ドーンは垣根を乗り越え、振《ふ》り向きざまにクリーム色の月を見た。その下に、黒いしみのように横たわっているのがパレソープ屋敷《やしき》だ。このくらい遠いとこわくない。

「おまえは？　あいつの言うことを信じているの？」

ドーンは肩《かた》をすぼめてしかめっ面《つら》をした。

「わかんない」

第十七章　張《は》りこみ

翌《よく》朝《あさ》、聞き慣《な》れない目覚《めざ》まし時計の音で、ドーンは飛《と》び起きた。ジリジリジリというい つもの音の代わりに、ギャーギャーギャーと、やたらうるさい。しかもいつも時計を置《お》いているベッドわきのテーブルではなく、どこか天井《てんじょう》のすみっこの方から音が聞こえてくる。

眠《ねむ》い目をこじ開けてその方向を見ると、カササギがいたのでびっくり仰天《ぎょうてん》した。緑に光る長い尾《お》と輝《かがや》くような青いつばさの、美しい鳥だ。白と黒のつややかな羽を見せびらかすように、たんすの上を行ったり来たりしている。もしこんなにうるさく騒《さわ》ぎたてないでくれたら、すばらしい目覚めのはずなのに。ドーンはからみつくベッドシーツから足を抜《ぬ》いてよろよろ窓《まど》ぎわまで行き、窓をできるだけ大きく開けた。

「さあ、出ていってちょうだい」ドーンはギャーギャーひっきりなしに鳴く声に、耳をふさごうとした。「カササギさん！」ドーンは、入ってきた道をカササギが思い出せるように、窓わくをたたいた。「空はあっちだよ」それでもカササギは出ていかない。

ドーンは、ベッドの足のあたりにふわふわの黒いしっぽがあるのを見つけた。近づくと、ピーブルズが興奮《こうふん》したカササギをじっと見つめている。だからこの鳥はこんなに騒《さわ》いでいるんだ。

「ちょっと、出てってよ！」ドーンはピーブルズを抱《だ》きあげて、部屋《へや》の外に下ろした。ピーブルズは、悩《なや》ましげにミャオミャオ鳴いている。

カササギはすっかりおとなしくなって、たんすのへりをけり、ベッドの上に飛《と》んできた。片足《かたあし》が少しはれているようだ。よく見ようとして近くにすわると、びっくりしたことにひざに乗ってきた。

足を見ると、はれているのではない。巻《ま》いた紙が入った小さな筒《つつ》がついていたのだ。ハトが手紙を運ぶのは知っていたけど、まさかカササギが運ぶとは！　小さな正方形の紙は、スパイ追跡《ついせき》部《ぶ》からの暗号の手紙だった。ドーンはさっそく鉛筆《えんぴつ》をつかんで、暗号を解《と》くことにした。

そのときドアがとつぜん開いた。「いったいどうしたの？　すごい騒音《そうおん》が聞こえたけど」トゥルーディだ。

「だめ！　ピーブルズを中に入れないで！」ドーンが言うより早く、ピーブルズはカササギに飛《と》びつこうとした。カササギはかろうじて逃《に》げて窓《まど》わくに飛び移《うつ》り、広い空へと消えていった。

「ニンジン味のポテトチップスは？」フェリックスが買い物袋《ぶくろ》をあさりながら、がっかりして言う。

「買ってくるわけないでしょ」トゥルーディがもうひとつの買い物袋《ぶくろ》を持ちあげ、あっというまに中身をキッチンのカウンターに出した。「こんな田舎《いなか》の店じゃ、へんてこ味のポテトチップスなんか売っていないわ」

「塩味《しおあじ》だけかよ！」フェリックスは手の中のパッケージを見つめて叫《さけ》んだが、次の瞬間《しゅんかん》、顔をゆがめておそろしそうにあえいだ。「しょ、賞味期限《しょうみきげん》が切れてるじゃないか！」

「たった数日でしょ」トゥルーディがすばやく言う。「すごく安かったんだから。貧乏人《びんぼうにん》はそれでいいの。ドーンとわたしふたり分の食費《しょくひ》しかもらってないんだからね。文句《もんく》を言わないでさっさとお湯をわかしなさい！　わたしはコーヒーが飲みたいの」

ドーンはふたりが見ていないうちにキッチンに入り、買ってきたばかりのコーンフレークをボウルに入れた。頭の中がぐちゃぐちゃで、スプーンで口に運んでも味がわからない（どうせまずいから、むしろありがたいけど）。

スパイ追跡部《ついせきぶ》からの手紙を解読《かいどく》するのは、とても大変《たいへん》だった。むずかしい暗号が使われていたからだ。でも三十分近く悩《なや》んだすえ、ようやく手に入れた情報《じょうほう》は、苦労《くろう》したかいがあるものだった。ドーンは二日まえに、容疑者《ようぎしゃ》たちのことをもっと調べてほしいと頼《たの》んでいた。その結果《けっか》、チャールズ・ノーブルさんについておもしろいことがわかったのだ。チャールズさんは、十四歳《さい》のときに英仏海峡《えいふつかいきょう》を泳いでわたったらしい。

つまり、あの人はものすごく水泳がうまいってことになる。ドーンは最後《さいご》のコーンフレークをのどに流しこみながら考えた。だったら真冬にテムズ川に飛《と》びこんでも、岸に泳ぎ着くことくらいできそうだ。

「買ったものをしまおうか？」ドーンはボウルを流しに置《お》いてにこやかに言い、トゥルーディの手からピーナッツバターのびんを受け取って棚《たな》に置いた。「すわって朝ごはんを食べたら？」

「ありがとう、ドーン」トゥルーディはマグ置き場にまっすぐ進んでコーヒーを注《そそ》ぎ、ほっとしたようにひと口すすった。「それで、メッセージを解読《かいどく》できたのかしら？」

「うん」

「それはよかったわね」トゥルーディはそう言いながら腕時計《うでどけい》をのぞきこみ、ぎょっとした。一気にコーヒーを飲み干《ほ》し、りんごをひっつかんで叫《さけ》ぶ。「あとのことは放《ほう》っておいて！　フェリックスにやってもらうわ。ビンガムさんの家に十五分後に行くわよ。長ぐつをはいてらっしゃい。ひざまでの深さのどろどろ池に半日入っているはめになるって、ビンガムさんが電話で言ってたわ」

フェリックスは、台所仕事を押《お》しつけられて、不満《ふまん》そうだ。「皿洗《さらあら》いもするのかよ！」ぶつぶつ言いながら、トーストにバターを塗《ぬ》ってやけ食《ぐ》いしている。「そういえば、おまえの口がかたいのは知ってるけどさ、スパイ追跡部《ついせきぶ》からの手紙には何が書いてあったの？　すごく知りたいよなあ、トゥルーディ？」

トゥルーディがにらんだ。「そうね。知りたいのは認《みと》めるけど、それよりビンガムさんちに時間どおりに行くのが先だわ。お昼までには終わらせて、そのあとにメイソンさんちに行かなきゃならないんだから。ほらお嬢《じょう》さん、急いでちょうだい」待ちきれないようにせかす。

「悪いけど……今日はいっしょに行けないの」ドーンはお米の袋《ふくろ》のうしろにかくれて、すくみながら言った。

「なんですってえ？」トゥルーディの顔色が、信号機《しんごうき》のようにぱっと変《か》わった。「なんでよ！」

「それは……ええと……第一容疑《ようぎ》者《しゃ》を張《は》りこまなくちゃならないから」ドーンは、わざわざ専門《せんもん》用語で答えた。こういう言葉を使うと、自分がやることに確信《かくしん》があるように聞こえる。

トゥルーディの目が真ん丸になった。「第一容疑者が決まったの？」

フェリックスも声を上げた。「わあっ！　だれなんだよ？　幽霊《ゆうれい》を見たなんてほざいていた、あのイタチ顔の男か？」

ドーンは首を振《ふ》った。「ううん。チャールズ・ノーブルさん。野原のはしっこの立派《りっぱ》な家に住んでいる人」

「すごいじゃない！」トゥルーディは感動して手を顔に押《お》し当てて、持っていたりんごで目を突《つ》きそうになった。そして満面《まんめん》の笑《え》みを浮《う》かべた。「すばらしいわ！　よくやったわね！」

「そんなに喜《よろこ》ばないで。チャールズさんがいちばん疑《うたが》わしいってだけよ。まだあと三人も容疑者が残《のこ》っているから、チャールズさんがミークだって決まったわけじゃないもの」

「きっとすぐに、ミークだってことがはっきりするわよ！」トゥルーディはうれしそうにりんごを放《ほう》り投げ、フライパンを火にかけた。「お祝《いわ》いに、とびきりの朝食を作ってあげるわ。卵《たまご》パンとハッシュブラウンなんかどう？」

「ちょっと、何をやりだすの？　大急ぎでビンガムさんちに行かなくちゃならないんでしょ？」ドーンがびっくりして叫《さけ》んだ。

「だってもう行く必要《ひつよう》ないもの」トゥルーディはうれしそうに言い、フライパンに油を引いて鼻歌を口ずさむ。

「なんで？」とドーン。

トゥルーディは、ふざけるようにドーンの頭をフライ返しでたたいた。「だって、この小さなかしこいスパイさんが、犯人《はんにん》を見つけてくれたんだもの。つまり、もう情報《じょうほう》を求《もと》めて他人のしょうもない庭を掘《ほ》り返さなくていいってことだわ！」トゥルーディは、心配顔のドーンを見て笑《わら》った。「そんな心配そうな顔をしないでよ。ビンガムさんにもメイソンさんにも、電話でキャンセルするから」

ドーンはひたいにしわを寄《よ》せた。「それはまずいよ。寸前《すんぜん》になってやめたりしたら向こうだって困《こま》るし、おかしいって疑《うたが》われるかもしれない。それに、仕事を頼《たの》んできた人はほかにもたくさんいるでしょう？　ぜんぶキャンセルしたら、あやしまれるんじゃない？　いつもどおりにしているのがいちばんだと思うけど……」

トゥルーディは、今にも泣《な》きだしそうな顔で叫《さけ》んだ。「冷《つめ》たい子ね……本当に冷たい子なんだから！」フライ返しを放り投げて、ドーンをにらんだ。「どうしてあんたの言うとおりにしなきゃなんないのか、ちゃんとした理由を言ってよ！」

「理由はみっつある」フェリックスがすばやく言う。「まず、ドーンの言っていることが正しいから。次に、ドーンがこの任務《にんむ》の責任者《せきにんしゃ》だから。最後《さいご》に、おれたちふたりとも、あんたの言う〝とびきりの朝食〟を食べたくないから。いったいぜんたい〝卵《たまご》パン〟ってなんなんだよ？　まずそう！」

「二対一ってわけね。わかったわ。とっととビンガムさんちに向かうわよ！　まったく、なんてすてきな一日かしらね！」トゥルーディは吐《は》き捨《す》てるように言い、高い鼻をつんと宙《ちゅう》に向けて、のっしのっしとキッチンを出ていった。

「わあ、怒《おこ》っちゃった……」と、ドーン。フェリックスは肩《かた》をすぼめて、マーマレードのびんにナイフをつっこんでいる。「でも味方をしてくれてありがとうね。助かったよ」

「別《べつ》に」フェリックスは、マーマレードをパンに塗《ぬ》ってかじった。「それでおれたちは、いつ出かけるってわけ？」

「おれたち？　だめよ、だめだめ！　これはひとりでやる仕事に決まっているの！」

「おまえってやつは最悪だな！　喜《よろこ》ぶと思ったのに！」フェリックスはトーストを少しちぎって、ホルトウィッスルに投げた。ホルトウィッスルは飛《と》びついたが、受け取りそこねた。

「本当は、あんたに頼《たの》みたいことが別《べつ》にあるの。迷惑《めいわく》じゃなければだけど」ドーンが茶目《ちゃめ》っ気《け》たっぷりに言うと、フェリックスのきげんはすぐに直った。

「それっておまえの任務《にんむ》に関係《かんけい》あること？」

「うん」

「大変《たいへん》で……危険《きけん》なことか？」

「もちろん！　よく聞いて」ドーンは体を曲げて、フェリックスの耳もとに顔を寄《よ》せた。

ドーンは公民館《こうみんかん》の古本市《ふるほんいち》に行って、『ひとめで夢中《むちゅう》』というまんがを十ペンスで買い、大きなライムの木のそばのベンチにすわった。まんがを読んでいるふりをしながら、向かいの少し先のノーブル家を見張《みは》るのに、これほどいい場所はない。チャールズさんが窓《まど》から顔を出せば見えるが、相手に見破《みやぶ》られるほどは近くないからだ。ライムの木があるのは、ありがたかった。ベンチが木陰《こかげ》に入るので、向こうからはドーンがほとんど見えない。

初《はじ》めの二時間、何も動きはなかった。頭を任務でいっぱいにして、まんがのページをめくりながらずっと家を見張っていたのだが――何も動きはない。三時間もすると集中力がとぎれ、四時間たつと、一篇《ぺん》めの「バナナマン」というまんがが読みたくてたまらなくなった。ドーンは、自分が退屈《たいくつ》しているのを知って、われながらびっくりした。たぶん退屈したのなんて、生まれて初めてだ。

「行動を起こしてよ、チャールズさん」ドーンは、チャールズさんが玄関《げんかん》から出てくるのを祈《いの》りながらつぶやいた。だんだんたえられなくなって、つま先がもぞもぞ動きだす。「ああ、なんでもいいから何か起こって！　お願《ねが》いだから」

二分後、ドーンはそのせりふを後悔《こうかい》した。まんがを持ちあげて顔を隠《かく》そうとしたが、もう遅《おそ》い。まんがの下からぬっと鼻があらわれたのだ。ひげだらけの鼻づらに、湿《しめ》った大きな黒い鼻……。

「あっちに行ってよ、フレッド！」ドーンはホルトウィッスルを追い払《はら》おうとした。いつものように、犬はこっちの願いとまったく逆《ぎゃく》のことをしはじめる。ベンチに上がって、ドーンの耳をぺろぺろなめはじめたのだ。

「よう、キティ！」フェリックスが走ってくる。ドーンは顔をしかめてまんがをひざに置《お》いた。

「ここらへんにいるはずだと思ってたんだ。こんな早くに見つかっちまって、びっくりだろ？」

フェリックスはベンチにどさっと腰《こし》をおろした。「おれの任務《にんむ》は完了《かんりょう》だぞ。ほらよ！」そう言って、ドーンの手のひらに大きな石を置く。

「あ、あたしが頼《たの》んだのは、こんなのじゃなくて――」

「わかってるって！　冗談《じょうだん》だよ、冗談！」フェリックスは笑《わら》いながらドーンのわきをひじで突《つ》き、短パンのポケットをごそごそさがした。

「はい。これだろ？」ドーンの貝タイ電話だ。「丘《おか》の斜面《しゃめん》で見つけたんだ。おれじゃなくてフレッドだけどね。ウサギの穴《あな》に落ちてたぞ」

「ありがとう」ドーンは電話をリュックにしまった。

「それだけかよ！　フレッドをなでてやらないのか？」フェリックスは不満《ふまん》げだ。

「そうだね」ドーンは屋敷《やしき》をちらっと見て、チャールズさんが出てこないことを確認《かくにん》し、ホルトウィッスルの耳のあいだを軽くさわった。「いい子だね……」

本当は、電話が見つかってすごくほっとしていたのだ。今朝《けさ》、なくなっていることに気がついたときは、かなり悩《なや》んだ。道具をなくすなんて、スパイとして失格《しっかく》だ。もし村の人が見つけて、マード・ミークに電話の存在《そんざい》を知られたら、作戦《さくせん》が失敗《しっぱい》に終わってしまうかもしれない。

そこで、フェリックスにさがしに行ってもらったのだ。そうすれば、フェリックスとまぬけ犬が、ドーンの張《は》りこみをだいなしにすることもないと思って。でも運悪く、思いのほか早く落とし物をさがし当ててしまった。ウサギ穴《あな》に落っこちていたとは……。きっとゆうべ、ウサギの巣《す》穴《あな》につまずいたときに落としたんだろう。

「さがしてくれて、本当にありがとう」ドーンが少し張りつめた声で言った。「でも今、すごく大切なことの最中《さいちゅう》で……」

しかしフェリックスは察《さっ》してくれない。「のどがカラカラだよ。何か飲み物ある？」

「水がちょっとあるよ。それをあげたら、向こうに行ってくれる？」ため息まじりでドーンが言う。

フェリックスはそれを無視《むし》して、遠くから聞こえる音に耳をかたむけた。アイスキャンディー屋のトラックが、鈴《すず》をチリンチリン鳴らしている。音が次第《しだい》に大きくなってきた。「おい、おれとフレッドにアイスをおごってくれ！　あのへんてこな電話を見つけたお礼《れい》に」

「わかった……」ドーンは疲《つか》れきって承諾《しょうだく》した。フェリックスがいなくなってくれるのなら、どんな要求《ようきゅう》だって飲もう。財布《さいふ》をさぐって五ポンド札《さつ》を取り出した。

「サンキュー！」フェリックスはお札をひったくり、道の少し向こうに停《と》まっているアイスキャンディー屋のトラックに向かっていった。ホルトウィッスルがあとを追う。「ああ、そうだ！　おまえも食《く》うよな？」フェリックスが振《ふ》り返って叫《さけ》んだ。

ああ、まったくうるさいったら！　これだけ注目をあびないように必死《ひっし》になっているのに、あんたのせいですべてだいなしじゃないよ！　ドーンは頭にきてうめいた。

「ほしいんだろ！　何の味がいい？」フェリックスは、なおも叫んでいる。

もはやおとなしくしたってしょうがない。「ブルーベリー！」ドーンはもうやけっぱちだった。

フェリックスはわかったと合図して、白と黄色のトラックに向かった。色とりどりのアイスキャンディーの写真が、カウンターに貼《は》ってある。写真を指《さ》して注文すると、白い帽子《ぼうし》とエプロン姿《すがた》の店の人が、あごをさすりながら何か言ったようだ。フェリックスがうなずいている。店の人はお金を受け取り、三つのアイスキャンディーを差《さ》し出した。愛嬌《あいきょう》のある笑顔《えがお》で感じがいい。でもあのくしゃくしゃの赤毛は……？

「まさか！」ドーンはとつぜん叫んで、リュックから双眼鏡《そうがんきょう》を取り出した。焦点《しょうてん》を合わすのに三十秒もかからなかったが、そうこうしているうちにアイスキャンディー売りは行ってしまった。

フェリックスが、レーシングカーの形をした緑色のアイスキャンディーをなめながらベンチに戻《もど》ってきた。そして七回めでやっと犬をおすわりさせ、ウサギ形のアイスキャンディーの包み紙《つつみがみ》を破《やぶ》いた。ホルトウィッスルは、それをまるごと口に入れ、犬用のビスケットのようにかみくだいた。しっぽを、地面をはくくらい振《ふ》っている。

「ブルーベリー味は売り切れだってさ」フェリックスは、見たことのないアイスキャンディーをドーンに差《さ》し出した。「お店の人が、これがおすすめだって。〝しもやけ〟って名前らしいよ」

包みを開くと、ただの赤いアイスキャンディーが出てきたので、ドーンはがっかりした。気乗りしないままちょっとなめると、ハーブのような味がする。「お店の人のことを教えてよ。よく見た？　会ったことがあると思わなかった？」

フェリックスは、ペチャペチャ音を立ててなめながら肩《かた》をすくめた。「さあねえ。ふつうのやつだったよ」舌《した》やくちびるが、かすかに緑色になっている。

「あの人……ネイザンに似《に》てたんだけど」と、ドーン。

「まさか」

「じゃあ、何かメッセージをわたされたわけじゃなかったんだ……」と言ったところで、ドーンの口があんぐり開いた。チャールズ・ノーブルさんが、ついに玄関口《げんかんぐち》にあらわれたのだ。

「どうしたんだよ？」フェリックスが、ドーンの視線《しせん》を追う。「ああ、あれが第一容疑者《ようぎしゃ》か。尾《び》

行《こう》するの？」

「うん」ドーンは持ち物をリュックにしまった。「本当はひとりで行きたいところだけど、どうしてもと言うなら来ていいよ。ただし目立たないようにすることと、あたしの言うとおりにすることを約束《やくそく》するならね」

「約束するさ！　まかせとけって」

第十八章　片目《かため》イタチ

ふたりは、チャールズさんがくつひもを結《むす》んだり、お店のウィンドーをのぞいたりするたびに立ち止まった。安全な間隔《かんかく》を置《お》いて尾行《びこう》するためだ。片時《かたとき》だって目を離《はな》さない。

だれかに会いに行くのだろうか？　ただ村を散歩《さんぽ》するにしては、おしゃれなかっこうをしすぎている。アイロンをかけたばかりのズボンだし、くつはぴかぴか。時計を見るたびに大股《おおまた》になるところを見ると、約束《やくそく》に遅《おく》れることを気にしているようだ。

「おもしろい話を聞かせてやろうか？」フェリックスが楽しそうに言い、アイスキャンディーの棒《ぼう》に書いてあるジョークを読んだ。「毛糸玉は、どうして旅行に出かけたのでしょうか？」

「知らない！」ドーンはアイスキャンディーをなめながら、チャールズさんが道を曲がるのを見ていた。

「答え。緊張《きんちょう》の糸をほぐすため！」

ドーンはうなった。

「たしかに、たいしておもしろくないな」フェリックスが、棒《ぼう》をゴミ箱に投げ入れる。

「まいった……パブの方に向かっているみたい」ドーンはがっかりした。「あたしの住んでるあたりと同じだとしたら、パブには子どもだけで入れないじゃない」

「だれも見ていないときに、四つんばいでこっそり入って、テーブルの下にもぐりこんだら？」

そんなのはもちろん無理《むり》だ。もちろん一生けんめい機会《きかい》をねらったら、ドーンひとりなら忍《しの》びこめるだろう。でもフェリックスとホルトウィッスルがいっしょでは、五秒で見つかってしまう。

かといって、あんたたちは入らないでね、とは今さら言いにくい。

チャールズさんは、やっぱり〈片目《かため》イタチ〉というパブに入っていった。ドーンたちはそれまでどおりのゆっくりしたペースで到着《とうちゃく》した。〈片目イタチ〉は、たてに仕切りの入った窓《まど》と赤いドアのある風変《ふうが》わりなパブだ。ツタの葉が、ショールのように小さなレンガの建物《たてもの》を取りまいている。

フェリックスが、かべからつるされている花かごの下で立ち止まって聞く。「どうする？」

ドーンはつばを飲みこんで話しだした。「怒《おこ》らないで聞いてね。しょうがないから、あたしひとりが……」そのとき、ドアのそばにある黒板《こくばん》に、目がくぎづけになった。


すばらしい庭があります。ご家族連《づ》れもどうぞ！

「問題解決《かいけつ》じゃない！」ドーンはうれしくなってフェリックスの腕《うで》をつかんだ。「それにひょっとしたらチャールズさんだって、庭でビールを飲むかもしれない。こんないい天気の日に、薄暗《うすぐら》いパブの中になんてふつういないでしょ。さあ、行こう！」

ふたりは建物《たてもの》の横にある門を開けた。細い道を抜《ぬ》けると小さな芝生《しばふ》の庭があって、いくつかピクニックテーブルが置《お》かれている。いろんな花が木の桶《おけ》に植えてあり、十人くらいの人々が、けだるそうに飲み物を飲んだり、厚切《あつぎ》りパンのサンドイッチを食べたりしている。でもチャールズさんはいない。

ドーンたちは、パブの裏口《うらぐち》近くのテーブルに陣《じん》どった。人々が、薄暗いパブの中で動きまわっているようすが見える。テーブルには、まえの人が残《のこ》した飲みかけのジュースと、半分しか食べていないパンとサラダがあった。ドーンは、オレンジ色の液体《えきたい》が入っているグラスに、さも自分のもののように手を回した。フェリックスもまねして、クーンと鼻を鳴らすホルトウィッスルにパンのはしっこを放《ほう》り投げた。

「ああ、ようやくすわることができたよ。こいつもおれも、何キロも歩いてへとへとなんだ。丘《おか》じゅうをさがしたんだぞ。もちろんパレソープ屋敷《やしき》だって」

「えっ？」ドーンは、薄暗いパブから目を離《はな》した。「屋敷にまた行ったの？　何か見つけた？」

フェリックスが、いらいらして言う。「おい、さっき言っただろう？　電話をウサギの巣穴《すあな》で見つけたって」

「もちろん聞いたよ！　そのことじゃなくて、あの屋敷《やしき》にだれかいるって証拠《しょうこ》でも見つけなかったかなあって思って」

フェリックスが鼻を鳴らした。「おまえもおかしくなったのか？　何かあるわけないだろ。ほこりとクモの巣《す》と石ころだけだ。聞かれるまえに言っておくけど、幽霊《ゆうれい》なんてどこにもいなかったからな」

「ああ、セスさんが言っていた幽霊ね……」ドーンは、考えながらアイスキャンディーをなめた。溶《と》けた赤い汁《しる》が手にたれた。「たしかにそのことを考えていたんだ」

「なんでだよ、くだらないなあ」フェリックスがあざ笑《わら》った。

「本物だと思うんだもの」

「気が狂《くる》ったのか？　幽霊なんているわけないだろ。うそつきの作り話なんだって！」

ドーンはため息をついて、フェリックスの目をのぞきこんだ。「本物の幽霊だと思っているわけないじゃない。生きた人間じゃないかと思ってるの」

フェリックスは、はっと気づいて青くなった。「まさか、ばあちゃんか！　セスがばあちゃんを見て、幽霊とまちがえたっていうのか？」

「そうよ。誘拐犯人《ゆうかいはんにん》はしばらくのあいだ屋敷にアンジェラを閉《と》じこめておいて、そのあと……」

「そのあと、どこかに移《うつ》しちまったんだ……」フェリックスは、グラスの底《そこ》にあるレモンを見つめ、下くちびるを震《ふる》わせている。

「はい」ドーンが、自分のアイスキャンディーをフェリックスの手に押《お》しこんだ。「食べてもいいよ。あたし、パブの中に入ってチャールズさんがいないか見てくる」ドーンは立ちあがって、フェリックスの肩《かた》をぽんとたたいた。「悪い方に考えないでね」アンジェラ・ブラッドショーがどこにいようと、どうか生きていてほしい。

〈片目《かため》イタチ〉の中は、暑《あつ》くて薄暗《うすぐら》かった。それに人でいっぱいだ。ドーンは、大きなおなかをゆすって大笑《おおわら》いしているおじさんたち、けばけばしい色のカクテルをすすっているジーンズの女の人、トランプに夢中《むちゅう》になっているふたりのおばあさんの横をすり抜《ぬ》けた。何をしているのか聞かれたら、トイレをさがしてるって言おう。ダイヤの五のリストにのっていた容疑者《ようぎしゃ》が三人もいる。あっ、ワイングラスを手にバーのカウンターにひじをついているあの人は……？

いた！　チャールズさんだ！　鐘《かね》つき仲間《なかま》のひとりと何か話している。まわりはざわざわうるさいが、〝ちびのボブ〟がどうのこうのと話しているのがはっきりと耳に入った。それってスパイ追跡部《ついせきぶ》のボブ・チョークのこと？　ドーンは、もう少し話を聞こうとしてにじり寄《よ》った。

「キティ！」

だれかにつっつかれて、ドーンは力なくつぶやいた。「ああ、お兄ちゃん……」フェリックスは、いつでも最悪《さいあく》の場面であらわれる。「何しに来たのよ？」

フェリックスはにやりと笑うと、小躍《こおど》りしながらアイスキャンディーの棒《ぼう》を振《ふ》りまわした。

「これを見せに来たんだ！」

「もうくだらないジョークは聞きたくないってば……」

フェリックスはおかまいなしに、興奮《こうふん》しながら一気にまくしたてた。「初《はじ》めは外国語が書いてあると思ったんだ。でもどうやら暗号みたいだよ！」

「えっ？」人々のしゃべり声がうるさくて、聞きまちがいかと思った。「暗号って言ったの？見せて！」

ここでは薄暗《うすぐら》くてよく見えない。しかたないのでチャールズさんのことをあきらめて、庭に戻《もど》った。ホルトウィッスルがまえの人の食べ残《のこ》しを飲みこみながら、やましいことでもしたかのようにしきりとしっぽを振《ふ》っている。チャールズさんたちの会話を聞きのがしたのはしゃくにさわるが、棒《ぼう》に書いてある文字もすぐに見てみたい。ドーンは、ピクニックテーブルの席《せき》について、棒をひざにのせた。フェリックスは正しかった。訓練《くんれん》した目で見ないとさっぱりわからない文字だが、ドーンはいつのまにか暗号解《と》きがうまくなっていた。一、二分で使われている暗号の種類《しゅるい》がわかり、ペンも紙もないのに七分ですべて解読《かいどく》できたのだ。

初めの言葉は〝緊急事態《きんきゅうじたい》〟。だから、毎晩《まいばん》の無《む》線通信《せんつうしん》を待たないで、ネイザンにメッセージを持たせたのだろう。そう、やっぱりあのアイスキャンディー売りはネイザンだったのだ。きっとドーンがどんなアイスを頼《たの》んだとしても、〝しもやけ〟を売れと命令《めいれい》されていたのだろう。

メッセージは短いが、あっとおどろく内容《ないよう》だった。

緊急事態《きんきゅうじたい》。ＳＨＨ長官《ちょうかん》がすべてを知ってしまった。任務《にんむ》を打ち切って明日戻《もど》るように。

フェリックスは、それを知ってパニックになった。「それはねえだろ！　ばあちゃんが見つかってないのに、ロンドンに帰れるかよ！　そのえらそうなボス、どうしようもない男だな。おれがノックアウトしてやる！」

「女だよ。フィリッパ・キリンバック長官っていうんだけど、すごくこわい人みたい。クエスチョンマーク作戦《さくせん》のことを知ったらぜったい反対《はんたい》されるからって、レッドは秘密《ひみつ》にしていたんだけど、ばれちゃったんだね……」

「そいつ、大ばかものだな。どうして反対するんだよ！　おれのばあちゃんがどうなってもいいっていうのか？」

「フィリッパは、スパイ追跡部《ついせきぶ》が勝手に大騒《おおさわ》ぎしてると思ってるみたいよ。マード・ミークがまだ生きてるとも思ってないし。あたしみたいな子どもがスパイをするのも、認《みと》めるわけないって」

「とんでもないやつだな。よし！　メッセージを見ていないことにしよう！」

ドーンは首を振《ふ》った。「むだだよ。きっとまた次のを送ってくると思う」

「ひでえ……」フェリックスはぼうぜんと宙《ちゅう》を見つめた。その顔があまりにあわれだったので、ドーンは思わずぎゅっと抱《だ》きしめてあげたくなった。でもそのとき、近くのテーブルを見て、変《へん》なことに気がついたのだ。

「あれ、まえはなかったよね？」

「はあ？」フェリックスは、まだぼんやりしている。

「あのテーブルの足に、チョークの印《しるし》がついてるんだけど……」スパイの手紙の隠《かく》し場所だ。ソクラテスから習ったのを思い出して、ドーンの心臓《しんぞう》の鼓動《こどう》は倍になった。「ここに来たときにはなかったよ。覚《おぼ》えてない？」

フェリックスは肩《かた》をすくめた。「ぜんぜん覚えてないや」

「ここで待ってて！」ドーンはアイスの棒《ぼう》をポケットにつっこみ、立ちあがって庭をながめまわした。ダイアナ・フリンチさんが、青白い顔の若《わか》い女性《じょせい》とバスケット入りのフライドポテトを食べている。男の人が、ポテトチップスの袋《ふくろ》をきちょうめんに三角に折《お》っている。老夫婦《ろうふうふ》が口げんかをしている。若い男の人たちが、牧師《ぼくし》さんと楽しそうにしゃべっている。ドーンを見ている人はいない。ドーンはこっそりと、白いチョークの印がついた空《から》のテーブルに近づいた。

数日まえ、ソクラテスが、スパイどうしでひそかに連絡《れんらく》を取るときの手段《しゅだん》を教えてくれた。暗号で書いた手紙を秘密《ひみつ》の場所に置《お》くとき、その場所が相手にわかるように目印をつける。目印は隠し場所の近くにあって、チョークで書かれることが多い。

ドーンはテーブルのうしろを通り、わざとよろけたふりをしてひざをついた。そしてテーブルの下に何か貼《は》りつけられていないかを見たが、何もない。そろりと立ちあがって、あたりを見まわしてみる。折《お》りたたんだ紙が入るような割《わ》れ目とか、入れ物とかはないだろうか。

花を植えた桶《おけ》が、テーブルの横にあるのが目にとまった。ゼラニウムの花のにおいをかいでいると見せかけて、中を念入《ねんい》りに調べてみる。するとさがしていたものがすぐ見つかったので、心《しん》臓《ぞう》がひっくり返りそうになった。桶の外側《そとがわ》に巻《ま》かれた金属《きんぞく》の帯《おび》のあいだに、小さな紙切れがはさんであったのだ。ドーンは、そっとつまみ出して紙を開いた。きっと暗号が書いてあるだろうと思ったが、意外にもふつうの文章だった。

今夜十時にカモ池で会おう。M・M

今にも相手側のスパイが、このメッセージを読みにやって来るだろう。ドーンは紙を隠《かく》し場所に急いで戻《もど》した。そして、わけがわからないというようにしかめっ面《つら》をしているフェリックスのそばに戻った。「何やってんだよ?」

ドーンは興奮《こうふん》のあまり、すぐには答えられなかった。「やっぱりあいつがいた。マード・ミークが! ミークがこの村の、この店にいるの。それから、仲間《なかま》もいた」

「どうしてそんなこと知ってんだよ? わけがわからねえ」フェリックスがすねたように言う。

ドーンは、気を落ち着かせるために深呼吸《しんこきゅう》した。「ミークがだれかに残《のこ》したメッセージを、見ちゃったのよ。その人とカモ池で今夜会うんだって」

「そりゃあ、すげえことだけど……」フェリックスはまたむっつりしている。「フィリッパ・ゾウバックとかいうのに、クエスチョンマーク作戦《さくせん》を打ち切るように言われたばかりだろ。忘《わす》れたのか？」

「ゾウじゃないよ、キリン。フィリッパ・キリンバック」

「そいつからの命令《めいれい》で、二十四時間以内にこの村から立ち退《の》かなくちゃならないだろ？〝任務《にんむ》を打ち切って明日戻《もど》るように〟だもんな」

「うーん……でもそれだと、正確《せいかく》には任務をいつ終わらせるのか、わからないよね。今なのかな？　それとも明日？　たぶんわざとあいまいなメッセージを送って、あたしたちにちょっと時間をくれたんだよ」

「なるほど！」フェリックスはすっかり機嫌《きげん》を直して、目をきらきらさせた。「明日までだとしたら、あと数時間は残《のこ》っているな！」

「おい、そこのガキ！」ぴったりしたシャツのたくましい男が、パブの裏口《うらぐち》から出てきてふたりを指さした。さっきはバーの奥《おく》にいたので、きっとこのパブのオーナーだろう。「とっととそのきたない犬を連《つ》れて出ていけ！」親指を庭の出口に向けている。

「なんだよ！　失礼《しつれい》なこと言うな！」フェリックスがオーナーをにらんだ。

「なんだとお？」オーナーがどなって、のっしのっしと近づいてきた。

「行こうよ」ドーンがフェリックスの腕《うで》をつかむ。

「何がいけないんだよ！」フェリックスがあつかましく叫《さけ》んだ。「おれの犬は、しつけは完《かん》ぺきだし、ぜんぜんきたなくないぞ。おまえの顔の方がよっぽどきたないじゃないか！」

ドーンがあわてててささやく。「ちょっと、みんなが見てるよ。オーナーの顔色も変《か》わってる。もう行こう！」

「うるせえな」フェリックスがにらむのでドーンは手を離《はな》した。フェリックスはホルトウィッスルを呼《よ》び、荒々《あらあら》しく庭から出ていった。一方ドーンはひっそりとあとに続《つづ》きながら、テーブルにチョークの印《しるし》がまだついているか、さりげなく振《ふ》り返った。印はない。フェリックスがオーナーにけんかを売っているあいだに、だれかがこっそり消したのだろう――つまり、だれかがマード・ミークのメッセージを持っていったのだ。

ドーンは、クッションの上であぐらをかいた。片手《かたて》にしょうが味のビスケット、反対《はんたい》の手にダイヤの五のトランプを持って。顔をしかめて、ビスケットを湯気《ゆげ》の立つココアにひたす。よく、まちがってトランプをつっこまなかったものだ。もしつっこんだとしても、頭がいっぱいなので、つるつるのカードをかむまで気がつかなかっただろう。

今まで、十一人の容疑者《ようぎしゃ》の半分以上《いじょう》をリストから消してきた。まず六人は、アンジェラがいなくなった七月一日、家庭菜園《さいえん》ショーに来ていなかったことがはっきりしている。七番目の男は、強い外国なまりがあった。

残《のこ》りは四人。そのうちの三人はショーに出ていた。チャールズ・ノーブルさんは、賞《しょう》のプレゼンターとして。ラリー・グレアムズさんは、受賞者《じゅしょうしゃ》として。そしてセス・ライトフットさんは、ゴミ回収者《かいしゅうしゃ》として。最後《さいご》のひとり、ブライアン・ジーさんは、その場にいたかどうか、まだ調べがついていない。

「なんでチャールズさんが第一容疑者《ようぎしゃ》だと思うの？」トゥルーディが、ひじかけいすから声をかけた。かじっていたチョコレートビスケットのかけらがピーブルズの毛皮に落ち、ピーブルズはぶるっと震《ふる》えてかたく丸まった。トゥルーディのひざは細すぎて、体を伸《の》ばすことができないのだ。

「理由はたくさんあるの。まずマイルズが事故《じこ》にあったのは、チャールズさんの家でガラスをふいていたときでしょ。そのあとチャールズさんは、やけにはしごを処分《しょぶん》したがってた。あと、あの人はすごくお金持ちみたいだし、クロスワードパズルが趣味《しゅみ》らしいから、頭もいいと思う。それから、マード・ミークがパブでメッセージを残したときにもあそこにいたじゃない。あと水泳がじょうずだし……」

トゥルーディがぽかんとした。「水泳？　なるほど。マード・ミークはテムズ川に飛《と》びこんだんですものね。ドーン、きっとあなたの推測《すいそく》どおり、チャールズさんが第一容疑者よ。ここまでわかっているのに、われわれのすっばらしいリーダーは、任務《にんむ》を打ち切れっていうのね。情《なさ》けないわ……」

「情《なさ》けないだって？」フェリックスは、クマ人形のついた鉛筆型《えんぴつがた》のレンズから目を離《はな》して、トゥルーディをにらんだ。「ひでえよ！　やり方がきたねえよ！」

ぎこちない沈黙《ちんもく》のあいだ、ドーンはだれの目も見ないで、湿《しめ》ったビスケットをかじっていた。トゥルーディは、ここでロンドンに戻《もど》るなんて本当に残念《ざんねん》、という演技《えんぎ》を必死《ひっし》でしているが、内心はほっとしているのがありありとわかる。一方フェリックスは、かんかんに怒《おこ》っていた。「ロンドンに戻ったら、ただじゃおかないからな！」フェリックスはフィルムを指ではさんで、鉛筆型レンズの下に置《お》きながら、うなった。

「納得《なっとく》できないのはわかるけど」トゥルーディがやさしく言い、ピーブルズの頭をなでた。「ものごとって思いどおりにはいかないものよ。うまくいくこともあれば、いかないこともあるの」

「ねえ！」ドーンがやっと声をあげた。「ふたりとも、もう任務《にんむ》が終わったみたいなこと言ってるけど、今夜、ミークがカモ池にあらわれたら――うまくいくとアンジェラの居所《いどころ》がわかるかもしれないよ！」

「やる気満々《まんまん》ねえ」と、トゥルーディ。

「おれも行きたいなあ」フェリックスが、二枚《まい》めのフィルムを取りあげながら言う。「ひとりで行くなんて、気が狂《くる》ってるよ。静《しず》かにしてるって約束《やくそく》するから、いいだろ？」

「だめ！　来ちゃだめだからね！」ドーンがきつく言った。

フェリックスはさんざん文句《もんく》を言ったが、ドーンはゆずらなかった。フェリックスは、おばあちゃんのことでぴりぴりしすぎている。今夜、そんなフェリックスをなだめるのに、ドーンがどれだけ苦労《くろう》したことか。チョコレートビスケットの最後《さいご》の二枚《まい》をあげたり、ミルク入りの温《あたた》かいココアを作ったり、鉛筆型《えんぴつがた》レンズとフィルムを見せてあげたりした。でも何をやっても、不機嫌《ふきげん》は直らなかった。

「どうして、そのしょうもないトランプをずっと見てるんだよ？　チャールズ・ノーブルが犯人《はんにん》なんじゃないのか？」

「たぶんそうだけど」ドーンは、ココアを口もとに持ってきながら言った。「でもソクラテスに、過信《かしん》は禁物《きんもつ》だって言われたの。うーん、ラリー・グレアムズさんか……」そうつぶやきながら、容疑者《ようぎしゃ》リストを目で追った。ラリーさんの家はチャールズさんの家のとなりだ。庭に忍《しの》びこんで、はしごにラードを塗《ぬ》りたくる機会《きかい》は、いくらでもあったはず。それに、とても高そうな陶器《とうき》の動物をコレクションにしているんだから、金持ちでもあるだろう。でも、カモのバーナードがいなくなったと話しながら、本当に悲しんでいた。ちがう。ドーンは自分に言い聞かせた。あの人にカモは殺《ころ》せない。

「おまえが、おれの意見を聞くかはともかくとして」フェリックスがドーンの返事を待たずに続《つづ》けた。「やっぱりセスってやつがあやしいと思うよ。あいつ、パレソープ屋敷《やしき》をうろついていただろう。誘拐《ゆうかい》したばあちゃんを、どこか別《べつ》の場所に移《うつ》したあとに、忘《わす》れ物《もの》に気づいて――たとえばロープや手錠《てじょう》なんかを取りに戻《もど》って、おれたちと出くわしたんじゃないの?」

「なるほどね」そういうこともあるかもしれない。ここ数日間で集めた情報《じょうほう》を、脳《のう》みその中で整理しようとした。「どうやってボブの書類《しょるい》のファイルの破片《はへん》を手に入れたんだろうなあ」

「えっ?」と、トゥルーディは声を上げた。でも次の瞬間《しゅんかん》、いきなり起こされたピーブルズにつめを立てられて、もっと大きな声で「ぎゃっ!」と叫《さけ》んだ。

ドーンはおどおどしながら笑《わら》った。「あの……言うのを忘《わす》れちゃってたけど、じつはボブの書類の切れはしが見つかったの。セスさんがくれた海王星《かいおうせい》の模型《もけい》にくっついていて……。それを見て、ボブが羽毛恐怖症《きょうふしょう》だってことがわかったんだ」

トゥルーディは、ぎょっとしたようだった。「それってどういう意味かわかる?」

「えっ?……羽毛恐怖症っていうのは、羽でくすぐられるのが極度《きょくど》にこわいってことみたいよ」

「ちがうわよ。ばかな子ね!」トゥルーディがぴしゃりと言った。「だれかが、わたしの部屋《へや》のファイル棚《だな》から情報《じょうほう》を盗《ぬす》んでミークにわたしたってことじゃないの! つまりスパイ追跡部《ついせきぶ》にスパイがいるってことよ」

「はあ?」ドーンは、トゥルーディの言っている意味がすぐにわからなかった。

「仲間《なかま》のだれかが、裏切《うらぎ》りものなのよ!」

第十九章　マード・ミーク、ついにあらわる！

クロップは、ただのぬいぐるみだけれど、自分の意志《いし》を持っているような気がする。ドーンがいくら、夜にカモ池へ行くのは危険《きけん》だと言い聞かせても、やっぱりいっしょに行きたい、と訴《うった》えているように見えるのだ。ドーンはクロップをリュックにすべりこませた。しっぽをぶらんぶらん振《ふ》って、喜《よろこ》んでいるみたいだ。

ドーンは、黒っぽくていちばん暖《あたた》かい服を着て、貝タイ電話をポケットに入れた。もし、こんな夜遅《おそ》くに池のほとりで何をしているの、とだれかに聞かれたら、大事なぬいぐるみを落としたのでさがしてるの、って言うことにしよう。用意はすべて整った。

リュックを背負《せお》うまえに、ドーンはチャックを開けて、クロップが平気かのぞいてみた。ちょっぴり暗いし、お尻《しり》の下のサンドイッチは、ざぶとんほどすわり心地《ごこち》がよくないけど、まあいいさ――クロップのそんな声が聞こえてくる。サンドイッチの中身は、ありがたいことにラードではなくてピーナッツバターだ。

ドーンは寝室《しんしつ》の灯《あか》りを消して、カーテンを開けた。日が暮《く》れて薄暗《うすぐら》いカウ・パースリー通りでは、家々の黄色い灯りが、正方形や長方形にぼうっと浮《う》かんでいる。街灯《がいとう》がないので、通りに人がいるのかどうか、よく見えない。

リビングでは、トゥルーディとフェリックスの冷《つめ》たい視線《しせん》が待っていた。ホルトウィッスルが、しっぽで足をパタパタたたいてくる。ピーブルズは、すみっこにある古いテレビの上でくつろぐことにしたようで、ガラス玉のような緑の目でじっとこちらを見ている。

ドーンは弱々しくほほえんだ。「がんばってねって言ってよ」

だれも答えない。

「ひとりで行くなんて、ぜったいばかだよ」フェリックスはフィルムを放《ほう》り投げて、チェス盤《ばん》に駒《こま》を並《なら》べていた。ドーンをちらっと見て、心配そうにまゆをひそめる。「せめてホルトウィッスルを連《つ》れていけよ」

「いない方がいいの！」思わずドーンは本心を叫《さけ》んでしまった。もし連れていったら計画が失敗《しっぱい》するもの……とまでは言わないことに決め、「でもありがとうね」と、礼儀《れいぎ》正しくつけ加《くわ》えた。

「まったく、気が狂《くる》っているとしか思えないわ……」トゥルーディは動揺《どうよう》のため、手をじっとしておくことができないらしい。鉛筆型《えんぴつがた》レンズをつまみあげ、くるくる回した。「これ、どうやって見るの？」

ている の」

「簡単《かんたん》よ。フィルムに鉛筆《えんぴつ》の芯《しん》を当てて、クマの人形からのぞいて見るだけ。拡大《かくだい》レンズが入っているの」

「スパイ追跡部《ついせきぶ》の中に裏切《うらぎ》りものがいるなんて、気を失《うしな》いそうだわ。一刻《いっこく》も早く荷物をつめて、この村から離《はな》れたい……」トゥルーディはそう言いながら、鉛筆型《がた》レンズに目を押《お》し当てた。

ドーンもそのことは考えていた。「あたしには、スパイ追跡部のだれかが裏切ったなんて、とても信《しん》じられない。マード・ミークか、その泥棒仲間《どろぼうなかま》が忍《しの》びこんで、ボブのファイルから盗《ぬす》んでいったんじゃないの？」

それを聞いて、トゥルーディは鼻を鳴らした。「あのねえ、エディスに見つからないで忍びこむのは、ぜったい無理《むり》よ。頭のうしろにも目があるような人だもの。もし透明《とうめい》人間になる呪文《じゅもん》でも知っていて、息を止めて忍び足で歩いたって、見つかっちゃうわ」

ドーンは真剣《しんけん》に言った。「ともかく何を言っても、あたしの気持ちは変《か》わらないから。これが、アンジェラ・ブラッドショーを見つける最後《さいご》のチャンスだもの。やめるわけにはいかない」

「あんたが、こんなにがんこだったなんてね……」トゥルーディは、やっとあきらめたようだった。「じゃあ勝手にしなさい。その代わり、何があっても知らないから」トゥルーディは、フィルムの二コマめを見はじめた。「なんなの、この写真は？　大根みたいに見えるけど、こぶだらけじゃない。なんでこんな写真を撮《と》ったのよ？」

「家庭菜園《さいえん》ショーの〝おもしろ野菜〟部門で賞《しょう》を取った、ラリー・グレアムズさんの大根よ。このショーがあった日にアンジェラがいなくなったでしょ。公民館《こうみんかん》にその写真が貼《は》ってあったから、撮《と》ったんだ。さて、もう行かなくちゃ」ドーンは腕時計《うで》をちらりと見た。

「あっそう、じゃあね」トゥルーディはフィルムを次のものに替《か》えたが、その手は震《ふる》え、目には涙《なみだ》がたまっていた。

「心配しないで。だいじょうぶ、ソクラテスのテストで八十一点も取っているんだからね」

ドアに向かうと、フェリックスが腕を組んで道をふさいでいた。「ホルトウィッスルを連《つ》れていけよ。あいつは忠実《ちゅうじつ》でこわいもの知らずだ。犬の散歩《さんぽ》だったら、子どもがカモ池のあたりを歩いていたって変《へん》に思われない」

「いいってば」

「だめだよ！　おまえはいつも、あのソクラテスとかいうじじいの話をするけど、あいつが、スパイが出かけるときには理由が必要《ひつよう》だって言ったんだろ？」

「理由はもう考えてあるよ」ドーンは、ロバのぬいぐるみをリュックから出した。「この子、クロップっていうの。もしだれかに聞かれたら、昼間カモにエサをやってて、この子を落としたことにするつもり」

トゥルーディが鉛筆型《えんぴつがた》レンズを下げて、クロップをちらりと見た。「よくできてるわねえ……まるで、あんたが小さいころから持っているぬいぐるみみたいに、おんぼろじゃない。たった一週間まえにイジーが作ったとは、とても思えないわ」

「イジーが作ったんじゃないの！」ドーンはクロップを抱《だ》きしめた。おんぼろって言われて、クロップが気を悪くしてなきゃいいけど。「あたしのものなの」

「自分の持ち物をこの村まで持ってきたっていうの？　あんたもたいしたもんね！」トゥルーディは、ドーンを見なおしたようだった。

ドーンは腕《うで》時計を見て、息を飲んだ。「通して！　あと十分しかないの」

フェリックスは、しぶしぶ道をゆずった。「気をつけろよ」

トゥルーディも似《に》たようなことをつぶやいたが、顔は上げなかった。

「うん。ちゃんと気をつける」ドーンは急いで廊下《ろうか》に出た。「何かあったら貝タイ電話で連絡《れんらく》するから。じゃあ、行ってきます！」そして、ドアを開けて闇夜《やみよ》に一歩踏《ふ》みだした。

「ちょ、ちょっと待って！」トゥルーディがリビングから叫《さけ》んでいる。「どうしてこの人がここに写ってるのよ！　ありえない！　ドーン、待ってよ！」

でもドーンは待たなかった。すでに遅《おく》れているからだ。これ以上《いじょう》遅れたら、マード・ミークと仲間《なかま》の待ちあわせに間《ま》に合わない。トゥルーディの最後《さいご》の試《こころ》みもむだだ。

「そんなこと言って止めようとしたってだめだよ！」ドーンはドアを閉《し》め、夜道《よみち》を急いだ。

カモ池は、暗やみの中ではまるでちがうところのようだ。昼間は、カモたちが泳ぐために水面にさざ波が立ち、人々の投げたパンくずがところどころに浮《う》いている。でも夜は、水面がなめらかで油のように光り、鳴き声ひとつ聞こえない。鳥たちは、アシの茂《しげ》みに隠《かく》れているか、池の真ん中の島でつばさに頭をうずめて身を寄《よ》せあっているのだろう。

ドーンは池のほとりを忍《しの》び歩き、シダレヤナギの下に隠れた。幹《みき》の近くでしゃがみこみ、あたりを見まわして耳を澄《す》ます。ミークとその仲間《なかま》が、今にもあらわれるはずだ。静《しず》けさを破《やぶ》るように、教会の鐘《かね》が厳粛《げんしゅく》に鳴り響《ひび》いた。十時だ。

もうじき、悪者たちはやって来る。どんな小さな動きも見逃《みのが》さないように、緊張《きんちょう》しながらあたりをうかがう。リュックに手を差《さ》しこんで、クロップを取り出した。〝見つける〟ことができるように近くに置《お》こうとしたが、いざ両手で抱《だ》きかかえたら毛糸の体がほんわか暖《あたた》かくて心地《ここち》よい。とても下に置く気になれなくて、仲よくいっしょにすわり、沈黙《ちんもく》の中でずっと待っていた。

車のクラクションや、カエルがぽちゃんと池に飛《と》びこむ音以外《いがい》、何も聞こえない。足音も、枝《えだ》が折《お》れる音も、ささやき声も……。

うしろにだれかが忍び寄《よ》ってきたのに気づいたのは、口をふさがれたその瞬間《しゅんかん》だった。悲鳴をあげることも、もがくこともできない。どうにかクロップを上着に押《お》し入れたとき、もうひとつの手が顔をつかんで、きついにおいの布《ぬの》を鼻に押《お》し当てた。甘《あま》くて強烈《きょうれつ》なにおい……ドーンは数秒のうちに意識《いしき》を失《うしな》った。

その部屋《へや》は、でこぼこの石のかべに囲《かこ》まれていて、カーペットもなかった。ドーンが意識を取り戻《もど》したときに横になっていたベンチのほかには、家具もない。かたい木製《もくせい》のベンチの上に、ちくちくする毛布《もうふ》が一枚《まい》あるだけだ。

ドーンはうしろで手を縛《しば》られ、きつく目かくしされたまま、どうにか歩きまわって部屋《へや》を調べた。だが、窓《まど》はないようだ。ドアの場所も、どうしてもわからなかった。

どこに連《つ》れて来られたんだろう。中世《ちゅうせい》の独房《どくぼう》といってもおかしくない気がする。まだチェリー・ベントリー村の中であってほしい。でも何時間、意識《いしき》を失《うしな》っていたのかわからないので、ひょっとしたら何百キロも離《はな》れたところにいるのかもしれない。

寒い。気分が悪い。さびしい。ドーンはベンチに戻《もど》って毛布に入ろうとした。そのとき上着がふくれていることに気がつき、クロップが無事《ぶじ》なことがわかってちょっぴり元気になった。ぺしゃんこにしないような姿勢《しせい》で寝《ね》ようと思ったが、手を縛られている上にクロップがかさばるのでうまくいかない。

スパイは泣《な》いてはいけないぞ。ソクラテスがそう言っていた。もし運悪くつかまってしまっても、頭を冷《ひ》やして、逃《に》げ出すチャンスを見つけるんだぞと。ドーンは目をぱちぱちさせて、涙《なみだ》を追い払《はら》った。誘拐《ゆうかい》されたなんてショックだし、正気《しょうき》を失いそうなくらいこわいけど、ともかくちゃんとしたスパイとして落ち着いていたい。

ドーンは、そのあと十五分くらいまどろんでいた。でもギーッと何かがきしみ、バタンという音がしたので、ぱっちり目が覚《さ》め、思わず体を起こした。足音が聞こえる。だれか部屋に入ってきたのだ。

「こんばんは、ドーン」その声は男のようだが、わざとしゃがれ声にしているので、よくわからない。

「あたしはキティ……キティ・ウィルソンです。家に帰らせて。お母さんが心配するから……」

その声ににじみ出ている恐怖《きょうふ》は、本物だった。

相手は、いやな笑《わら》い方をした。「うそをつかなくていいよ。きみのことはわかっているから。わたしの名前ももう知っているだろ、ドーン」

ドーンは首を振《ふ》った。

「マード・ミークだ」

ドーンは、震《ふる》えないようにと必死《ひっし》だった。やっぱりミークは、十年まえにテムズ川でおぼれたのではなかったのだ！　「マード……何って？　悪いけど聞いたことない」

「へたな芝居《しばい》を続《つづ》けたければ、続ければいい」ミークは楽しそうにささやく。「きみは勇気《ゆうき》がある子だ。だからスパイ追跡部《ついせきぶ》に引き抜《ぬ》かれたんだろう。そう、わたしはすべて知っているんだよ、ドーン。あいつらは、わたしを出し抜けるつもりでいたようだな。子どもをスパイに使うなんて、ずるがしこいやつらだ。ひきょうだ。そう思わないかね、ドーン？」

「あたしはキティですって。いったいなんの話ですか？」

「今さら、何をしらじらしい！　あんなに夜遅《おそ》く、なんでカモ池をぶらつく必要《ひつよう》があったというんだ？」

「昼間にぬいぐるみを落としたから、さがしに行ったんです」

「ばかばかしい！　あそこでこそ隠《かく》れていたのは、わたしがだれかと会うと思っていたからだろう？　ばかな子だ！　〝今夜十時にカモ池で会おう〟あのメッセージは、きみをおびき寄《よ》せるためだとは思わなかったのか？　きみが時間ぴったりに来てくれてよかったよ」

ドーンはぎょっとした。ミークのかけたわなに、まんまと引っかかったのだ！　パブの庭では、メッセージを見つけて有頂天《うちょうてん》になり、手紙がなんでふつうの言葉で書かれているのか、疑《ぎ》問《もん》にも思わなかった。今となっては、理由は簡単《かんたん》。ミークには、ドーンがどの程度《ていど》暗号を読めるか、わからなかったからだ。そうやってミークは、だれもいない夜にドーンを池までおびき寄せた。目《もく》的《てき》はただひとつ。ドーンを誘拐《ゆうかい》するために。

簡単にだまされてくやしかったが、ドーンはどうにか気持ちを隠《かく》しとおした。ぽかんとした表《ひょう》情《じょう》で、作り話を続《つづ》けた。「ぬいぐるみをさがすために行ったんだってば。なんで信《しん》じてくれないの？」

「チッ！」ミークは堪忍袋《かんにんぶくろ》の緒《お》が切れたようだった。ぐるぐる部屋《へや》を歩きまわって、床《ゆか》を踏《ふ》み鳴らしている。「ドーン・バックルだって早く認《みと》めろ！」

「キティ・ウィルソンです！」

ミークの足音が近づいた。手首のロープを引っぱってほどき、腕《うで》をまえに差《さ》しださせた。一瞬《いっしゅん》ドーンは、ミークが自分の話を信《しん》じたんだ、と思いそうになったが、甘《あま》かった。

「片手《かたて》を差《さ》し出せ」ミークは低《ひく》いおかしな声で言う。ドーンは、しぶしぶしたがった。

「もういちど聞く。きみはだれだ？」

「あたしはキティ……」とつぜん、何かが人さし指をぎゅっとはさんだので、ドーンは息をのんだ。「あいた！」と叫《さけ》び、くちびるをかむ。

「きみはだれだ？」

「キティ・ウィルソンだってば！」ドーンは高い声で言った。「お母さんはサンドラ、お兄ちゃんはウェイン。フレッドとサーディンっていうペットがいて……」なんなのかわからないが、指先をはさまれたままだ。まるで郵便箱《ゆうびんばこ》に指をはさんだように痛《いた》い。目がうるんできた。

「もし本当のことを言ったら、やめてやる」ミークが猫《ねこ》なで声を出した。

ドーンは歯を食《く》いしばった。ミークはこんな拷問《ごうもん》をやって情報《じょうほう》を手に入れていたのか？　上着の中で、クロップが応援《おうえん》してくれているのがわかった。こんなことであたしを屈服《くっぷく》させられると思ったら、大きなまちがいだ。あたしは負けない！

「ドーン、まったく強情《ごうじょう》な……」そのとき、耳をつんざくようなゴーンという音が部屋《へや》じゅうに響《ひび》きわたり、ミークの言葉がかき消された。そのあとも、耳栓《みみせん》が必要《ひつよう》なほどうるさい音が十一回も鳴り響いたが、最後《さいご》の音が消えるまでには、指が痛いことや耳ががんがんすることが気にならなくなっていた。なぜなら、ここがチェリー・ベントリー村の中だということがわかったからだ！

時計マニアの父親のおかげで、たくさんの時計に囲《かこ》まれて育ったドーンの耳は、時計の音にとても敏感《びんかん》だった。たった今、真夜中の十二時を告《つ》げた時計の音には、聞き覚《おぼ》えがある。これは、聖《せい》エルモ教会の大時計の音だ。百パーセントまちがいない。つまり、まだチェリー・ベントリー村にいるということだ。

ドーンは必死《ひっし》になって、すべての手がかりをつなぎあわせた。板ばりの床《ゆか》、窓《まど》のないゴツゴツしたかべ、家具はほとんどなく、教会の大時計からとてつもなく近い。どこにいるのかわかってドーンは身震《みぶる》いした。あたしは、教会の塔《とう》の中にいるんだ！

指先の燃《も》えるような痛《いた》みを無視《むし》して、ドーンは相手のしゃがれ声に聞き耳を立てた。チャールズ・ノーブルさんだろうか？　鐘《かね》つき隊《たい》のリーダーだから、いつでも教会に入れる。

ここがダッフォディル・コテージから二キロも離《はな》れていないところだとわかって、ドーンはほっとした。ミークはひょっとすると、ドーンに白状《はくじょう》させるのをあきらめて、指先をつまんでいる器具《きぐ》をいったん離すかもしれない。もし手が自由になったら、毛布《もうふ》を投げ飛《と》ばし、目かくしを取りはずして逃《に》げよう。また手を縛《しば》られるまえに……。それしかない。

「まったく世話《せわ》の焼《や》ける子だな」とミーク。ドーンはもう五十回くらい、自分はキティだと言い張《は》っていた。指先にかかる力が弱まってきたので、ドーンはほっとすると同時に緊張《きんちょう》した。ゆっくりと注意深く、もう一方の手を毛布に近づける。

「まあ、だれにでもこういう手が効《き》くわけではないんだ」ミークが、ようやくドーンの指先を離《はな》した。「ほかの方法《ほうほう》だってあるんだよ」

ドーンは神経《しんけい》を集中させ、生まれて初《はじ》めて稲妻《いなずま》のようにすばやく動いた。ベンチから飛《と》びおり、ミークがいると思われる方へ毛布《もうふ》を放り投げたのだ。うなり声が聞こえたということは、うまくいったのだろう。きつく巻《ま》いてある目かくしをどうにかむしり取り、殺風景《さっぷうけい》な部屋《へや》を見まわして、出口をさがした。ところが、思っていたとおりドアがない！　ミークを見ると、頭にすっぽりかぶさった毛布を必死《ひっし》に取りのぞこうとしている。時間がない！　パニックになりながら床《ゆか》のランプのうしろを見たら、床に四角い穴《あな》があいているではないか！

ドーンは穴にかけよってひざをついた。でも足がはしご段《だん》にとどくまえに、腕《うで》を荒々《あらあら》しくつかまれ、引きずり戻《もど》されたのだった。

「あなただったんだ！」ドーンは目を丸くしてミークを見つめた。ミークは口もとをゆがませて顔をしかめている。ドーンをにらみつけて、顔を鼻先まで近づけてきた。

「この……とんでもないガキだな！」ミークのあごひげがちくちくする。

ドーンはどうにか逃《に》げようとした。「ラリー・グレアムズさん……まさか、あなただったなんて」

ミークはあざけるように笑《わら》った。「やっぱり、きみもほかのやつらといっしょで頭がにぶいな」もう、聞き取りにくいしゃがれ声を出すのはやめたようだ。「あんなに大きな手がかりを残《のこ》してやったのに、わからないなんて」ドーンの腕《うで》をきつくにぎったまま、ミークはコーデュロイのズボンのポケットに手を伸《の》ばした。くしゃくしゃに丸めた紙を取り出して、ドーンの手に押《お》しつける。

「どうだ？」とミーク。

「うーん……」それは、〈片目《かため》イタチ〉の庭で、数時間まえに見つけた紙切れだった。

今夜十時にカモ池で会おう。M・M

「よく見てみろ」ミークが言う。ドーンはじいっと見たが、何をさがしていいのかわからなかった。もし言葉に隠《かく》れた意味があるのだとしても、まったくわからない。

「ど素人《しろうと》め！」ミークがうんざりしたように言い、文の最後《さいご》を指さした。「わたしがなんで、いつも鉛筆《えんぴつ》でこうサインするかわかるか？」

ドーンはふたつのMを見つめ、「いいえ」と正直《しょうじき》に答えた。

「灰色《グレー》のMが複数《ふくすう》あるんだぞ」ミークが期待するようにドーンを見つめた。「グレー、エムズ……グレーエムズ……グレアムズだ。わかったか？　わたしは、スパイ追跡部《ついせきぶ》にだってちゃんと名前を知らせてたのさ」

「ええっ！　レッドたちがショック受けるだろうな……」思わずそう言ってしまい、ドーンは真《ま》っ青《さお》になって口を押《お》さえた。

「やっぱりな、ドーン・バックル」ミークの得意《とくい》げな表情《ひょうじょう》を見るのはたえられないが、ばれてしまったからにはしょうがない。

「そう。ドーンです」ミークの勝ち誇《ほこ》った顔に吐《は》き気《け》をもよおしながら、ドーンは答えた。床《ゆか》に目をそらすと、足の生えたパイが動いているのでびっくりした。よく見ると、パイではなくカメだ！

「ピルウィンクス？」ドーンはぽかんとした。「なんで連《つ》れてきたんですか？」

ミークはにやりと笑《わら》った。「お気に入りの花壇《かだん》から離《はな》れるのはいやだったようだけど、仕事をはさむことになってね」

「はさむ……？」ドーンは、いちご色にはれた自分の指先とカメの口を落ち着きなく見くらべた。同じサイズではないか！

「この子は、わたしの仕事に役立つ技《わざ》を持ってるんでね。もちろん、それがなくてもいい友だちだ。動物ってやつは、人間より数段《すうだん》いい。そう思わないか？」

「はあ……」ドーンは、グレアムズ家にあった陶器《とうき》でできた動物の置物《おきもの》と、庭に住む動物たちのことを思い出した。「動物がお好《す》きなんですね」

「ああ。人間よりよほどすばらしいよ。ずっとすごい。わたしの親友たちだ」

「じゃあ、どうしてバーナードを殺《ころ》してしまったんですか？　かわいそうな、か弱いカモを」

「だまれ！」ミークの声が震《ふる》えだした。「話したくない！」

「動物を愛《あい》しているなら、あんなひどいことはできないはずでしょう！」

「わかってる！　したくてやったんじゃない。でも、くすぐり棒《ぼう》を作るには、羽がたくさん必要《ひつよう》だった。あいつがいちばんの年寄《としよ》りだったんだ。長生きして、楽しかったはずだ。最後《さいご》に焼《や》きたてのフルーツ・スコーンを、あいつにやった……首をへし折《お》るまえに……」

「なんてひどいことを……」

ミークは涙《なみだ》をこらえてドーンを突《つ》きとばすと、ピルウィンクスを小《こ》わきに抱《かか》えた。そして、ランプを拾って、四角い穴《あな》をくぐり、はしごを下りてしまったのだ。隠《かく》しとびらがバタンと閉《し》まった。

ドーンは、暗やみに取り残《のこ》された。ミークが動揺《どうよう》して手を縛《しば》らなかったのは、さいわいだ。ドーンは床《ゆか》を手さぐりして毛布《もうふ》を見つけると、腕《うで》時計のボタンを押《お》してライトをつけ、すみっこにあるベンチまで歩いていった。たった今知った事実《じじつ》にショックを受けて、へなへなとベンチにくずれ落ち、上着からクロップを取り出した。クロップもショックを受けた顔をしている。少し寝《ね》た方がいいかもしれない。ドーンはクロップを抱《だ》いて毛布をかけたが、腰骨《こしぼね》に何かかたいものが当たり、すぐにまた起きあがった。リュックは取られたようだが、ポケットの中はそのままのようだ。

「貝タイ電話！」ドーンはポケットに手をつっこんで、電話を取り出した。「だいじょうぶよ、クロップ」クロップの毛糸のたてがみをやさしくなでてささやく。「すぐにだれかが来てくれるから……！」

第二十章　ネコに乗ったロバ

「何よ、使えないじゃない」ドーンはがっかりしてつぶやいた。何度ボタンを押《お》しても、電話がつながらないのだ。振《ふ》ったり、手で温めたり、ベンチの足にぶつけたりもしたが、何も変《か》わらない。こわれてしまったと認《みと》めざるをえない。昨日《きのう》、ポケットから落ちたときにこわれたのだろう。いや、ホルトウィッスルがウサギ穴《あな》から掘《ほ》り出したときかもしれない。

「これで、ふたつめの計画もおじゃんってわけだ」（ひとつめは、ミークに毛布《もうふ》を投げつけて部屋《へや》から飛《と》び出すという計画だった）もしかしたら、ミークは電話がこわれているのを知っていたから、放《ほう》っておいたのかもしれない。

ドーンはクロップをひざに置《お》いて、重いため息をついた。「今度はあんたの番よ。あたしはもう何も思いつかないもの。あんたがみっつめの計画を考えてちょうだい」ドーンの目には、クロップが背《せ》すじをぴんと伸《の》ばして、どうするべきか考えているように見える。ドーンはベンチに横になって目を閉《と》じた。「でもそのまえに、クロップ……ちょっと眠《ねむ》ろう」

長い悲しげなうめき声……。ドーンは目をぱちくりさせて、夢《ゆめ》から飛《と》び起きた。押《お》し殺《ころ》したような声はだんだん高くなり、ドーンはどこからその声がするのかと、あたりを見まわした。寝《ね》るまえより、部屋《へや》が少しだけ明るい。かべをよく見ると、思ったとおり窓《まど》はなかったが、細長い切れ目がひとつあり、そこだけ白く光っている。日光が差《さ》しこんでいるのだ。

まるであの世から聞こえるようなうめき声は、とても人間のものとは思えない。教会のまわりに墓場《はかば》があることがどうしても気になり、ドーンはおばけや吸血鬼《きゅうけつき》を頭から追い払《はら》おうとした。部屋《へや》をもっと調べてみようとして立ちあがったとき、クロップをもう少しで踏《ふ》みそうになった。きっと夜中にベンチから落ちたんだろう。頭を横に向けて、まるで床下《ゆかした》の音を聞いているようなかっこうをしている。

「クロップ、あんたは正しいわ！」ドーンはひざをついて、クロップのまねをした。そして床を這《は》いまわり、だんだん大きくなるギャーギャーという音を突《つ》き止めようとした。「ここらへんのはず……」ドーンは、ねじがふたつない床板《ゆかいた》のそばで止まった。何者かが、下からトントンたいて床板を押しあげようとしている。

ドーンはしばらく身震《みぶる》いしていたが、ついに好奇心《こうきしん》がこわさに打ち勝った。ドキドキしながら指先で床板を持ちあげると、わめき声が止まり、一匹《ぴき》のネコが黒い煙《けむり》のすじのようにしゅっと入りこんできたのだ。そして部屋《へや》のすみっこまで走っていき、体じゅうをなめまわしはじめた。毛皮が、クモの巣《す》とほこりにまみれている。ドーンは、用心深くネコに近づいた。

「ピーブルズ……だよね？」ドーンは目を細めた。

ネコは体をなめるのをやめた。当たりまえだろ、ほかにだれだと思うんだよ、とでも言うような冷《ひ》ややかなまなざしだ。ドーンはうれしくてしかたなかったが、ネコが体をなめおわるまで、頭をなでるのはがまんした。

「いったいどうやってここに来たのよ？」ドーンはそう口にしながら、レッドの言葉を思い出した。ピーブルズはどんなところにも登れるし、どんな小さなすきまでももぐりこめる、と、言ってたっけ。

ピーブルズは、偶然《ぐうぜん》ここまできたのだろうか。それともドーンがここにいることを知っているだれかが送ってきたのだろうか？　ドーンは、すみっこでのどをゴロゴロ鳴らしているピーブルズから離《はな》れて、かべの切れ目をのぞいてみた。つま先立ちすると、墓地《ぼち》に生えているイチイの木の上の枝《えだ》と、屋根が見える。もっとよく見ようと、ベンチを引きずっていってその上に立った。そして地面を見まわしたが、がっかりしたことにトゥルーディやフェリックスの姿《すがた》はなく、墓石《はかいし》をくんくんとかぎまわっている犬は、ホルトウィッスルにしては小さいし、毛並《けな》みがきれいすぎる。

「ペンと紙があったら、手紙を書いてここから投げ落とすのに。そうしたら、だれかが拾ってくれるかもしれない……いや、下にいる人に手を振《ふ》ったら、気づいてくれるかも」そこでドーンは、細い切れ目からぽっちゃりした手を出そうとしたが、指が四本しか通らない。こんな短い指をどんなに激《はげ》しく振ったところで、だれも気づいてくれないだろう。村の人がたまたま双眼鏡《そうがんきょう》をのぞいていて、まさにこの場所を見ていないかぎり、わかってもらえるわけがない。

「みっつめの計画なんて……思い浮《う》かばないよね？」クロップは、そんなものないよ、という顔だ。

ドーンはピーブルズの方を見た。ベンチに飛《と》びのり、毛布《もうふ》にすわってこちらを見ている。「あんたが胴《どう》にベルトをつけていなくて残念《ざんねん》。もしつけてたら、あたしだってわかるものを運んでもらうのに。そうしたら、みんなにあたしの居場所《いばしょ》が伝《つた》わるかもしれない」

ピーブルズは、まばたきしている。

「この毛布を引き裂《さ》いて、ベルト代わりにしようか。どう思う？」

ネコは無表情《むひょうじょう》で見つめている。

「そうだ。ロープ！　ロープで結《むす》べばいいんだ！」ピーブルズも賛成《さんせい》のようだ。ベンチから飛びおりて、のどを小さな芝刈《しばか》り機《き》のようにゴロゴロ鳴らしながら、ドーンの足のあいだで身をくねらせた。

「だけど、何を？」ドーンはかがんでロープを拾った。ミークがドーンの手からほどいて、床《ゆか》に放《ほう》り投げていったのだ。そのままにしてあって、本当に運がいい。ドーンは床にかがんで、ロープをしっかりとピーブルズの体に巻《ま》いた。そして、貝タイ電話を差《さ》しこもうとしたが、すぐ床《ゆか》にすべり落ちてしまった。

「だめだ。何かぺっちゃんこになるものじゃなくちゃ」上着を入れようかとも思ったが、大きいし重すぎる。

「ほかに何があるだろう……思いつかない」

ピーブルズが、責《せ》めるようにミャオーと鳴く。「ごめんね」ドーンは気落ちしてつぶやいた。悲しい沈黙《ちんもく》がしばらく続《つづ》いたあと、ドーンはだれかが自分の気を引こうとしているような変《へん》な感じがした。だれだろう。あたりを見まわし、目が合ったとたんに、のどがしめつけられる気がした。

「だめよ、クロップ！　だめ！　そんなわけにはいかない……」たしかにあんたは、ぺっちゃんこになるし、大きさもちょうどいい。それに何より、山のライオンより勇気《ゆうき》があるわ。だからといって、あんたをピーブルズの背中《せなか》に結《むす》びつけるなんて……。

「ねえ、クロップ。みっつめの計画を立ててって頼《たの》んだのは事実《じじつ》だけど、別《べつ》にあんた自身に助けを求《もと》めに行ってくれってわけじゃないよ。すごく勇敢《ゆうかん》でかっこいいけど、でも……」

クロップは、挑《いど》むように耳をピンと立てて胸《むね》を張《は》っている。今まで見たことのないほど、決然《けつぜん》とした表情《ひょうじょう》だ。

「もし落っこちたらどうするの？　さがしてあげられないかもしれないよ」

それでも、クロップの表情《ひょうじょう》は変《か》わらない。

「わかった……でも、本当に気をつけるのよ」ドーンはしぶしぶクロップのあごをあげ、鼻先にキスした。そして長い時間をかけて、ピーブルズの体に取りつけた。あれこれ工夫《くふう》しながら、ひづめをロープで作ったベルトにたくしこみ、万が一に備《そな》えて毛糸のしっぽをしっかり結《むす》びつける。ピーブルズは待ちきれなくて、耳をぴくつかせてミャーミャー鳴いている。ついにドーンの気持ちの準備《じゅんび》ができた。

「気をつけてね」ドーンは床板《ゆかいた》を開けて、クロップのたてがみを最後《さいご》になでようとしたが、ピーブルズの動きの方が早かった。穴《あな》に向かってイタチのように軽《かろ》やかに突進《とっしん》し、あっというまに消えてしまったのだ。

そのあとすぐ、こもったような足音が聞こえてきた。だれかがはしごを上《のぼ》っている。ドーンは床から立ちあがって、隠《かく》しとびらが開くのを待った。ミークではありませんように、という絶望《ぜつぼう》的《てき》な願《ねが》いをこめながら。

すると、なんと女の人の頭と肩《かた》があらわれたのだ。ドーンは自分の幸運が信《しん》じられなかった。トゥルーディより少し若《わか》く、肩まであるはずむような茶色の髪《かみ》は、家の棚《たな》に置《お》いてある赤ワインのように輝《かがや》いている。こちらを向いて、きれいでやさしそうな顔に似合《にあ》わない、抜《ぬ》け目《め》のない瞳《ひとみ》でドーンを見つめた。

「ああ、よかった！　あたし、閉《と》じこめられているんです！」ドーンはかけよった。女の人は何も言わず、ショックを受けたように頭を振《ふ》った。あわれむような表情《ひょうじょう》で。

「来てくれてよかった！　説明《せつめい》する時間はないけど、すぐにここから出たいんです」ドーンが隠《かく》しとびらに近づいて下りようとすると、女の人は手を伸《の》ばしてドーンの肩《かた》をつかんだ。「まだだめよ」

　ほかの足音が上《のぼ》ってくるのを聞いて、ドーンは一歩下がって笑《わら》った。

「そのようですね」たしかにはしごで人とすれちがうなんて、できっこないが、女の人は笑い返してもくれない。

　ドーンは何かおかしいと感じて女の人の手から逃《のが》れ、ベンチのそばで立ちつくした。そして不安な気持ちで、ふたりめがはしごを上りきるのを待った。

「わかっただろう。この子に乱暴《らんぼう》はしていない」

　その声を聞いて、ドーンは骨《ほね》の髄《ずい》まで凍《こお》りついた。そして、恐怖《きょうふ》で目を見開いて、自分を捕《と》らえた男が床《ゆか》の穴《あな》からあらわれるのを見ていた。ミークはツイードの帽子《ぼうし》をかぶり、半そでシャツにベスト、すそを折《お》ったズボンというかっこうをしている。イギリスでいちばんずるがしこいスパイなのに、どこにでもいる老人《ろうじん》といういでたちだ。

「信用《しんよう》できないわ、ミーク」女の人は冷《つめ》たく言った。「自分の目でたしかめなくちゃ」

「今たしかめたんだから、さっさとロンドンに帰れ」

「わかってるわよ。でもドーンは連《つ》れていくから」

ミークは薄気味《うすきみ》の悪い声で笑《わら》った。「だったらわたしを殺《ころ》してからにしろ。このガキはわたしの顔を見たんだ。どこにも行かせないぞ！」

「冷静《れいせい》に考えて。ドーンをわたしの手もとにおいた方が、ずっと安全でしょう？　都会では、みんな自分のことしか考えないんだから。田舎《いなか》の人は、他人のことに首をつっこみすぎるわ。この塔《とう》だって危険《きけん》よ。もしちがう場所に移《うつ》したとしても、いつか見つかってしまうわよ」

「この教会の牧師《ぼくし》は、高所恐怖症《こうしょきょうふしょう》なんだ。だから、ネズミのほかにはだれもここに来ない。完《かん》ぺきな場所だ」

「パレソープ屋敷《やしき》のことだって完ぺきだと言ってたじゃないの。その結果《けっか》がどうなったか、忘《わす》れたとでも言うの？」

「あれは運が悪かっただけだ。セス・ライトフットは頭がおかしいのさ」ミークは動揺《どうよう》したように言う。

「だれですって？」女の人が聞いた。

「アンジェラを見つけて幽霊《ゆうれい》だと思いこんだ、じゃまな男のことだ。ふつうだったら、あんな危険な建物《たてもの》には近づかない。立入禁止《きんし》という看板《かんばん》を、ひと晩《ばん》かかってあの屋敷の周囲《しゅうい》に立てて回ったのに、あのしつこいセス・ライトフットは気にも留《と》めなかった」

「合理的《ごうりてき》に考えましょうよ」女の人が説得《せっとく》しようとする。「ドーンがいると不便《ふべん》でしょう。子どもの世話《せわ》は得意《とくい》じゃないはずよ。わたしに任《まか》せて」

「だめだ！　おまえに甘《あま》いことを言われてあのばあさんを預《あず》けたが、ドーンはわたさない！」

「お願《ねが》い」

ミークはくちびるをすぼめ、激《はげ》しく頭を振《ふ》った。

いったいこの女の人は、だれなんだろう。どうやらロンドンから来たらしい。たしかに、上品《じょうひん》な濃《こ》い紫《むらさき》のスカート、それによく合うジャケットとスエードのハイヒールという、洗練《せんれん》された都会の女性《じょせい》というかっこうをしている。それにしても意志《いし》の強い人だ。ミークの協力者《きょうりょくしゃ》のようだが、言いなりにはならないところを見ると、対等《たいとう》の関係《かんけい》なんだろう。

あいかわらずふたりは、どちらがドーンを引き取るかでもめている。こんなに人気者になったのは、生まれて初《はじ》めてだ。言い争《あらそ》うふたりをよそに、ドーンはそっとベンチに上《のぼ》り、かべの切れ目から外をのぞこうとした。犬の吠《ほ》え声が聞こえたので、気になったのだ。でも、このキャンキャンという高い鳴き声は、ホルトウィッスルのうなり声とはちがう。ホルトウィッスルだったらうれしいのにと思いながらも、なぜ鳴いているのか気になった。そしてその理由を知って、あやうくベンチから転げ落ちそうになった。

犬は、クロップを背負《せお》ったピーブルズに吠えているのだ！

ピーブルズは、かたむいた大きな墓石《はかいし》にのっている。それに向かって、二匹《ひき》のジャッククラッセルテリアが、興奮《こうふん》して歯をむき出しながら吠えていた。カディーさんのところの、ハニーバンチとランブキンだ。二匹がうしろ足で地面をけってジャンプする。ピーブルズがフーッとうなり、しっぽをスリッパくらいにふくらませた。

「やめて……」犬たちが飛《と》びあがり、歯がピーブルズのひげをかすめた。ドーンは絶望的《ぜつぼうてき》な気持ちでお墓《はか》を見わたした。カディーさんはいないのだろうか？　あのおばあさんが、二匹《ひき》の名を呼《よ》んでさえくれれば！

ピーブルズはパニックになりかけている。きょろきょろあたりを見まわしているが、飛べる範《はん》囲《い》に墓石はない。まえにこの二匹をからかったことを、さぞかし後悔《こうかい》しているだろう。あのときはガラス一枚《まい》でへだてられていたが、今はそれがない……。

ピーブルズがぎゅっと身をちぢめた。次に何をする気か、ドーンにはわかった。いちかばちかで逃《に》げるつもりだ。ドーンは悲痛《ひつう》な声でつぶやいた。「ああ、クロップ！」こわくてとても見ていられそうにない。クロップの表情《ひょうじょう》は見えないが、きっといつも以上《いじょう》に決然《けつぜん》とした顔をしているのだろう。

「あのガキは何をしているんだ？　ベンチから下ろせ！」

女の人はミークの鋭《するど》い命令《めいれい》どおりに、ドーンの手首をつかんでベンチから下ろした。

「いやだ！」ドーンは叫《さけ》んで、必死《ひっし》にその手から逃《のが》れようとした。けたたましい吠《ほ》え声とうなり声。きっとピーブルズが何か行動を起こしたのだろう。「見なくちゃいけないの！　見なくちゃ……」

「いったい何を騒《さわ》いでいるんだ？」ミークがぶっきらぼうに叫ぶ。「下のだれかに、サインを送ってるのか？」

「いいえ、ちがうわ。犬が二匹《ひき》けんかしているだけよ」女の人はドーンをつかんだまま、切れ目から外をのぞいた。

「ネコは……ネコはいませんか……？」これ以上《いじょう》、抵抗《ていこう》する力がない。力なく女の人に寄《よ》りかかったそのとき、スパイは泣《な》いてはいけないと言われたことを思い出して、ドーンはくちびるをかみしめた。

「ほらほら」女の人がやさしく言う。「こわがらないで。もう少しで、このおんぼろの塔《とう》から出られるから」

「いいや、出すものか！」ミークが足を踏《ふ》み鳴らして近づいてくる。「いったい何度言えばわかるんだ、このばか――」

「でも、わたしに借《か》りがあるでしょう、ミーク」きびしい声だ。

「いいや、おあいこだ。おまえもよくわかっているはずだ」

「もしわたしがスパイ追跡部《ついせきぶ》のファイルを見つけなければ、あのスパイたちをあんなにも早く始《し》末《まつ》できなかったでしょう。マイルズとボブに正体《しょうたい》を見つけられてたはずだわ！」

ドーンは息を飲んで、女の人を見つめた。この人は、どうやってあのエディスのまえをすり抜《ぬ》けて、〈ダンプサイド・ホテル〉の三階に忍《しの》びこんだのだろう。マード・ミーク以上にすごいスパイかもしれない！　トゥルーディは、スパイ追跡部内に裏切《うらぎ》りものがいるんだと言っていたけど、ちがっていたわけだ。ドーンはじいっと女の人を見つめた。それとも、この人は……？

トゥルーディは、ファイルが盗《ぬす》まれたのはエマの責任《せきにん》だと思っていた。でも、今あたしの手首をにぎりしめているこの女の人のしわざだったんだ。変装《へんそう》したのだろうか？　この弾《はず》むような肩《かた》までの髪《かみ》は、かつらなのだろうか？　声も変《か》えられるのだろうか？

「おまえに借《か》りはない」ミークの顔つきがけわしくなった。「わたしのためにやったなんて言いわけをするな！　ただ自分の輝《かがや》かしいキャリアを傷《きず》つけたくなかっただけだろう。偽善者《ぎぜんしゃ》とは、おまえのことを言うんだ！」ミークは、とまどった顔の女の人に向かってあざ笑《わら》った。「いつも手下《てした》をこきつかっているんだろうが、わたしをしたがわせようと思ったら大きなまちがいだぞ。たぶんこのすばらしい部屋《へや》にしばらくいれば、ドーンを見張《みは》るのがわたししかいないってわかるだろうよ！」ミークは部屋の真ん中にかけよって四角い穴《あな》をくぐり、隠《かく》しとびらをバタンと閉《し》めた。

「あばよ、フィリッパ！」叫《さけ》び声が遠ざかっていく。

「フィリッパ？」ドーンはおどろいて目を大きく見開き、女の人の顔を見た。「まさか……フィリッパ・キリンバック長官《ちょうかん》？」

第二十一章　秘密《ひみつ》とうそ

ＳＨＨのフィリッパ・キリンバック長官《ちょうかん》は、塔《とう》に閉《と》じこめられてもまばたきひとつしなかった。ドーンの質問《しつもん》にうなずいて、ベンチにすわる。「びっくりしたでしょうね？」

「あなたがマード・ミークの共犯者《きょうはんしゃ》だってことに……ですか？　そりゃもう！」ドーンは、フィリッパに失望《しつぼう》してじっと見つめたが、開けた口をすぐ閉じた。聞きたいことが山ほどあって、何から聞けばいいのかわからない。

「アンジェラ・ブラッドショーはこのことを知って、気絶《きぜつ》しそうになったわ。あなたも理由を知りたいでしょうね？」長官が、弱々しく笑う。

「知りたいです」どうやってミークは、ＳＨＨのトップに国を裏切《うらぎ》るようなまねをさせたのだろう。

「わたしは、ばか正直《しょうじき》だったわ」フィリッパは顔をしかめた。「もっと簡単《かんたん》だと思っていたの。

ちょっとミークを助けてあげたら、もうSHHをわずらわすこともなく、わたしの人生から消えてくれるって思っていた。でも、そううまくはいかないって、わかってるべきだったわ」

「あの……どういうことですか？」ドーンはフィリッパのとなりにすわった。

「ここにあなたをスパイとして送ったのは、とても無責任《むせきにん》なことよ。子どもを送ったって知って、レッドをものすごくしかったの。あなたはソクラテスから訓練《くんれん》を受けたの？」

「はい。『影《かげ》のように身をひそめて』という本を使って教えてもらいました」

「まあ、あんな古い本をまだ使っているのね。今ではもっといい本がいくらでもあるのに。ソクラテスは、古い伝統《でんとう》にこだわる人なの。『影のように身をひそめて』ねえ……もう何年も開いていないわ。屋根裏《やねうら》にしまっちゃったかもしれない。ワンダも信《しん》じきっていたけど……」

「だれですか？」

「ワンダ・ロングシャンクスといって、わたしを訓練してくれたスパイよ。十三年まえに引退《いんたい》して、コスタ・ブラヴァに引《ひ》っ越《こ》してしまった。スパイ追跡部《ついせきぶ》は、ワンダがいなくなってずいぶん変《か》わったわ」フィリッパは、深くため息をついた。

「スパイ追跡部？　スパイ追跡部で働《はたら》いてたんですか？」

「スパイ養成《ようせい》大学を卒業《そつぎょう》して一カ月後に、スパイ追跡部に採用《さいよう》されたの。子どものころからスパイになりたかったから、大喜《おおよろこ》びだった。ちょうど二十一歳《さい》の誕生日《たんじょうび》から働きはじめたっけ」フィリッパは、なつかしそうにほほえんだ。「あのころがいちばん幸せだったわ……」

「どのくらいスパイ追跡部《ついせきぶ》に？」

「九年よ。楽しくてたまらなかった」

「じゃあ、マード・ミークがテムズ川に身を投げて姿《すがた》をくらましたときにはいたんですか？」

「ええ」フィリッパの顔がくもった。

「でも、ミークをつかまえには行かなかったんですよね？」

「行ったわ。どうしてそう思うの？」

ドーンは、変《へん》だと思った。あの十二月九日のファイルを読んだときに、証言者《しょうげんしゃ》としてフィリッパの名前はなかったからだ。

「川岸の倉庫には、二番めに到着《とうちゃく》したわ」フィリッパは、十年まえの冬の夜を思い出すかのように目を閉《と》じた。「レッドが少しあとに到着したので、いっしょにソクラテスを待ったの。でも自転車がパンクして遅《おく》れるという電話があったから、レッドとアンジェラと三人で話しあって、わたしは裏口《うらぐち》の見張《みは》りに立つことになったわ。アンジェラは正面《しょうめん》入り口、レッドは倉庫の中に入った……」

「裏口を見張っていたのは、ピップ・ジョンソンです。どの証言でもそうなっていましたよ！」

「そうよ。わたしがピップ・ジョンソン。十年まえはそう呼《よ》ばれていたわ。ピップはフィリッパをちぢめたあだ名で、ジョンソンはわたしの旧姓《きゅうせい》。数年後に結婚《けっこん》して、キリンバックになったのよ」

「そうだったんですか……。あの夜、ミークが姿《すがた》を消して、みんなおぼれたものと思っていたんでしょう。でも、本当はあなたが助けたんですね？」

「そうよ」フィリッパの顔を見ると、後悔《こうかい》しているのがわかる。

「なぜそんなことを……」

「なぜですって？」フィリッパはぼんやりとくり返し、つらそうに笑《わら》った。「しかたがなかったからよ」

ドーンはショックを受けた。「脅迫《きょうはく》されたんですか？」

「そういう言い方もできるわね。そうよ」

塔《とう》の上からウィーンという短い音が聞こえ、そのあとゴーンという大音響《だいおんきょう》が鳴りわたった。合わせて九回。ドーンは静《しず》かになるのを待ちながら、となりの女性《じょせい》の冷静《れいせい》な顔を見つめていた。落ち着いてはいるが、目が悲しそうだ。最後《さいご》の音が静《しず》まってから、フィリッパは痛々《いたいた》しい過去《かこ》を打ち明けはじめた。

「わたしは五人家族だったの。両親と三人の子ども。でも父に会うことはあまりなかった」

なんで身の上話から始めるんだろうとドーンは思ったが、口をはさまなかった。

「父はまったく子どもに興味《きょうみ》がなかったわ。仕事でいつも帰りが遅《おそ》いし、家にいる日でもスパニエル犬を連《つ》れてずっと散歩《さんぽ》に出かけているし。だからたまに夕飯《ゆうはん》のときしか顔を合わせることがなかったの。そんなある日、夕飯の途中《とちゅう》で席《せき》を立って……それ以来《いらい》、家には戻《もど》ってこなかった」

「ひどい……」

「わたしはまだ四歳《さい》で、ジョージとヴィッキーはもっと小さかった。母が再婚《さいこん》して名字《みょうじ》が変《か》わったあと、実《じつ》の父のことはすっかり忘《わす》れていたわ。それが二十年後、とつぜんあらわれたの」フィリッパは、悲しそうにほほえんだ。「脳《のう》みそって変《へん》なことを覚《おぼ》えているものね。戸口に立っている男には、まるで見覚《みおぼ》えがなかった。自分の父親の顔なんて、すっかり忘れていたのよ。それなのに声を聞いたとたん、父だとわかったわ」

「声……?」

「わたしはお茶を入れてあげたの。きっとわたしたちを捨《す》てたことを、謝《あやま》りに来たのだと思ったから。でもそうじゃなかった。なんで会いに来たのか、すぐにわかった」フィリッパは顔をしかめ、ひざの上で手をにぎりしめた。「父はキッチンテーブルの向こうで、自分はマード・ミークだと名乗ったのよ」

「えっ?」ドーンは聞きまちがいかと思った。「つまり……さっきのあの人は、あなたの父親なんですか?」

「悲しいことにそうなのよ」

「でもどうして、自分がミークだってことをあなたに言いに来たんでしょう? あなたがスパイ追跡部《ついせきぶ》で働《はたら》いていることを知っていたんですか?」

「もちろん!」フィリッパの顔は、恨《うら》みでいっぱいだった。「人のことをあれこれ調べるのが仕事なんだから、当然《とうぜん》、わたしのことも調べていたのよ。あの男は、お茶を飲みながら得意《とくい》になって語ったものよ。わたしが大学をトップで卒業《そつぎょう》したことも、スパイ追跡部《ついせきぶ》に誘《さそ》われて入ったことも、訓練《くんれん》を簡単《かんたん》にこなしたおかげで最高《さいこう》のスパイと言われるまでになったことも、ぜんぶ知っていた」

「信《しん》じられない……」

「そのうえ、あつかましくも、おれの才能《さいのう》を受けついだおかげだなんて言ったのよ！」

そういえば、スパイの素質《そしつ》は遺伝《いでん》することがあるとレッドが言っていたけど、言うのはやめよう。ＳＨＨ長官《ちょうかん》にまでなった輝《かがや》かしい経歴《けいれき》が、ミークの遺伝子のおかげだなんて、考えるのもいやにちがいない。

「ミークは、あなたが裏切《うらぎ》ると思わなかったんでしょうか？」

「ちっとも」フィリッパは、きっぱりと首を振《ふ》った。「あのずるがしこい悪魔《あくま》は、わたしが秘密《ひみつ》を守らざるをえないとわかっていたのよ。わたしはまだ二十四歳《さい》だったし、野心《やしん》にあふれていた。女で最初《さいしょ》のＳＨＨ長官になろうと思っていたの。でも、もしわたしの父がマード・ミークだとわかったら、この職場《しょくば》にはいられなくなる」

「そうだったんですか……」父親の罪《つみ》で子どもが罰《ばつ》を受けるのはおかしいと、ドーンは思った。「でも、どうして自分がミークだということをあなたに言ったのか、まだわからないんですけど……」

「自分を守ってもらうためよ」

「えっ？」

「スパイというのは、とても危険《きけん》な仕事。だから自分が危機《きき》におちいったら、わたしに助けてもらおうとしたのよ」

「あなたは承知《しょうち》したんですね？」

「ええ。もしミークがつかまったら、自分のすべてを失《うしな》ってしまうから」フィリッパの指が宙《ちゅう》を泳いで、大きな金のイヤリングのところで止まった。手に取って、ドーンに見せる。「これは、父からのゆいいつのプレゼント。電話なの。いつでもわたしに連絡《れんらく》を取れるようにね」

「あの十二月の夜にも電話してきたんですか？」

「そのとおり。ミークは、スパイ追跡部《ついせきぶ》に皮肉《ひにく》たっぷりのクリスマスカードを持っていった。そんな、人をなめたことをやったから、アンジェラに気づかれたんだわ。ミークはアンジェラをまこうとしたけど、アンジェラは警察犬《けいさつけん》のようにしつこかった」

「それなのに、いったいどうやって？　ミークはテムズ川に身を投げたあと、どうやって冷《つめ》たい水の中を泳いで岸にたどり着いたんですか？」

「そんなことしていないの」

「ああ……橋に泳ぎついてよじのぼったんですね。その方が大変《たいへん》そうだけど」

「それもちがうのよ」ドーンのいぶかしげな視線《しせん》を見て、ついにフィリッパは口を開いた。「じゃあ、よく聞きなさい。あの夜に起きたことを話すから」

「さて、ゆっくり考える時間があったはずだ」ミークが隠《かく》しとびらからあらわれた。「フィリッパ、ひとりでロンドンに戻《もど》る覚悟《かくご》ができたか？」ポケットから取り出した銃《じゅう》を、自分の娘《むすめ》に見せびらかせながら聞く。

「いいえ」フィリッパは、ミークの目をまっすぐ見すえて答えた。「そんなもので脅《おど》されても、わたしの気持ちは変《か》わらないわよ」

ミークが、口をへの字に曲げた。「それは気《き》の毒《どく》なことだ」

銃が取り出されたのを見て、ドーンは部屋《へや》のすみにあとずさりした。「あ……あたしは平気ですよ。別《べつ》にこの村に残《のこ》ったってかまいません……本当に」もちろんうそだ。銃を持ち、異常《いじょう》な拷問《ごうもん》をする男といるより、部下《ぶか》を裏切《うらぎ》ってはいるけど感じのいいSHH長官《ちょうかん》の方がいいに決まっている。指先はまだひどく痛《いた》い。

「心配しないで、ドーン。あなたを置《お》いてはいかない。じきに解放《かいほう》して、家族のもとに返してあげる」

「なんだってえっ？」ミークが激怒《げきど》した。「おまえ、気でも狂《くる》ったか？」

「正気《しょうき》よ。頭の中は、今までにないくらいすっきりしているわ」

「ドーンを解放したら、おまえが裏切りものだってばれるんだぞ。とんでもないスキャンダルになって、SHHからも追放《ついほう》される。どんな屈辱的《くつじょくてき》な目にあうか、考えるんだな……刑務所《けいむしょ》送りはまちがいない」

「わかっているわ」

「ばかなやつだ！　それでいいのか？」

SHH長官《ちょうかん》は、しばらくしてから静《しず》かに答えた。「ええ、もういいの。十年まえにあなたが逃《に》げるのを手伝《てつだ》ったのが、大きなまちがいだった。うそやごまかしが、それでおしまいになるはずがないってことに気づくべきだったのよ。あの運命の夜以来《いらい》、スパイ追跡部《ついせきぶ》のだれかが真相《しんそう》を暴《あば》くだろうって毎日びくびくしながら生きてきた」

「笑《わら》わせるな！」ミークがどなった。「今までうまくごまかしてこられたんだ。あのスパイ追跡部のまぬけどもに、真相など暴けるものか！　いや、だれにもできっこない」

「わたしの秘書《ひしょ》のメイヴィス・ヒューズは、もう少しで暴くところだったのよ」フィリッパは、ミークに鉄のようにかたい視線《しせん》を向けた。

「メイヴィスには、真実《しんじつ》を見抜《みぬ》く目があった。だからわたしがスパイ追跡部を目のかたきにするのを、不審《ふしん》に思ったの。なんで彼《かれ》らの努力《どりょく》を評価《ひょうか》しないんですか、予算をしぶるんですかって責《せ》めてきたわ。わたしはスパイ追跡部にきつく当たれば、レッドがだれかをクビにせざるをえないと思っていた。それしかソクラテスやアンジェラを追い出す方法《ほうほう》がなかったのよ。でも、ふたりともやめる気などなかった。そうやって長くスパイ追跡部にいればいるほど、わたしがミークと関《かか》わっているって疑《うたが》う可《か》能性《のうせい》が高まる……」

「あいつらには、手がかりなどなかった。だから何も気にすることはなかったんだ！」

「でもメイヴィスは、おかしな行動を取るようになったわ。わたしのことをじいっと見つめたり、電話中にわたしが部屋《へや》に入っていくと、しゃべるのを急にやめたり。ある日、わたしの個人情報《こじんじょうほう》のファイルを念入《ねんい》りに調べているのを見つけたの。そのとき、これは早いうちに追い払《はら》わなくてはならないって思ったわ。それで、メイヴィスが週末《しゅうまつ》にプラハへ旅行するのを知って空港までついていき、ある重要書類《じゅうようしょるい》を手荷物にすべりこませたの。スパイ追跡部《ついせきぶ》には、すぐさま書類がなくなったことを知らせて。荷物から書類が見つかったとき、メイヴィスはもちろん無実《むじつ》を主張《しゅちょう》して

わたしがやったと言い張《は》ったけど、だれも信《しん》じなかった」

「まあ、なんと残酷《ざんこく》なことよ」ミークがにやにやしながら言う。

ドーンは、それほどおどろかなかった。レッドに、ＳＨＨ長官の秘書が長く刑務所《けいむしょ》に入っていると聞かされていたからだ。「かわいそう……」

「わかっているわ」

「書類作りを失敗《しっぱい》したとかで、クビにするだけでよかったんじゃ……」

「それでは危険《きけん》だったのよ。どのくらいメイヴィスがわたしの過去《かこ》を知っているのか、わからなかったから。いちばんいい方法《ほうほう》は、メイヴィスの信用《しんよう》を落として刑務所に入れ、これ以上《いじょう》せんさくできないようにすることだったの」

「きっとメイヴィスは、あなたのことを恨《うら》んでいるでしょうね」
「もちろん、そうでしょう。でもわたしが自首《じしゅ》すれば、メイヴィスは晴れて刑務所《けいむしょ》から出られるわ」

フィリッパの顔が、一瞬《いっしゅん》くしゃくしゃになった。泣《な》きだすのではないかとドーンは思ったが、鉄の意志《いし》を持った女は、どうにかこらえた。「ずっとずっと、張《は》りつめた毎日だった。ひどいことをしてしまったという後悔《こうかい》を抱《かか》えてすごすのは、楽《らく》なことではないのよ、ドーン。メイヴィスを刑務所に入れてしまったこと、スパイ追跡部《ついせきぶ》のスパイをふたり入院させてしまったこと、うそをついたこと、秘密情報《ひみつじょうほう》を流したこと……」

「待ってください。マイルズとボブの身に起こったことは、関係《かんけい》ないでしょう？　はしごにラードを塗《ぬ》って、ボブを死にそうな目にあわせたのは、ミークなんだから。あなたじゃなくて！」

「わたしがやったようなものよ」フィリッパはつらそうに言った。「ミークにふたりのことを知らせたんだもの、どうする気かわかっていて。ミークがアンジェラを監禁《かんきん》したって聞いたとき、すっ飛《と》んでここに来て、わたしが世話《せわ》をするって説得《せっとく》したの。そのあと、あなたのことを知って……」

「おい。もうおしゃべりはうんざりだ。ありがたいことに、おまえのみじめな打ち明け話をこれ以上《いじょう》聞かなくてもいい時間になった」

「どういう意味？　連《つ》れていってもいいのね？」

ミークは気味《きみ》の悪い笑顔《えがお》で、銃《じゅう》を振《ふ》りまわした。「そんなばかな。おまえが刑務所《けいむしょ》に一生入っているのは自由だが、わたしはごめんだ」ミークは時計を見た。「あと十六分でちょうど十時。教会の大時計が、銃声《じゅうせい》をうまく消してくれるだろう」

「まさか撃《う》つわけないでしょ！　ドーンはまだ子どもだし、わたしは……わたしはあなたの娘《むすめ》なのよ。それでも撃つって言うの？」

「ああ。自由になれるのだったら、なんでもするさ！」

ドーンはごくりとつばを飲んだ。そしてでこぼこの石のかべに背中《せなか》を押《お》しつけて、恐怖《きょうふ》で震《ふる》えるのをおさえようとした。食《く》い入《い》るようにミークの銃を見る。遠くの方で話し声やかすかな足音が聞こえてきた。かべの切れ目をちらっとのぞいてみる。

ミークが銃の先っぽで、すみっこの方に動くようにフィリッパに指示《しじ》した。フィリッパがしたがうと、ミークはかべの切れ目に近づいてすばやく外をのぞいた。「ほうっ！　これは都合《つごう》いい。十時まで待たなくてもよさそうだな。鐘《かね》つき隊《たい》が、毎週水曜の練習に集まりはじめたらしい。もうじきロープを引っぱって鐘を鳴らすだろう。そしたら……」ミークは冷《つめ》たく笑《わら》った。

フィリッパがドーンの手をつかんで、にぎった。一回ではなく、何回も何回も。初《はじ》めは落ち着かせるためだと思ったが、どうやら意味があるようだ。モールス記号！　長くにぎったり、短くにぎったりして、長い音と短い音の組みあわせのモールス信号《しんごう》を送っているんだ！

〝叫《さけ》んだら走れ〟と言っている。すぐさまドーンが〝OK〟とモールス信号《しんごう》で返すと、フィリッパはぱっと手を離《はな》した。

三秒ほどじっとしたあと、フィリッパが動いた。ミークにタックルしたのだ！　今までドーンは、ラグビーのタックルなんて、テレビの中で見るようなひざまで泥《どろ》だらけのたくましい大男がやるものだと思っていた。まさか、スーツとハイヒール姿《すがた》の若《わか》い女性《じょせい》が、果敢《かかん》に男に飛《と》びかかるなんて！　ミークも度肝《どぎも》を抜《ぬ》かれたようで、フィリッパが飛びかかってミークのひざに腕《うで》を巻《ま》きつけると、うぉーっと吠《ほ》えながら床《ゆか》に倒《たお》れた。

「走って！」フィリッパは叫んだ。

ドーンは隠《かく》しとびらをくぐりぬけた。はしごに足をかけながら一瞬《いっしゅん》だけ、長官《ちょうかん》とその父親が床の上で取っ組みあいをしている姿を見た。そのあとできるかぎりの速さではしごを下りた。横木を手でぎゅっとつかみ、足もとをしっかり目で追いながら。

塔《とう》の下にたどり着くまでに、隠しとびらをいくつも通らなくてはならなかった。ひたいに汗《あせ》が浮《う》かんでいることも、心臓《しんぞう》が狂《くる》ったように鳴っていることも気づかずに、ドーンは急いだ。鐘《かね》つき隊《たい》のところへ行かなくては！　それしか頭になかったのだ。鐘を鳴らすまえに行かなくては。もし鐘が鳴りだしたら、ミークがフィリッパを撃《う》ってしまう！

「やめて！」運動ぐつがかたい石の床《ゆか》にふれたとたんに、ドーンは叫《さけ》んだ。そして、息つく間《ま》もなく、いちばん近くにいた鐘《かね》つき隊《たい》にかけよった。帽子《ぼうし》の下を見ると、男ではなくて女のようだ。「鐘をついちゃだめ！」そでを引っぱって必死《ひっし》で訴《うった》えると、振《ふ》り向いた女性《じょせい》がシィッとくちびるに指を当てた。

ドーンの口があんぐり開いた。おばあさんだと思っていたのに、エマ・ケンブリッジの若々《わかわか》しい顔があったからだ。エマはドーンに腕《うで》を回してすみっこに引っぱりこんだ。

「だいじょうぶだった？」

「はい。でもフィリッパが……。塔《とう》の上でマード・ミークと戦《たたか》っているんです。ミークは銃《じゅう》を持っていて、鐘が鳴ったらすぐに発砲《はっぽう》するつもり。だから鳴らさないで！」

「だいじょうぶよ。今日は鐘を鳴らさないことになっているから」エマはほかの仲間《なかま》に向かってうなずいた。すると振り向いた顔がみんな、スパイ追跡部《ついせきぶ》のメンバーの顔だったのだ！

「本当の鐘つき隊に代わってもらったんだ」とレッド。

「服も借《か》りたんだぞ」ソクラテスが、帽子のひさしの下でウィンクする。

「みんなに会えてよかった！」と、ドーン。

「こちらもだよ。よし！ ミークの野郎《やろう》に、人生でいちばんのショックを与《あた》えてやろう」レッドがみんなに手招《てまね》きした。そして静《しず》かに床《ゆか》を横切って、はしごのまえで止まった。はしごをにぎりながら、ドーンの方を振り向く。「本当にそいつはマード・ミークなのか？」

ドーンはしっかりうなずいた。

「そうか。こんどこそつかまえてやるぞ！」

レッドを先頭に、ソクラテスとジャグディッシュがはしごを上《のぼ》っていく。いかめしい決然《けつぜん》とした表情《ひょうじょう》で。

「行かなくていいんですか？」とドーンはエマにたずねた。

エマがきっぱりと首を振《ふ》った。「あなたは、もうじゅうぶん危険《きけん》なことをしたわ」ドーンをドアの向こうに連《つ》れていきながら言う。「わたしも上に行くつもりだったけど、今あなたをひとりにはできないわね」

「わたしがいるからだいじょうぶよ」トゥルーディだ！　ドーンは思わず笑顔《えがお》になった。トゥルーディは、腕《うで》に何かを抱《かか》えていすから立ちあがった。

「ピーブルズ！　帰れたのね！」トゥルーディが、ドーンの腕にネコを抱《だ》かせてくれた。「あんたが無事《ぶじ》でよかった！」ドーンが抱きしめると、ピーブルズはのどをゴロゴロ鳴らした。

そのとき、北側《きたがわ》の入り口がぎいっと開いた。ホルトウィッスルが、ぶかっこうに飛《と》びはねながらワンワン吠《ほ》えている。ピーブルズのかぎづめが、ドーンの皮膚《ひふ》をきゅっと引っかいた。フェリックスも息を切らして飛びこんできた。

「入ってくるなって言ったでしょ！」トゥルーディが冷《つめ》たく言う。

フェリックスはふくれっ面《つら》をした。「ドーンが心配なんだよ！」次の瞬間《しゅんかん》、聖堂《せいどう》の中ほどにドーンがいるのを見て、フェリックスの瞳《ひとみ》は輝《かがや》いた。「ヤッホー！」と叫《さけ》びながら走ってくる。

「無事《ぶじ》だったんだ、ドーン！　よかったなあ！」

「出なさいってば！」トゥルーディが、ホルトウィッスルのおしりを軽くたたきながら言う。

「あんたもよ、フェリックス。ミークがこの中にいるんだから。危《あぶ》ないでしょ！」

「おれに命令《めいれい》するなよ！　おれがいなかったら、ドーンは見つからなかったんだからな。ドーンのにおいを覚《おぼ》えていたのはおれの犬なんだぞ！」

「ピーブルズに村じゅうをさがさせたのは、わたしのアイデアよ！」

「そうやってあたしを見つけてくれたんだ！」ドーンはピーブルズをぎゅっと抱《だ》きしめた。「すごいじゃない！　ところでクロップは？」ドーンが明るく聞くと、ふたりははっとしたようだった。

「クロップってあたしのロバの名前なんだけど……」名前なんて覚えていないだろうと思って、ドーンは続《つづ》けた。「クロップがいたから、あたしの居場所《いばしょ》がわかったんでしょ。クロップをピーブルズの背中《せなか》に結《むす》びつけていたから……」

フェリックスが無言《むごん》でポケットに手を入れ、手のひらを開いた。そこには、小さな毛糸のしっぽがあった。

第二十二章　任務完了《にんむかんりょう》！

かたむいた墓石《はかいし》のまわりには、ちぎれた毛糸があちこちに落ちていた。でも本当に少しだけで、ゆで卵《たまご》スタンドがようやくいっぱいになるくらい。ドーンは一本ずつていねいに拾いあげ、フェリックスからもらったしっぽとまとめた。これがクロップの残骸《ざんがい》のすべてなのだ。

ドーンは頭をたれた。涙《なみだ》があふれてくる。スパイは泣《な》いちゃいけないのに。

勇敢《ゆうかん》なクロップ！　かわいそうに……。見たわけではないけど、何が起きたかはわかる。すばしこいテリア犬からピーブルズが逃《に》げられそうもなかったから、自分の身を投げ出したんだ。犬が気を取られているあいだに、ピーブルズが全速力で逃げればいいと思ったんだろう。そして結《けっ》果《か》として、ドーンがしっかりロープに結《むす》びつけていたしっぽだけが残《のこ》ったのだ。ドーンはクロップのまじめくさった愛《あい》すべき顔を思い出した。宙《ちゅう》で犬に飛《と》びつかれたときだって、こわがっていなかったはずだ。

胸《むね》が切り裂《さ》かれるように痛《いた》み、ドーンは思わず毛糸をぎゅっとにぎりしめた。教会の時計が鳴っている。ドーンはイチイの木の下に穴《あな》を掘《ほ》り、時計の音が終わるまでにクロップの残骸《ざんがい》を埋《う》め、うやうやしく頭を下げた。

どたどたと音が聞こえる。ドーンは、はっと頭を上げた。ミークが、レッドとソクラテスに付《つ》き添《そ》われて、教会から出てきたのだ。髪《かみ》はぼさぼさで服が乱《みだ》れ、顔をしかめながら。あまりに敵《てき》意《い》に満《み》ちておそろしい顔つきなので、ずっとは見ていられなかった。ジャグディッシュがミークの銃《じゅう》を持って、あとから続《つづ》く。その横に、そでが破《やぶ》れてくちびるをはらしたフィリッパがいた。父親とはちがって、つかまったことをくやしがっているようすはない。恥《は》ずかしそうに頭をたれてもいない。輝《かがや》く髪《かみ》をうしろに振《ふ》り払《はら》って歩くその姿《すがた》は、冷静《れいせい》で威厳《いげん》に満ちていた。裏切《うらぎ》りものではあっても、その態度《たいど》は長官《ちょうかん》にふさわしい、とドーンは思った。

その次に、エマと、ピーブルズを抱《だ》いたトゥルーディが出てきた。ピーブルズはくたびれきっているようだ。トゥルーディの腕《うで》の中で気持ちよさそうに寝《ね》ている。このまま何日も起こさないでくれとでもいうように。最後《さいご》に、フェリックスと毛むくじゃらな愛犬《あいけん》が続いた。

そのときふと、じつはホルトウィッスルのことを誤解《ごかい》していたのかもしれないと、ドーンは思った。フェリックスがずっと言っているように、じつは頭のいい犬なのかもしれない。もしカモ池でドーンのにおいをかぎつけて、教会までたどって来たのが本当だとしたら……。そういえば、嗅覚《きゅうかく》の鋭《するど》さは証明済《しょうめいず》みだったのでは？　〈ダンプサイド・ホテル〉まで来たのも、何日かあとにシラカバの茂《しげ》みまで行ったのも、本当にアンジェラのにおいをたどったからかもしれない。それにひょっとしたら、サンダルをかたっぽ盗《ぬす》んだのだって、ラードを塗《ぬ》ったはしごをドーンに見せようとしたのでは……。

ホルトウィッスルは、イチイの木の下でしゃがんでいるドーンを見つけ、とつぜん吠《ほ》えだした。耳をパタパタさせながらドーンに突進《とっしん》し、ひざをぺろぺろなめまくる。そのあと二度くしゃみをしてすわり、体をかきはじめた。

「やめてよ」このまぬけそうな犬がじつは利口《りこう》だったという考えは、やっぱり捨《す》て去ることにした。「まさか……やっぱりあんたはおばかさんだよね！」

村人たちが、ミークを引《ひ》っ立《た》てるレッドとソクラテスに近づいてきた。チャールズ・ノーブルさんがいるということは、本物の鐘《かね》つき隊《たい》だろう。チャールズさんがレッドと話しはじめたので、ドーンは会話が聞き取れるように近づいた。

「こいつ、あなたのおとなりさんですよね？」レッドが、ミークの腕《うで》をしっかりつかみながらチャールズさんに言う。「じつは、とんでもない悪党《あくとう》だったんですよ」

ソクラテスが、帽子《ぼうし》を脱《ぬ》いで振《ふ》り返りながら言った。「ご協力《きょうりょく》ありがとうございました！　こいつのこと、ずっとさがしていたんです」

「信《しん》じられない！　何かのまちがいじゃないですか？　村でも尊敬《そんけい》されている人なんですよ」チャールズさんは、あぜんとしている。

「それがまちがいじゃないんですよ。失礼《しつれい》いたします」レッドが言ったとき、ドーンが叫《さけ》んだ。

「待ってください！　この人も関係《かんけい》あるかもしれません」

「えっ？　なんだって？」チャールズさんが、ぎょっとした顔になった。「わたしが犯罪《はんざい》に関《かか》わっているなんて、ばかばかしい！　わたしは、法律《ほうりつ》を守る健全《けんぜん》な市民《しみん》だ。なんでそんな言いがかりを！」

「なんでこの人を疑《うたが》うんだ、ドーン？　話してくれないか」とレッド。

「パブでボブのことを話しているのを、聞いちゃったんです」

「何をばかな！　ボブなんて知りあいはいないぞ。この子はうそをついているんだ」

「本当のことです！　〝ちびのボブ〟って呼《よ》んでいたじゃないですか！」

するといきなりチャールズさんが爆笑《ばくしょう》し、鐘《かね》つき隊《たい》の面々も笑《わら》いだした。

「〝ちびのボブ〟は人ではないよ」チャールズさんが、まじめな顔に戻《もど》って言う。「鐘の鳴らし方のひとつなんだ」

「鳴らし方？」

「鐘つきの用語だよ。いろんなメロディーがあるだろう」

「へえ……」ドーンは恥《は》ずかしくなった。そのとき、黒くてかっこいいステーションワゴンが門に近づいてみんなそちらを見たので、ドーンはほっと胸《むね》をなでおろした。エンジンが止まってドアが開き、長いまっすぐな髪《かみ》の中年《ちゅうねん》の女の人が、青白い不安そうな顔で出てくる。ドーンが会ったことのない人だ。

「ばあちゃん！」フェリックスがかけより、両腕《りょううで》を広げて女の人をぎゅっと抱《だ》きしめた。

「ジョン！　わたしのロング・ジョン・シルバー！」フェリックスの大好《だいす》きな名前だ。元気だったかと聞く声が震《ふる》えている。

「すっごく元気だよ、ばあちゃん！」フェリックスはにいっと笑《わら》って、門の中へ女の人を連《つ》れてきた。「会わせたい子がいるんだ」

「こんにちは！」ドーンは、女の人が差《さ》し出した手をにぎった。「アンジェラ・ブラッドショーさんですね？」

「ええ、そうよ。そしてあなたがドーン・バックルね。あなたの話はたくさん聞いているわ」アンジェラは、にっこりほほえんだ。


ロンドンに向かった車は、合わせて四台だった。スピードの出るかっこいい車が二台、それにアイスキャンディー屋のトラック、最後《さいご》は百キロ出すとガタガタ揺《ゆ》れる白いおんぼろ車だ。

BMWを運転しているのはエマだった。フィリッパが助手席《じょしゅせき》で、後部座席《こうぶざせき》では、手錠《てじょう》をかけられたミークがソクラテスとレッドにはさまれている。アイスキャンディー屋のトラックには、ジャグディッシュとネイザンが乗ったが、どこか調子が悪いようで、ブレーキを踏《ふ》むたびに変《へん》な音がした。黒くてかっこいいステーションワゴンはエディスが運転し、後部座席ではフェリックスとアンジェラが愛犬《あいけん》とくつろいでいた。トゥルーディとドーンは、行きと同じ白いおんぼろ車だ。ちがうのは、ピーブルズが段《だん》ボール箱ではなくドーンの腕《うで》の中にいることだった。

百キロの道中、トゥルーディはしゃべりつづけた。ドーンはあいづちを打ったり、ちょっとした質問《しつもん》をしたりするだけで、満足《まんぞく》だった。ロンドンの町はずれに着いたころには、ドーンがいなくなったあとのようすがだいたいわかった。トゥルーディは、フィルムを鉛筆型《えんぴつがた》レンズでのぞいたときに、フィリッパ・キリンバックが背景《はいけい》にいることに気づいたのだ。アンジェラが消えた日の家庭菜園《さいえん》ショーにフィリッパがいたなんて、どう考えてもおかしい。すぐさまトゥルーディは、スパイ追跡部《ついせきぶ》にそのことを伝《つた》えた。そして、ドーンが夜中の任務《にんむ》から戻《もど》らなかったので、ピーブルズとホルトウィッスルを使って、フェリックスと村じゅうを捜索《そうさく》したのだ。トラックを近所に停《と》めていたネイザンも、すぐに捜索《そうさく》に加《くわ》わった。

トゥルーディによると、残《のこ》りのスパイ追跡部のメンバーも、動きが早かったらしい。すぐロンドンの高級住宅街《こうきゅうじゅうたくがい》にあるフィリッパの家に行き、留守《るす》だったのですみずみまで捜索《そうさく》して、かぎのかかっていた屋根裏部屋《やねうらべや》にアンジェラがいるのを発見した。そして、アンジェラからマード・ミークが本当にいることを聞き、イジーに留守番を押《お》しつけて、チェリー・ベントリー村に急いだのだった。

話を聞いているうちに、目的地《もくてきち》に着いた。不思議《ふしぎ》なことに、ピムリコにあるスパイ追跡部ではない。ファーシンゲイル通りに車を停め、角《かど》を曲がった先の古本屋まで歩く。〈エンドペイパーズ〉というさびれた古本屋で、さえない表紙の退屈《たいくつ》そうな本ばかり、ウィンドーに飾《かざ》ってある。フィリッパを先頭に、レッドがミークを連《つ》れて店に入った。悪名《あくめい》高きスパイは、目のところまで帽子《ぼうし》を引きさげて、耳栓《みみせん》をしている。どこに連れていかれるのか、わからないようにするためだろう。ほかのメンバーもひとりずつ入った。

「フローレンス・ローレンスが書いた本はありますか？」フィリッパが、カウンターのうしろにいるめがねの女の子に聞いた。

これが合言葉だったようで、女の子はそっと目配《めくば》せをして言った。「はい、お客さま。こちらです」女の子は店の奥《おく》に行くと、じゅうたんの上でタップダンスのように足を動かしてわきに寄《よ》った。すると、じゅうたんにしわが寄りはじめ、床《ゆか》にぽっこり穴《あな》が開いたのだ！

下にはじゅうたんを敷《し》きつめた階段《かいだん》が見える。ひとりひとり順番《じゅんばん》に下りていくと、きざなかっこうの男の人が耳のうしろにシャーペンをはさんで、机《つくえ》のうしろにすわっている。男の人はフィリッパを見つけて、すばやく立ちあがった。「お帰りなさいませ」

フィリッパはうなずきながら答えた。「ただいま、ターキン。この人たちにパスを作ってほしいんだけど」

「わかりました」男は引き出しを開けて、流しの栓みたいな銀色のチェーンがついているバッジを取り出した。〝SHH入館許可証《にゅうかんきょかしょう》〟と書いてある。わくわくしてきた。まわりを見ると、ネイザンもにこにこしている。やはりSHHの本部に入りこんで興奮《こうふん》しているのだろう。ドーンの腕《うで》をついて言う。「聞いてくれよ、ドーン。一週間まえはまだ見習いだったのに、がんばったから正式にスパイ追跡部《ついせきぶ》に置《お》いてやるってレッドが言ってくれたんだ」

「よかったですね！」ドーンは温《あたた》かく言った。

犬、ネコを含《ふく》めて全員がパスを受け取ったあと、迷路《めいろ》のような廊下《ろうか》を歩いていったが、どのドアにも取《と》っ手《て》がついていない。その代わり、ラッパ型《がた》の花のような金属《きんぞく》が輝《かがや》いている。

フィリッパは〝副長官《ふくちょうかん》〟と書いてあるドアのまえに立ち、身をかがめると、ラッパ型の花に向かって早口でささやいた。「すっぱいパイにスパイスかけてパスしたスパイ！」そのあと大きく息を吸《す》ってそでの破《やぶ》れた上着を整え、人々に言った。「これで終わり。観念《かんねん》したわ」

フィリッパはきっと恐怖《きょうふ》におののいているだろう。それにしても、長官がじつはマード・ミークの娘《むすめ》で、部下たちを裏切《うらぎ》ってミークと共謀《きょうぼう》していたことがわかったら、どえらい騒《さわ》ぎになるにちがいない。

「人助けもしたんだって、ちゃんと話してくださいね」フィリッパは、アンジェラの身を守ったし、命がけでドーンを逃《に》がしてくれたのだ。「幸運を祈《いの》ります」ドーンはそう言って、フィリッパの手をにぎった（今度はモールス信号《しんごう》ではなかった）。

そのとき、歯並《はなら》びがよくてごわごわした黒い髪《かみ》の男の人がドアを開け、廊下に集まっている人々を見てびっくりした顔をした。

「副長官、ちょっと話があるんだけど、平気かしら？」フィリッパが言った。

「ええ、もちろん」男の人は、犬とネコを困惑《こんわく》したように見つめている。

フィリッパはこちらを向いて応接室《おうせつしつ》に行くように言い、帽子《ぼうし》と耳栓《みみせん》をはずしたミークとレッドを引き連《つ》れて、副長官室《ふくちょうかんしつ》に入っていった。

「うわあ、うまそうだ！」皮のひじかけいすに身を沈《しず》めて、ネイザンが叫《さけ》んだ。ひざの上の皿には、山盛《やまも》りのごちそうがある。

「じつに豪華《ごうか》だな」そう言いながら、ジャグディッシュがチョコレートのお菓子《かし》をむさぼっている。

ドーンはクリーム煮《に》入りのパイをちびちび食べながら、すわるところをさがしていた。ソファーとひじかけいすはぜんぶふさがっている。

「あちらはいかが？　油絵の下が空《あ》いていますわ」エディスが、鋭《するど》い目で空いているいすを見つけてくれた。

「ありがとう」ドーンはそちらへ移動《いどう》した。

ソクラテスが、大きなポークパイをむしゃむしゃ食べながら言う。「ＳＨＨの料理人は、客のもてなし方をよく知っているなあ」何口か食べてから、顔をしかめて首を振《ふ》る。「しかし、マード・ミークか……とっくに死んだと思っていたのに、この十年のあいだ、あの小さな村にいたとはね。いったいどうやって……？」ソクラテスは、期待するようにアンジェラを見た。

「どうやって冷《つめ》たい川から脱出《だっしゅつ》したかってことなら、残念《ざんねん》ながらわたしは知らないわよ」

「あの……あたし、知っています。長官《ちょうかん》から聞きました」

みんなの顔がいっせいにドーンに向いた。ソーセージの皿に顔をうずめていたホルトウィッスル以外《いがい》は。

「言ってごらん」とソクラテス。

ドーンは大きく息を吸《す》った。「ふたりで芝居《しばい》を打ったんです。ミークは、アンジェラから逃《に》げられないとわかり、長官に助けを求《もと》めて電話しました」

ソクラテスがうなった。「要《よう》するに脅迫《きょうはく》したわけだろう？ まったく、あの悪党《あくとう》がピップの父親だったとはな。気絶《きぜつ》しそうになったよ」

ドーンが話を続《つづ》ける。「長官は――」

「当時はピップだ」ソクラテスが口をはさむ。

「わかりました。ピップは倉庫に着いて、裏口《うらぐち》を見張《みは》ると言いました。ミークはそこで待っていたんです。そして、今回助けてくれたらもう二度と姿《すがた》をあらわさない。もうスパイもやめると約《やく》束《そく》したんです」

「そしてどうしたんだ？」とジャグディッシュ。

「ピップがミークのマフラーとオーバーを身に着けて、倉庫の裏にあった街灯《がいとう》を銃《じゅう》で撃《う》ちました。よく見えないように暗くするために」

「銃声《じゅうせい》！　思い出したわ。そのあとピップから、ミークが小《こ》ぜりあいの末《すえ》にテムズ川の橋に逃《に》げたって電話があったの」と、アンジェラ。

「ピップは橋まで走り、ミークの服を脱《ぬ》いでコンクリートのかたまりを包《つつ》みました」

「なるほど！　たしかにあの橋は工事中で、コンクリートがごろごろしてた。自転車をこぐのは至難《しなん》の業《わざ》だったぞ。前輪《ぜんりん》が引っかかって転びそうになったのを覚《おぼ》えている」

「シーッ」とエディス。

「ピップがコンクリートごと川に投げこむと、コンクリートは派手《はで》な水しぶきをあげて沈《しず》み、コートとマフラーだけが水に浮《う》かんだんです。だからレッドが懐中電灯《かいちゅうでんとう》を当てたとき、みんなはミークがおぼれたと思ったというわけです」

「で、ミークはそのあいだに倉庫に戻《もど》って、正面から堂々《どうどう》と出ていったのね」とアンジェラ。

「かしこいやつだ。さすがだ……」とソクラテス。

「まあね」手にいっぱいのぶどうを食べていたフェリックスが、とつぜん声を張《は》りあげた。「そこにおれがいたら、すぐ謎《なぞ》を解《と》いたのに、惜《お》しかったなあ！」


その日の午後、スパイ追跡部《ついせきぶ》の極秘任務室《ごくひにんむしつ》では、クエスチョンマーク作戦《さくせん》の報告会《ほうこくかい》があった。でも、最後《さいご》にはお祝《いわ》いのパーティーになっていた。新しくSHHの長官《ちょうかん》になったマイク・ルジューンがスパイ追跡部の予算を増《ふ》やすと約束《やくそく》してくれたからだ。レッドはおしゃれなケーキ屋に寄《よ》って、最高級《さいこうきゅう》のケーキをたくさん買ってきてくれた。

「みんな、聞いてもらえるか？」レッドが人のよさそうな笑顔《えがお》で言いながら、下くちびるについたシュークリームのかけらをふいて立ちあがった。「静《しず》かにしてくれ、みんな」声がきびしくなったので、みんなの話し声や笑《わら》い声がやんだ。

「立って乾杯《かんぱい》しよう！」レッドがティーカップを持ちあげたのに続《つづ》き、あちこちでティーカップが高々とかかげられた。「勇気《ゆうき》ある少女に！　初《はじ》めての任務《にんむ》を成功《せいこう》させ、大物スパイをつかまえただけでなく、みんなの愛《あい》するこのスパイ追跡部《ついせきぶ》を、解散《かいさん》から救《すく》ってくれた人物に！」レッドはせき払《ばら》いした。「ドーンに乾杯！」

みんなも「ドーンに乾杯！」と言い、そのあと音を立てて紅茶《こうちゃ》を飲み干《ほ》した。

生まれて初めて人に乾杯された！　ドーンは感動してほおを赤く染《そ》めた。

「ありがとうございます。みなさんとお仕事できて光栄《こうえい》でした！」ドーンは部屋《へや》に集まったひとりひとりの顔を見た。最後《さいご》にホルトウィッスルを見つめ、「ええと……例外《れいがい》もいますが」と苦笑《にがわら》いした。

ケーキを食べおわってパーティーがおひらきになると、エマが車のキーを出して揺《ゆ》らした。

「もうそろそろ、お子さまたちを家に送らなくちゃね」

フェリックスとアンジェラは、歩いて帰りたいと言ってことわった。アンジェラは、数週間フィリッパの家の屋根裏《やねうら》部屋に閉《と》じこめられていたので、足を動かしたいらしい。アンジェラは、土曜の午後、お茶の時間にいらっしゃいね、と、ドーンを誘《さそ》ってくれた。フェリックスがすぐドーンに会えるのを喜《よろこ》んでいるみたいなので、ドーンもうれしくなって手を差《さ》し出した。「バイバイ、ウェイン兄ちゃん。あんたがいなかったら任務《にんむ》は成功《せいこう》しなかったわ」（あんたがいなかったらもっと早く終わったんだけどね、と、本当は言いたいところだったが）

「まあな」フェリックスが満足《まんぞく》げにドーンと握手《あくしゅ》した。ホルトウィッスルは、ドーンのひざをなめている。「じゃあな、キティ・ウィルソン」

しばらくして、ドーン自身もキティ・ウィルソンとお別《わか》れした。キティが使った空色のスーツケースと、古びた赤いスーツケースを交換《こうかん》したのだ。ふたの内側《うちがわ》に自分の本名が書いてあるのを見て、ドーンは思わずほほえんだ。「また、あたしに戻《もど》れた！」

ベージュのハイソックスの横に、クロップのいたすきまがあるので、胸《むね》がちくりと痛《いた》む。しばらくじっと見つめたあと、キティが着ていた服をつめこんだ。イジーにぜひ持っていってね、と言われたのだ。その横には、レッドが「よくやったな」と言ってわたしてくれた小切手。そして最後《さいご》に金色の万年筆《まんねんひつ》。これは、ソクラテスからのプレゼントだった。ソクラテスからのお別れの言葉に、ドーンは少し傷《きず》ついた。

「何があったか知らないが、人に気づかれないという才能《さいのう》が失《うしな》われたようだな。もしまたスパイ追跡部《ついせきぶ》で仕事をやりたいなら、訓練《くんれん》をしなおさなくてはならないぞ」

スーツケースのふたを閉《し》めながら、ソクラテスに言われたことを考えた。当たっている。クエスチョンマーク作戦《さくせん》をやっているうちに、あたしは透明《とうめい》ではなくなってきた。ソクラテスはがっかりしているようだが、あたしとしてはうれしい。

エマが廊下《ろうか》で呼《よ》んでいる。ドーンは急いでドアから出た。間《ま》もなくふたりはエレベーターを降《お》りて受付《うけつけ》に近づいた。エディスが、すべてを見通すような瞳《ひとみ》でこちらを見ている。

「お世話《せわ》になりました」ドーンが礼儀《れいぎ》正しくあいさつすると、エディスはうなずいた。

「またのお越《こ》しをお待ちしておりますわ」ほんの一瞬《いっしゅん》だけ、目が笑《わら》ったように見えた。

ピーブルズが、体を丸めてカウンターの上で寝《ね》ている。ドーンが頭をなでたら、ゴロゴロのどを鳴らした。今までで音がいちばん大きい。

「さあ、乗りましょう。遅《おそ》くなるとラッシュの時間にかかっちゃうから」エマが楽しそうに言う。

ドーンはスーツケースをさげて、エマに続《つづ》いて外に出た。ホテルのまえに停《と》まっていたのは、濃《こ》い緑に輝《かがや》く、ふたり乗りのスポーツカーだった。

「ただいま！」ウィンドミル通り八番地の家に、ようやく戻《もど》ってきた！　ベルを二回押《お》し、もういちど押そうとしたときにドアが開いた。

「そんなに何回も鳴らさないでちょうだいよ！」母親のベヴァリーだ。小麦粉《こむぎこ》のついた手をエプロンでふいている。「娘《むすめ》が帰ってくるんでケーキを作っている最中《さいちゅう》なんだから……あらまあ、ドーン、あんたなの？」

「そう、あたしよ！　ただいま、お母さん！」ドーンが満面《まんめん》の笑顔《えがお》で答えた。

ベヴァリーは首をかしげた。「髪《かみ》が短いし、服も新しいし……今までとどこかちがうわ」

「だけど、あたしはドーンだよ。本当にケーキを作ってくれてるの？」

「そうよ。チョコレートケーキをね。上司《じょうし》からまえに教えてもらったレシピなの。あんたが今夜帰るっていう連絡《れんらく》をもらって、作ってみる気になったのよ。お帰りなさいの気持ちをこめて」

「早く食べたい！」本当はタルトやスコーンでおなかがいっぱいだったが、母親が作ってくれたケーキなら、どうしても食べてみたい。

「よう！」父親のジェファーソンが、ベヴァリーのうしろから顔をのぞかせた。「元気そうでよかった、よかった！　荷物を置《お》いたら地下室に来ておくれ。びっくりするようなハト時計が手に入ったから」

「うん。すぐ行くけど、そのまえにおじいちゃんにただいまを言うね」ドーンは、両親のあいだをすり抜《ぬ》けてリビングに入った。いつものように部屋《へや》を真っ暗にして、テレビのまえにすわっていると思ったのだ。「おじいちゃん、どこ？」カーテンが開けられ、テレビが消してある。ひじかけいすにはだれもいない。「おじいちゃんは？」ドーンは泣《な》きそうになりながら、廊下《ろうか》に戻《もど》った。

ベヴァリーは、ドーンと目を合わせたくないようだ。

「おじいちゃんに何かあったの？」

「まさか、ちがうわよ」ベヴァリーはうなりながら答えた。「おじいちゃんはあんたをびっくりさせたいのよ」

「えっ？」

「プレゼントを買いに行ったの」


ドーンは、おもちゃ屋の外でおじいちゃんのアイヴァーを見つけた。ベストにはき古《ふる》したコーデュロイのズボンという姿《すがた》だ。何を買ったらいいかわからないという表《ひょう》情《じょう》で、ウィンドーにならんだ品物《しなもの》をあれこれ指さしている。

「おじいちゃん！」ドーンが腕《うで》をからませた。

「うわあ、もう見つかっちゃったか。お母さんが言っちまったんだな」

「うん。でもプレゼントなんかいらないよ、おじいちゃん」

「いや、どうしてもおまえに何か買ってやりたくてな。ドーニー、おまえはどんなものが好《す》きなんだ？　トラも悪くないけど、ゾウの方がいいかな」

ドーンはくちびるをかんだ。「ぬいぐるみはほしくないんだ、おじいちゃん」

「いらないのか？」アイヴァーは、口をぽかんと開けて孫娘《まごむすめ》を見た。「なんで？」

どんなものを買っても、なくなってしまったクロップの代わりにはならないから――そう言いたかったが、言葉をのみこんだ。

「あたし、ぬいぐるみより……そのう、ペットがほしいんだ」

「ペット？　どこで買えるんだ？」

「あそこで」ドーンは、向かいのペットショップを指さした。

ドーンはウサギを選《えら》んだ。おじいちゃんおすすめの、耳がたれて雪のように白い、かわいい赤ちゃんウサギではない。もっと大きな茶色のオスだ。

「どうしてそのウサギにしたんだ？」とアイヴァーが聞く。

ドーンにも、どうしてそのウサギが特別《とくべつ》に目を引いたのかわからない。あまりかわいくもないし、耳の立ち方だってばらばらだ。でもしばらくしてその理由がわかって、ドーンはあっと声をあげた。

ドーンを見あげるその目が、クロップにそっくりだったのだ。

終わりに

フィリッパ・キリンバックには、温情《おんじょう》のある判決《はんけつ》が下《くだ》された。かなりの罰金《ばっきん》を支払《しはら》ったが、刑《けい》務所《むしょ》には入らずにすんだ。

マード・ミークは、無期懲役《むきちょうえき》になった。看守《かんしゅ》はかぎを捨《す》ててもいいことになった。

ピルウィンクスは、コーンウォール州《しゅう》のカメ自然保護区《しぜんほごく》に放された。

透明《とうめい》でなくなったドーン――訳者《やくしゃ》あとがきにかえて

この物語の主人公ドーンは、目立たなくて地味《じみ》で、いるかいないかわからないような女の子です。先生には名前を覚《おぼ》えてもらえず、友だちといったらクロップというロバのぬいぐるみだけ。そんなドーンの運命が、ある日を境《さかい》にがらりと変《か》わりました。秘密諜報組織《ひみつちょうほうそしき》のスパイに抜擢《ばってき》されたからです。しかも、生まれつきの素質《そしつ》があると大絶賛《だいぜっさん》されて。

その素質というのはなんと、人の印象《いんしょう》に残《のこ》らない、つまり存在感《そんざいかん》がないことでした。存在感がないなんて言われたら、ふつうがっかりしますが、スパイにとっていちばん大事なのは、自分がスパイだとばれないこと。敵《てき》のようすをうかがったりあとをつけたりするには、これといった特徴《とくちょう》のないほうが、人ごみの中にまぎれることができて安全なのです。

でもこれは、一般的《いっぱんてき》なスパイのイメージとまったくちがいますよね。映画《えいが》に出てくるスパイたちには、みんな圧倒的《あっとうてき》な存在感がありますから。

例《たと》えば『007』シリーズに出てくるジェームズ・ボンドは、頭がよくてスポーツ万能《ばんのう》、きざで派手《はで》なプレイボーイです。敵側《てきがわ》の女スパイたちも、ため息が出るような美女ぞろい。『スパイキッズ』シリーズに出てくる主人公たちも、子どもとは思えないほど勇敢《ゆうかん》でかっこよく、魅力的《みりょくてき》です。

ドーンは、そんなヒーローたちとちがって華《はな》やかさはありません。でも、敵の情報《じょうほう》をひそかにさぐったりあとをつけたりという、地道《じみち》な活動には向いていたのでした。空気のように目立たないからばれにくいし、敵があらわれるのを何時間でも待つ忍耐力《にんたいりょく》と、まわりを鋭《するど》く観察《かんさつ》する眼《め》を持っていたからです。

親もとを離《はな》れたドーンは、秘密諜報組織《ひみつちょうほうそしき》SHHに連《つ》れて行かれます。さぞかし立派《りっぱ》な組織だろうと思っていたら、たった数人しかいないうえに、みんな一癖《ひとくせ》ありそうな変《か》わり者ばかり。そのうえ、ドーンの付《つ》き添《そ》い役としてチームを組むことになったのは、大《だい》の子どもぎらいのトゥルーディでした。ドーンは、どう考えても気が合いそうもないトゥルーディといっしょに、チェリー・ベントリー村に向かいます。大物《おおもの》スパイ、マード・ミークを捕《と》らえるという、重大《じゅうだい》な任務《にんむ》を果《は》たすために。

ところがひょんなことから、フェリックスという生意気《なまいき》な少年と、まぬけな愛犬《あいけん》ホルトウィッスルと、行動を共《とも》にすることになってしまいます。自分の方がずっとスパイに向いていると思っているフェリックスは、ホルトウィッスルとつるんで、ドーンのやることをことごとくじゃまします。そのせいで何度も窮地《きゅうち》に追いこまれるドーンですが、はたして任務を遂行《すいこう》できるのでしょうか？

この物語は、イギリス人の作家、アンナ・デイルさんの第二作めです。
デイルさんは、大学院で書いた修士論文《しゅうしろんぶん》の物語が、出版社《しゅっぱんしゃ》の目にとまって作家になったという珍《めずら》しい経歴《けいれき》の持《も》ち主《ぬし》。それが、デビュー作の *Whispering to Witches* で、日本では『正しい魔女《まじょ》のつくりかた』（早川書房《しょぼう》）として、出版されています。スピード感にあふれる話の展開《てんかい》に、わたしはわくわくしながら訳《やく》したものでした。

　そのアンナさんは大の動物好《ず》き。幼《おさな》いころから犬を飼《か》っていて、今もベスという愛犬《あいけん》がいるそうです。ベスといっしょに近所の林を散歩《さんぽ》するのが、いちばんの憩《いこ》いのひとときだとのこと。動物たちは作品にもかならず登場し、単《たん》なるわき役ではなく、ストーリーのかぎをにぎる存在《そんざい》として大活躍《だいかつやく》します。

『正しい魔女のつくりかた』には、ネコ、ネズミ、ハスキー犬が出てきましたが、『スパイ少女ドーン・バックル』には、黒ネコのピーブルズと、まぬけ犬のホルトウィッスルが登場します。本物の動物ではないロバのぬいぐるみ、クロップにも、アンナさんの温かいまなざしが感じられます。

　いちばんいい味を出しているのは、ぼろ雑巾《ぞうきん》のようにきたなくて人なつっこい犬、ホルトウィッスルでしょう。飼《か》い主《ぬし》は、プライドが高くて自分勝手なフェリックス。だれが見てもまぬけなホルトウィッスルを、なぜか天才だと信《しん》じこんでいる生意気《なまいき》な少年です。

　この迷《めい》コンビがいつもドーンの行く手に立ちはだかり、計画をしっちゃかめっちゃかにかきまわしていきます。しかもフェリックスには、おめでたいことにじゃましている自覚《じかく》がまるでありません。

それどころか、ドーンの仕事を手伝《てつだ》ってやっているつもりで得意《とくい》になっています。

はじめは怒《いか》りをぐっとこらえていたドーンですが、しだいに怒《おこ》るのもばからしくなり、協調路線《きょうちょうろせん》に気持ちを切り替《か》えます。そのうち、調査《ちょうさ》が進むにつれてドーンにも自信《じしん》が生まれ、苦手《にがて》だったフェリックスに自己主張《じこしゅちょう》できるようになりました。そして最後《さいご》には、おそろしい敵《てき》にひとりぼっちで立ち向かう勇気《ゆうき》まで身につけたのです。

ドーンの変化《へんか》を知って、スパイとしての訓練《くんれん》をつけてくれたソクラテスが、こう言います。「何があったか知らないが、人に気づかれないという才能《さいのう》が失《うしな》われたようだな。もしまたスパイ追跡部《ついせきぶ》で仕事をやりたいなら、訓練をしなおさなくてはならないぞ」

ドーンはショックを受けながらもこう思いました。ソクラテスはがっかりしているようだけど、あたし自身は透明《とうめい》でなくなってうれしい、と。

たしかに、気が弱くておどおどしていたドーンが、いつのまにか透明でなくなり、存在感《そんざいかん》のある女の子に変身《へんしん》していたのでした。ソクラテスの言うように、これはスパイとしてはマイナスなことで、また訓練をしなおさなくてはならないのかもしれません。でも、ドーン自身が新しいドーン・バックルを「好《す》き」になったことのほうが大切でしょう。

自分を好きになる――それは簡単《かんたん》なようで、案外《あんがい》むずかしいこと。大人《おとな》たちは、自分を好きになってはじめて自我《じが》を確立《かくりつ》できる、つまり自分らしさを受け入れ、進むべき道を見きわめることができるということを、経験《けいけん》から知っています。でもそこまで行きつかない思春期《ししゅんき》の子どもたちは、あっちへ行ったりこっちに来たりと、手さぐりの毎日でしょう。

この物語は、ちょうどそんな時期のひとりの女の子が、冒険《ぼうけん》を通して自分を好《す》きになり、自我《じが》を確《かく》立《りつ》していった物語としてもお読みいただけると思います。どうか、自信《じしん》のない女の子ドーン・バックルが、しだいに輝《かがや》いていく過程《かてい》をごらんください。

二〇〇七年五月

早川書房の児童書〈ハリネズミの本箱〉

スパイ少女《しょうじょ》ドーン・バックル

二〇〇七年五月　二十　日　初版印刷
二〇〇七年五月二十五日　初版発行

著　者　アンナ・デイル
訳　者　岡本《おかもと》さゆり
発行者　早川　浩
発行所　株式会社早川書房
東京都千代田区神田多町二ー二
電話　〇三-三二五二-三一一一（大代表）
振替　〇〇一六〇-三-四七七九九
http://www.hayakawa-online.co.jp
印刷所　株式会社精興社
製本所　大口製本印刷株式会社
乱丁・落丁本は小社制作部宛お送り下さい。
送料小社負担にてお取りかえいたします。

Printed and bound in Japan
ISBN978-4-15-250048-9　C8097

早川書房の児童書〈ハリネズミの本箱〉

正しい魔《ま》女《じょ》のつくりかた

アンナ・デイル
岡本さゆり訳
46判上製

少年と見習い魔女が大活躍《かつやく》!?

クリスマス直前、ごく平凡《へいぼん》な少年ジョーが知りあった女の子トゥイギーは、なんと修行《しゅぎょう》中の魔女！　ふたりはいつしか、魔法《まほう》界をゆるがす大事件《じけん》に巻《ま》きこまれ……楽しい魔法がちりばめられたわくわくクリスマス・ファンタジイ

早川書房の児童書〈ハリネズミの本箱〉

ドールハウスから逃《に》げだせ！

イヴ・バンティング
瓜生知寿子訳
46判上製

身長20㎝にされちゃった⁉

ぼくを誘拐《ゆうかい》したおばさんの自慢《じまん》はドールハウス。人形ではものたりなくて、本物の子どもを特殊《とくしゅ》な注射《ちゅうしゃ》でちぢめ、住まわせているのだ！　ぼくは誘拐されたほかの子たちと、脱走《だっそう》計画を練《ね》るが……こわいのに笑《わら》える楽しい読み物

早川書房の児童書〈ハリネズミの本箱〉

モリー・ムーンの世界でいちばん不思議《ふしぎ》な物語《ものがたり》

ジョージア・ビング
三好一美訳
46判上製

〝女の子版《ばん》ハリー・ポッター〟

孤児院《こじいん》でいじめられてばかりのみなしご少女モリー・ムーン。ある日図書館《としょかん》で偶然《ぐうぜん》見つけた〈催眠術《さいみんじゅつ》〉の本が、モリーに秘《ひ》められた驚《おどろ》くべきパワーを全開させた！　めくるめく冒険《ぼうけん》の数々《かずかず》。ところが、そこには思わぬワナが……